浙江古籍出版社

近现代书信丛刊 007

周汝昌致严中书信集

严中 编注

图书在版编目(CIP)数据

周汝昌致严中书信集 / 严中编注. -- 杭州 : 浙江古籍出版社，2022.4
（近现代书信丛刊）
ISBN 978-7-5540-2188-0

Ⅰ. ①周… Ⅱ. ①严… Ⅲ. ①书信集－中国－当代 Ⅳ. ①I267.5

中国版本图书馆CIP数据核字（2021）第281011号

周汝昌致严中书信集

严　中　编注

出版发行　浙江古籍出版社
（杭州市体育场路347号　邮编：310006）
网　　址　https://zjgj.zjcbcm.com
书名题签　谢铁标
责任编辑　沈宗宇
封面设计　吴思璐
责任校对　吴颖胤
责任印务　楼浩凯
照　　排　浙江时代出版服务有限公司
印　　刷　浙江海虹彩色印务有限公司
开　　本　787 mm × 1092 mm　1/16
印　　张　18.75
彩　　插　6
字　　数　287千字
版　　次　2022年4月第1版
印　　次　2022年4月第1次印刷
书　　号　ISBN 978-7-5540-2188-0
定　　价　80.00元

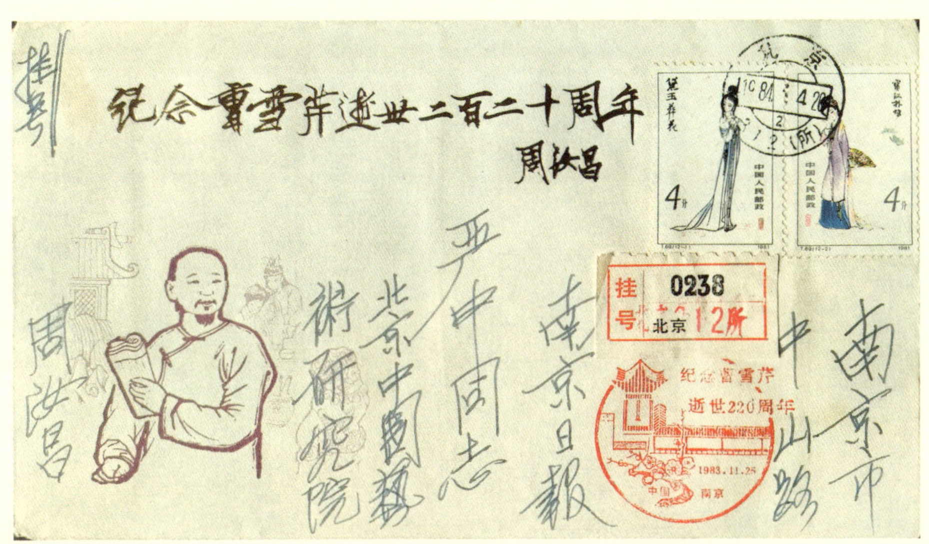

周汝昌手书信封（一）

周汝昌手书信封（二）

《江宁织造与曹家》（周汝昌、严中著，中华书局2006年版）

《红楼梦里史侯家》（周汝昌、严中著，广陵书社2010年版）

（可酌采补入稿末的〔附记〕）

……

周汝昌并对我叙了三点：①文研所创刊《集刊》，要发俞谈"夕葵"文时，俞缺原件的小照片他们没有了，由刘世德向周讨去，周明知是反对他的文章，但为了纪念俞，仍慷慨地给了大号照片送给了刘。②文研所为俞举办学术活动60年大会，周抱病到会，并书面祝贺，还携有他人托他代致的诗，亲手交给俞的。会后，满怀激情地写了《满庭芳》词纪念此会，寄与俞之高足弟子吴小如（周之学友），吴为书家，用工楷书写此词，作为共同纪念（[illegible]的珍贵痕影。③周写《……之谜》付刊物之前，特向中央打了报告，说明此事真相始末，并强调说：此事意在澄清文物（批语）的真伪，以防扰乱学术研究，不是针对俞老，一对俞老，再不宜伤害他了。恐有坏人借此又挑拨是非，故特向中央报告、备案。

综观以上，周之对俞，不记前嫌，可谓有仁有义。而至今其机构的某些人，却仍要为俞"抱打不平"，对周加以种种歪曲的攻击毁谤。周之言此，掩不住他深衷的喟慨。

周汝昌手迹［《平生冤案》（第一）文后］

亚中学友：昨晚又得一札，承示各情，深慰。此前我已发去一函，略表我在面临「围剿」前夕的心情与「态度」，想已收悉。从你所示各种评议意见，获益良多，这是很可贵的「镜子」。我并无辩护之意。以下简述几点，也只为供你增加了解与理解，不作别念。

第一，讨论此一巨大课题，最々关键要害的是「红学」的这个学字。讨论歧纷，都应以「学」为唯一准则，以「学」来判断分析是非正误，否则就会以「一些」别的「红」，弄种种「活动」「现象」作为「成绩」，来冒混「学」的质素了。这一点，望你学术守固，就不会偏离大方向、大本旨、大是非。

第二，由上亦即可推衍出我为具体的事例，以供论析，即如你说我的「国学大师」不过即是「红学大师」——这对极了！有人以为我对胡、王、蔡诸公称「你们大抵」了，就是昧于上述的逻辑性了。我总之：我说的「你们」，这些大师们，都将提入真正的学术于其研究之中，而不是以贬低大师们的学术为务。[illegible]说了。

第三，片面性与不提「解放后成绩巨大」，这也还是以「学」来衡量这些成绩是否「巨大」。再者，若谈这些，我是否要包括自己？不包，会如何？包括，则如何「评价」自己？又如何与别人「比较」？我也不便，成了「标榜」「吹嘘」了吗？所以，我只能暂不多论，这不等于否定「一切」，而是要存一点「余地」，让「那些」也是为了谦虚谨慎——没有否定「成绩」，并非是抹去不正风[illegible]道。再谈。

周汝昌 九六.1.10. 下午

周汝昌手迹（1996年1月10日函）

第1页

大行宫拆建别忘了曹雪芹

周汝昌

南京是《红楼梦》作者曹雪芹的第二故乡。康熙二年，雪芹的曾祖父曹玺被皇帝派遣从北京到南京任江宁织造，以后历经祖父曹寅、伯父曹颙、父亲曹頫相继，首尾达60余年，雪芹也是诞生在南京的，并在此度过了"锦衣纨绔之时，饫甘餍肥之日"的童年。所以他的友人、八旗诗人敦敏的赠诗中有"秦淮旧梦人犹在"、"秦淮风月忆繁华"等句。雍正五年底，曹家被查抄，次年，雪芹随家迁回北京。晚年，"著书黄叶村"，写作《红楼梦》，"于悼红轩披阅十载，增删五次，纂成目录，分出章回，则题曰《金陵十二钗》"。并"本名"为《石头记》。众所周知，"金陵"和"石头"都是

(15×20=300) 910521.98.10　金陵悼芹轩稿纸

第2页

南京的别名。由此可见，南京与曹雪芹和《红楼梦》的关系非同一般。《红楼梦》中还特意点出宁荣二府老宅是在石头城内的："那日进了石头城，从他老宅门前经过，街东是宁国府，街西是荣国府，二宅相连，竟将大半条街占了。"而宁荣二府"老宅"的"原型"非江宁织造署莫属。

我早年即考证出江宁织造署遗址在今南京大行宫（康熙六次南巡，有五次驻跸在此，其中后四次由雪芹的祖父曹寅接驾），并于1962年开始不断呼吁在此建立曹雪芹纪念馆。1993年11月，我从南京学友严中的来信中得知南京市将在此修建"红楼梦城"，心里十分高兴。当即给当时的中共南京市委书记顾浩同志写信，希望他鼎力相扶，俾之尽快尽好地实现。

(15×20=300) 910521.98.10　金陵悼芹轩稿纸

第3页

1994年1月5日，顾浩同志热情亲笔给我复札，表示支持。但不久又传来消息说，"大行宫将崛起世纪商务区"，因此，在大行宫兴建"红城"只能是"海市蜃楼"了，这使我非常失望。

几年过去了，最近，学友严中又来信说，南京市政府决定将大行宫地区拆建为市民广场，这一消息并已见诸报端。为此，我恳切希望南京市领导别忘了曹雪芹，在兴建市民广场的同时，将曹家的"历史文物"——萱瑞堂、西堂、楝亭、西池等复建其中，以供人们瞻仰，这将是南京市的无限光荣和骄傲。

周汝昌

(15×20=300) 910521.98.10　金陵悼芹轩稿纸

周汝昌手稿《大行宫拆建别忘了曹雪芹》（本文发表于《江苏工人报》2001年2月10日）

周序

严中同志的《红楼 》已将付梓，我闻悉之下，满怀高兴；为之撰序，自然也就成为我衷心乐为之事。这高兴与乐为的原因何在？那实际并不是红学论著又增添了一项新品种的一层简单的意义。如今既因心有所感，就聊略将鄙意书于这册新书的卷头，以结墨缘，以求指正。

我与严中同志原本是素昧平生，了无“瓜葛”。与他红学交谊之始，大约是19XX年的X月，那是鱼雁往还，而一经开始，即从未阻滞间断，而且正常发展，建立了坚固的学术友情。至于见面，那是很晚的事了。

无论是书札文字，还是觌面言谈，他给我一个十分统一而纯粹的印象，即：此人朴实、诚恳、憨直、正派，重视学术真理，无意于世俗荣利争夺倾轧之事，不肯随波以逐流，见利而忘义。这样的印象，愈积愈深，以至我日益相信：这是一位难得的端人正士，也是一位难得的朴实学人——我向来的持见是：如非端人正士，那么他的红学著述的实际与本质也就不大会是认真做学问的结晶。人品不端，心术不正，会能真正是为了红学这门中华文化之独特专学，我是打心底里怀疑的。

正因如此，严中的红学文字一如其人，

在清代有过“朴学”一词，我以为若借此语来称呼他的红学是这一领域中的朴学，我看是很恰当的。这个“朴”字，分量很重，不是可以看得很轻的事。你在他的文字中，找不到花言巧语，找不到“江湖口”，找不到八股滥调，找不到花拳绣腿——更要紧的，是以理服人，从实论事，而不会是指绿为黄，压良为贱，颠倒黑白，淆乱是非。

我有时纳闷，像严中这样的“朴学家”，他怎么会爱上了红学？为了什么？因为这门学问一直是在嘲讽和奚落中成长发扬起来的，实际就是一项最艰难、最不易讨好、并且时时要冒着“风险”的一种“讨厌的学问”。如果严中想的不过是找一种升官发财的“捷径”和

1 2
3

周汝昌手稿《红楼丛话序》（《红楼丛话》，严中著，南京大学出版社1991年版）

阶梯，方式或渠道多得是，也不会太难太苦，又何必选取这个？我的问号，慢慢地自然消失了。因为这么多年的经历向我提供了答案：他是为了寻求真理，而不是把红学当做一种沽名钓誉的工具。

这样就决定了他治学的基本态度与著述作风。我以为，红学界中，这样的人愈多，学风就会愈好，成果也就会愈大。所以我是很敬重他的。

他追求真理，讲真话，不为名利，不畏权威，不附[illegible]，[illegible]有何莽撞者？我所知有限，只可以在此举示一二，——这都是给我印象最深的事例。

一件是南京浦镇发现了《石头记》古抄本而又"迷失"的一段离奇的公案，——此本人称"靖藏本"，原为靖氏家藏，据有见过的人说，上面有眉批甚多，价值很高，这些批语并有摘录传抄本公开发表过。及有个别研究者欲核实此种抄本之是否完全可靠、足据为本之时，则[illegible]该本已经迷失，并且制造了很多烟幕，谣言惑人。当此之时，严中同志像一位侠义之士，路见不平，主动为这部抄本的来龙去脉，作出了慎密周至的调查，证明了事实的真实经历，与所称"迷失"颇有出入。他的翔实确凿的论证，义正词严地驳斥分争，使一些别有用心的人哑口无言，再难兴风作浪，借机生事害人。

再一件事就是金陵大学的吴光彝教授整理旧年的研究资料，发现曾摘录过《龙之帝国》（　　）一书中关于曹雪芹及其好友的记叙，十分宝贵而饶有兴味。事情为海外学者得知后，作出了调查研究，结论认为此文可疑，是否真有过这本《龙之帝国》也根本成为问题。那么此一资料便无价值之可言了。严中为此，也[illegible]自己去作自己的调查，结果证明，不止一人曾见过此书，并非荒唐无稽之谈；后来北京方面也有人确实见过此书。

由此可见，严中在这些事情上，一心只为求真求实，维护真理事实，不为浮言所动，不为威势所夺，坚持进行认真严肃的调查工作，得出自己的结论。我要说，这种精神是非常可贵的，什么叫做"科学态度"？我想，严中的这些表现，就当之无愧了。那怕开罪于小人而招致蜚语谤议。

他研究《红楼梦》的许多问题时，对

4 5
6

周汝昌手稿《红楼丛话序》（《红楼丛话》，严中著，南京大学出版社1991年版）

7

对曹雪芹(与其小说)和南京的关系,致力尤勤,时有新的收获,令人觉得可喜可佩。金陵是曹家四代人住了数十年的地方,也堪称"第二故乡",小说稿本中,雪芹曾题"金陵十二钗[列传]"是雪芹自题(书中明文交代如此),则可见对于南京的重要地位和关系,不管多么致力去研求,也不是过份的。严中同志说,他一度曾拟为本书取名为"红楼与南京",只因虚怀,自觉尚不足以克当此名,故而改题为现在的名称。这一点,也足见他的红学精力之所聚了。

但是我这样说,只是指举重点精神,这绝不是说作者只讲了南京的了。事实上,这本书涉及的范围十分广阔,只要打开卷头的目录,你会看到那许许多多的引人的题目,真可说是丛丛杂杂,意趣

8

横生!你从中可以得到大量的红学知识,你会发现,人们通常不加注意和不晓所以的地方,包括历史、地理、名胜、文物、文学、艺术、应有尽有,它们与《红楼》怎么发生的联系?你以前可能想也没有想过,——读了他的书,你才恍然大悟,欣然称快。

这里面,也有纠俗说、正沿误、辨是非、证真相,种种实事求是的论述与争鸣,苦心苦口,语重心长,——这实在是本书的特色之一端,忽视了这一方面便低估了此书的意义。

我与严中同志的学术观点,并不"完全一致"——天下很少有那样的情形。我们之间,有同,也有异。同,不曾成为我们互相吹捧"的"资本";异,也不曾引起我们的

9

"变脸"与"破口"(红学界是有过"骂街红学家"的)。更不曾有过一丝毫"影响"了我们的学谊。我想,只要能够这样,那么做学问和建立学谊才算是正派的交谊、对人对己对祖国文化事业都有益的"人际关系"。我为严中撰序,就是本着这种理解认识而落笔的。

我毫不怀疑,这册书的印行,对红学界和文学爱好者将是一个良好的礼物,我们应该感谢作者以辛勤的许多心力而为我们提供了丰富的有益的营养新品。

庚午闰五暑溽中灯下写讫

周汝昌于北京东郊红庙之见王轩

7	8
9	

周汝昌手稿《红楼丛话序》(《红楼丛话》,严中著,南京大学出版社1991年版)

序

我与汝昌师相识相知，可谓是“三生有幸”。此“三生”不是指佛教用语“前生、今生、来生”，而是指我与汝昌师的三次“奇遇”。

第一次“奇遇”在 1947 年冬。当时天津《民国日报》“图书”副刊在 12 月 5 日发表了汝昌师的《曹雪芹生卒年之新推定》，接着天津《民国日报》“图书”副刊在 1948 年 2 月 20 日发表了《胡适之先生致周汝昌函》，引起了我的两位兄长的关注，他们向人借来了一部《红楼梦》阅读，我趁他们没看的时候，偷偷地翻了翻，这是我首次接触《红楼梦》。同时我从兄长的谈话中得知胡适之是北京大学校长，却不知汝昌师为何许人。

第二次与汝昌师的“奇遇”是在 1976 年。当时，一位友人借给我一套汝昌师再版的《红楼梦新证》，使我像“刘姥姥进了大观园”，大开眼界，并产生了对《红楼梦》作者曹雪芹江宁织造家世、《红楼梦》与南京关系等问题的浓厚兴趣。1981 年，我在《金陵百花》第 2 期发表的《京、宁何处大观园？》，就是在汝昌师《红楼梦新证》的启发下写成的。这是我研究《红楼梦》和考证曹雪芹家世生平的“处女作”。

第三次与汝昌师的“奇遇”是在 1982 年，缘起于“《靖本石头记》的故事”，从此，我拜在这位“解味道人”门下，“解味红楼”达三十年之久。其间除书信往来外，我还曾先后五次当面向他叩问请益。

从 1982 年 12 月 13 日，汝昌师给我第一封回信起 ，我们鱼雁往返，至 2012

年5月31日他驾鹤西去为止，我收到的来信达342封（以信封记。有数日所写而缄于一封的，计为一信，目录中所标示的日期，以最末一个为准；有一日所写而缄于数封的，计为数信）之多，其中除最后的七封“天书”无法辨认而未收入本书外，共计为335封。这些书信，内容涉及曹学、红学的方方面面，特别是20世纪80年代以来有关曹学、红学的几乎所有的“热点”和“难点”，如“靖本《石头记》佚失之谜、《龙之帝国》之谜、“太极《红楼梦》”现象、“新丰润说”、“曹公讳霑墓碑”（“碑”字后改为“石”）问题、汝昌师与文学研究所瓜葛、“反脂小合唱”、“还‘红学’以学”问题、“曹雪芹祖籍”问题等等。还有一些来信是关于支持筹建南京曹雪芹纪念馆和倡建江宁织造博物馆，以及鼓励我著书立说——涉及《红楼丛话》《红楼续话》，以及汝昌师与我合著的《江宁织造与曹家》《红楼梦里史侯家》等等。这些内容，不仅“还原”了红学泰斗汝昌师的“本来面目”，而且为曹学、红学研究者提供了“实录”，这是难能可贵的。

从汝昌师给我的来信中不但可以看出他的学识和悟性的惊人之处，以及他之所以成为红学泰斗所走过的艰苦历程；而且可以看出他六十多年来在研究《红楼梦》和考证曹雪芹家世等方面所做出的无与伦比的贡献。（用他自己的话来说：“为芹辛苦献平生。”）外，还透露出他的许许多多的苦衷和无奈。这些都是鲜为人知的。

因此，我在这《序》中给想了解“红学史”的朋友提个醒——看问题要“透过现象看本质”，这样才能“去伪存真”。而要做到这一点，除了阅读公开发表的有关《红楼梦》和曹雪芹的文字外，还应觅阅相关“当事人”的书信、日记、笔记之类的文献，这样才能得出正确的结论。本书的编辑出版，就是为此做出的初步尝试。不当之处，敬请读者批评指教！

诗曰：

因缘红楼与雪芹，来鸿解味三十春。
字字看来皆学问，著书立信尤认真。

严中2021年7月31日于金陵悼芹轩

目录

1

严中同志：

11月19日惠札[1]，此刻才见到——因我开政协大会在京郊宾馆住了三周之久！这也是“无巧不成书”。（可能使你认为我和李先生[2]一样了！一笑。）我赶紧立刻拜复！我对此深感兴趣。请放心，我知此事极复杂，不会与他人说的——只怕你等我的回信久久无音，已经又和别位说了？此事绝不可乱了步法，要紧。

深谢你惠札的高情学谊！

信积如山，草草望谅。祝

冬祺！

周汝昌 〔82.12.13〕[3]

北京朝内南竹竿113号

2

严中同志：

15日惠札17日晨刻到达我处，已尽悉你的心意。来信太客气，何以克当！我们共同为文化事业贡献一点激力，对大家、对祖国学术文化有益的事，一定要竭尽所能地去做。

---

1 严中致周汝昌关于靖应鹍藏本《石头记》（简称“靖本”）下落问题的信札。

2 指李希凡，严中先给李去信通报有关“靖本”下落的讯息，因为李在“文化大革命”后期关注过“靖本”，但未见复。

3 编注者所增加的内容用“〔 〕”表示，以与原信中的括号“（ ）”“［ ］”相区分，下同。

我从很早就对南京方面的朋友们说，南京仍然是个重要的地方——对研究红学来说尤其如此。要随时留意各种线索，不要掉以轻心。日久会有发现，立功于红学研究的。我今天把这点意思再向你说一遍，盼望你多多做工作。你是有心之士，定会有收获，对此我深信不疑。

星期天到目的地去[1]，一切缜密妥善地处置，想无待多嘱。

说是83年全国红学大会（也带国际性吧）将在南京召开。届时我们会把晤快谈的，先有了通讯之谊，更有意思。

我事多极了，目坏已甚，只好如此简叙。再谈。祝

编祺、冬吉！

周汝昌 1982.12.17

3

严中同志：

刻奉20日挂号件，您的信两纸、附件一种及所附一纸信札，俱妥收，请释念！

此事[2]甚重要，您是立了一大功的，非常感谢您。世界上的事，真是复杂万分的，书呆子只能受骗和自叹“智短才疏”！事有可疑，我这书生也略微觉察些许，但弄不清怎么一回事，当然也无从胡乱揣测。但有两点是清楚的：

一、毛国瑶最初写信给我，就说是他把“评语”等早已给俞先生了。他并言早到北京来过，见到何其芳、俞平伯。（毛的来信，我有保存，俟详核原语、年月。我最初报道“靖本”，在港《大公报》，决不会迟至“1965年”。）

二、毛在1975年忽来一信，特为表示“（毛过录靖本批语的底本）而底

---

1 指浦镇南门中学老师陈慕劬的住处，他曾提供有关“靖本”下落的讯息。

2 指调查“靖本”《石头记》的下落。

本又为俞平伯先生用毛笔涂抹……”。（1975.5.8来函，详见拙著《新证》P1122引录。）

仅由这两点，蛛丝马迹，不无内容隐含了。

浦镇某弟兄二人的顾虑是可以理解与同情的。望您向他做工作，让他放心，我自己是保证不会“出卖”他的（想不出更好的用语，请谅）。我们应当尽可能地不为任何人制造困难。此事下一步骤，容我熟虑一下，再专函相商。

至于您要向毛采访，完全可以，也必要，但请切记：万万不可稍露声色痕迹，万万不可涉及任何人的名字（包括俞、我，等等……），至要至嘱！毛的言词给我的印象是极拘谨审慎的外貌下，时而流露出自矛攻盾的怪异之点。（例如今年十月上海红会，有一扬州高校教师对我说，他核对毛几次传录出来的“靖批”，没有一次是与上次全同的，认为不可解！）您和他谈时，只是冷静地多听多问，作好了记录，不要露出任何“倾向性”，要紧，要紧！其余的，容以后再向您多叙。

我才接到您惠寄的《周末》，多谢！容我看看，如有引起我意趣的话题，也可撰小文向您贡稿——这是后话。

再次向您致敬，因为您为我们中华民族的新时期的精神文化建设努力工作！

今天就写这些吧。祝您

冬吉！年祺！

（目坏人）周汝昌谨启 1982.12.22午前北京东城

4

严中同志：

转眼已入新年，祝您公私咸吉，工作顺利。

接蜀中信知重庆未有红会之事，或系另一种集会。您得空仍盼再去向毛君[1]采访，俟得到他对您的说词时，我再给您写信，把我设想的与您采访所得的结合起来才好拟一个“方案”，以便您继续将此事努力协助。我已有了一个初步想法，但还是等您访毛后再定为宜。

我阅京报知南京文物普查收获甚大，但不悉其中有与曹家相关之新发现否？也盼细心留意、时时在心为祷。

专此恭贺

年禧！

周汝昌拜启 83.1.6灯下

5

严中同志学友：

晨起料理早点后，即铺纸为你写信，不想即又接到来函（附复印件二纸），喜甚！你在此事上立功极伟！

你上次信中叙明“摊牌”，我未意你会如此“快速作业”法，有点惊喜意外之感。我本有此意，但未敢向你率尔提出耳。

“摊牌”起了作用：否则毛君决不会将明信片[2]出示于你的！这样的事，难道还要等“回忆、回忆”？这本身（他不敢说“并无此事”）就说明了基本问题了。我估计，毛君聆你摊牌之后，“不动声色”，但你走后，他却认真走了心，知道非严肃对待不可了。所以立即又找你……

你对事情的分析（即矛盾点）甚好。年月确实有异——但非要害，因为陈弟兄[3]可能误记。但你认为捎的书可能不是靖本而是其他“红书”，也像“矛盾”，我读了明片之文，认为不存在这个问题。原书分量（斤两）沉重。俞以至有“约有十斤”之言，这明明是古钞本一整部！至于俞索还的

1 指毛国瑶，他是“靖本”的“发现者”。

2 指俞平伯给毛国瑶的明信片。

3 指陈慕劬及其兄陈慕洲。

“红……稿”[1]，是指上海影印的文研所藏的一部旧钞本，此书不“重”，连三斤也到不了！所以，你千万不要被他搅“乱”了，要紧！今知毛是到处借书，借了不还（我也费事索还过一些书，吴世昌也曾抱怨他不还……），但这都和靖本毫无关系！

现急答你所问如下：

一、事情不是“搁了”，是基本“明了”了！

一、向陈弟兄再复核一遍，甚是，请他再回忆准确（主要是年月、书的重量等）。

一、你也要将明信片原件与毛抄件核对全然相符，并确定其邮寄年月（邮戳是真1965？）。

一、一面采访靖君[2]，先听他怎么说。（很可能毛已向他透了底、通了气，此事重大，估计毛不会真的“保证”如他向你说的那样……）如靖坚不承认，你最后也只有“摊牌”。你可以这样说：我们报社现已掌握三条证据：①当年的捎书人陈，已被调查采访到，承认了此事；②毛也已出示了俞的信件，证实此事；③北京有关人士给本报提供了材料和文稿，也完全证明此事——三者一致，应无可疑……

你看他听了此言如何反应。

如他承认了，大好，我们仍本着“前约”行事（不给任何人制造困难……）。如万一他很狡诈（甚至有别的言词、表现），你可以对他说：报刊已准备正式公布这一切了，所以你自己说了，最主动，能取得人的谅解；否则只有越弄越被动，于你不利……

这样行不行？请你考虑，相机而行。

你建议由我“出面”撰文，也无不可。反正我为了咱们的事业，不惜一切。何况毛、靖等人已造了我很多谣言、坏话（将来自可澄清），这正也是他们心理上的一种“异常”表现。因此，我也不避什么嫌疑，不怕“水珠儿溅了衣履”的。

---

1 指《红楼梦稿》的省略。

2 指“靖本”藏主靖应鹍。

至于四人帮“批示”，李公[1]亲赴浦地等情，一概无人见告于我，闻之可骇可叹。这当然要体谅人家毛君等人所承担的压力负担。

但，四人帮倒台如此久了，82年他们几个人（包括靖的一家子，连儿媳在内）联合在一起在红学会上（南京）大放厥词，继续说那些“迷失”的谎言，就不可理解，难被原谅了。那样做，又是为了什么呢？！

深深感谢你的功劳！你只要考虑好，要我作什么，我一定全力协助。匆匆赶写，字迹丑甚。祝

腊祺！

周汝昌 1983.1.25

6

严中同志：

昨亲自去发挂号信。因匆匆之间，恐有分析不周之处。今日核对：俞片[2]称“同日上午”“同日下午”，指“二、六”（此据信片复制件），而陈信[3]确言“2月26日”靖[4]托他，27日离宁，“28号上午九时左右”到京站，出站后，安置行李，即打电话，“约半小时后”俞之女即到，将书取走，未索收条……

因此，除“1963”与“1965”之歧以外，①日期大异，②上下午也不符，③收条的事也不对（俞片言“有一收据已付陈君[5]”）。

那么，由以上分析判断，并非同一事情。如何解释？是否有这样可能？

1963年2月26—28，靖托捎了古钞本；而1965年2月6日，毛[6]托捎了“红

1 指李希凡。
2 指俞平伯给毛国瑶的明信片。
3 指陈慕劬给严中的信。
4 指“靖本”藏主靖应鹍。
5 指陈慕劬及其兄陈慕洲。
6 指毛国瑶。

楼梦稿”——这是还给俞的一部影印本。毛出示此二片，是巧妙“遮目法”，使你模糊了视线，遂可搪塞你摊牌的大问题！

这是我所以追发此信的缘故。但来信并未说清：你是否核对了毛出示的明信片原件与他的“抄件”，而证明是全然一致的？又，怎么相信确系1965而非1963的？

因这两点极关重要，故再问，乞复示明白为感。

当然，另一可能是陈记忆有小误。但这可能有多大？不能主观妄揣。我看是两次的事——其所以都在2月，当然是由于春节探亲多赶在这个月份耳。

想你已又给陈同志去了信。总之，事极重要，而事态仍有待明之点。祝好！

周汝昌 1983.1.26

又附一句：

俞片所显示的，显然是“回报”毛托捎之事。如是靖托捎赠书，俞如何会向毛“交代”？？

可证毛出示的信片，全是另一回事！！

你得陈复之后，如确是靖、毛分于63、65各托捎过书，就揭穿了毛的把戏。你可再次走访他。又及。

7

严中同志：

接连收奉两惠札，喜甚感甚，你为此事认真求实、不惜时力的精神，使我十分钦佩。

你说的，全合我的心意，请放心，我不会计较他们什么，他们当初都和我打交道（记得靖家儿媳王同志[1]也来过……），我竭诚尽意，没亏负过他

1 指靖应鹍儿媳王惠萍。

们，更没做“对不起”他们的事。他们如今对我所做的一切，是一种“反常心理”——只因我初步表示过某些怀疑，这就是毛、靖、王等“衔恨”的根本原因。我一生遇到的“奇事”不少，只本着尽其在我的态度去对待别有用心、来意不善者，从不曾“以牙还牙”……都忍耐了。“为大局”，你说的好极了。

至于向有关负责同志去汇报一下，以求今后处置万全，这也正是我的想法，所以读你来札，十分高兴。我们能“说到一处去”。

当然，在向上面陈报之前，我们得尽力把事情弄个初步底实了，去说时才更有力。

看来我最近去的第二札，所料也不确了，因为你采访结果是陈家又承认是“65”——而且也没说是托捎过两次书。世界上的事真是复杂的。科学态度要紧，一点不能主观臆断，掉以轻心。但是，靖宽荣[1]的话，已经难与毛的话“对榫”了。我敢说：俞是绝对不会把胡藏“甲戌本”称为什么“红楼梦稿”的！而且，那书只十六回，影印本简装只一册，线装的也只四册——会到了“约重十斤”！？这完全是毛“通风”后串编出的（或早就“编好备用”，以防万一的）谎语谰言。不可为其所惑。任何人都不曾呼“甲戌本”为“红…稿”。俞之信片证明靖在编造。人一到了这个地步，是什么都能编的。

你前信说的，我很赞成：你在采访初步结束、判断基本清楚后，先撰一较简明之短文在贵报发表，然后你再写一较长、较详的，我可以合署（名字在你的后面，符合事实主次），给《新观察》。当然，什么时日最合宜见报，我们可以从容计议。因为这个主动权全在你手。但，千万不宜先发王的文章（来示所言）。

要防范的，也不能全忽略大意：即他们见你的采访内容，已触及了要害，已经慌了神（如来札所叙毛、王种种表现），所以他们也可能“急”了而不择手段，抢先“行动”。（是什么，当然无法尽揣，但不外乎布置

1 指靖应鹍之子。

迷阵、编造新谎、中伤对他们“不利”之人……）（甚至也会“向上反映”！）你要估计在内，适当留神。并非我们多想，人是复杂的，什么事都做得出。

极盼继续工作，及时联系！

谢谢你。祝你

春节快乐！

周汝昌 1983.2.1晨

有条件，把一切“文件”都复印备存用，要紧。

8

严中同志：

春节吉庆！节前得你信，示知采访靖宽荣的结果，说①将再访其父本人，②将即复印俞片，③俟陈同志确复。我又奇忙，因而只等你的续报，未及回信。俟至此刻，为日已多，未见联系。十分惦念。怕来过信寄失了，致成两误。又恐你那里有什么新事态，梗阻了你。特驰函以询。并贺

新春！

周汝昌 1983.3.3晨起

盼速复。

9

严中同志：

惠札已尽悉一切。他们的种种表现（与表演），说明了你的采访调查击中了他们的痛处，否则不会如此的。你说事情“不顺利”，也不必如此看；这也不叫不顺利，你想，这是何等之事！？焉能指望三言五语，“势如破竹”？况且他们——你已看得见，都不同于白面书生的十分单纯天真诚悫。我上次特别嘱你：要小心。现在初步证明所料不全错。你会感到“压力”

（某种言词动作）和“缠人”（麻烦）。但相信你不会为这些所动，以致功亏一篑。至少，你已取得了初步成果：①陈君的第一次书面材料，②俞的信片，③靖宽荣的已向你承认是怎么回事了。都无法反嘴撤回的，这就十二分重要了。

你并未失败，有点小曲折无妨——曲折变为挫折也无妨。要有信心，顶得住他人的向你软硬兼施。你决定发她的文章，是对的！

我“抢先向香港发表”[1]也成了罪名，你可以告诉她：听说毛国瑶当初为此还特向周某去信致谢，表示感激呢！这又怎么讲？这种种无用之话，你统统不要管它。

在适当的速度下（有紧有缓，太紧了，他们会急而不择手段，太缓了，也怕夜长梦多），运用有利条件，提防不利情况，稳步坚定进行下去。所嘱一定在意。祝你

新春顺适，公私咸吉！

周汝昌 1983.3.9

已封好信，忘了回答问题，又拆封，今补于此：

一、胡藏16回，通称“甲戌本”。

一、原书四册，册四回，外有布函，一套。

一、此书80年在美国，我又重见一次，无损。旧竹纸，已黄脆，恐其重量最多不过斤把而已。

一、上海影印，似乎也依旧题作“脂砚斋重评石头记”，初次线装，一种全照原式，分四册，一种分上下册（无布函），只有硬纸夹板（最后出简装，只一册）。此种线装本重量最多也不会超过“二斤”吧！

一、你到南京图书馆，可能借到。亲自掂掂分量。

又拜 1983.3.9

1　指周汝昌在香港《大公报》副刊上发表有关“靖本”的文章事。

10

严中同志：

多日前已拜复一札。至今未得惠函，不免闷闷。不知工作进行如何？又遭到了什么困难？前札之意，谅蒙鉴照。如此好事，定会多磨，但切不可功亏一篑。有什么人对你施加影响（或压力）？你要拿得住，不要吓倒。或有小不顺，也不能认为挫折，更非失败。要提防一些圈套、计谋，向你软硬兼施。不要信别人的谣言，切记切要。

因不了解情况，暂不多写。盼有复信。

祝

好！

周汝昌 1983.3.31

11

严中同志：

读了4月2日来书，十分高兴。您做了一件重要的事，而且成绩斐然——并不像你自己想的，是“山穷水尽”了。因此，此事之胜利完成并不一定在于非得从靖的口中取得“承认”不可。（当然，这不是说不要努力争取这个承认！）现在，毛，靖之子、之媳，已然供词自相矛盾了，你再听靖本人怎么说，就算行了！因为他若承认更好；不承认，也得作“解释”——这就是我们所要的！

你估量了影印“稿”[1]一书，约有五斤，不管怎么，也不会“接近”十斤吧？若再如靖之子所云，那“甲戌本”起码得更轻一半，或只有三分之一！别的不符之点，就更不待说了。何况陈家弟兄肯提供那样清楚而重要的话呢（“祖传……”）！这就已经是胜利了，何用其他？所以你不应有山穷水尽

1 指《红楼梦稿》。

之想。

你一定要应慕劬之约，同往对质，听靖怎么讲。（带录音机更好，至少作记录。）

然后，你把结果告诉我，我就好向有关领导去说，否则还没有最后的"定情"，不够有力。

我说过之后，尊重有关同志的意见，再找《新观察》（小报没有这么多版面）商量发表调查实况，合盘托出。这些，由我负责办。

你是否现在就着手整理材料、写文章？一旦刊物答应发，我们好马上给他。请你考虑一下，示我看法为要。

陈家哥哥[1]在哪里？我内蒙有熟人，可以去拜访他。我们几条线都并行不漏。你看好吗？（可示知陈兄之详址，最好能得陈弟一信为介绍。）

要有坚定信心毅力。我们只为文化事业、神州宝物。不为这，不为那，不对张三，不对李四，光明磊落。（但也要提防坏人的各种打击，甚至损害！急了，什么都会使出来的。）

附来之信，妥为保存。你如需用时，我再给你复印。

不要长时期不给我联系，因为我必须随时了解基本情况，才好决定如何行事。就是没有什么进展可言，也务请来封简单的信，只为通信息为嘱。

好了，你打起精神，把这件要事做到底。人人都会感谢你，我更是如此。祝你

公私顺利，春日愉快！

汝昌拜启 1983.4.4灯下

来信只写××胡同×××号即可，因单位地址是另一地方。

---

1 指陈慕洲，时在内蒙古自治区任教。

12

严中同志：

刻得来书。可一切照所说办。但要记清：你给毛，靖，靖子、媳四人看你的文稿时，只给每人看各人有关部分［即核他（她）自己说的“是否准确”］，万不可出示“全文”于该四人，切要，切要！

我只为嘱你此一语而再写此信。

我已初步与有关同志说了，过些时还可能详细会谈商议一次。如有必要，我会告诉你的。

俞先生[1]处，是否将你的文稿寄去，须慎酌。文稿须多备几份副本（最好花点钱复印）。匆匆致

礼！

周汝昌 1983.4.9夜十时

13

严中同志：

稿到，极好！我想你不肯署名，故全用我的语气，攘你之辛劳功绩，我固不安。但又为你想，也有好处的一面。这毕竟怎么署？还拿不准。须定下来，我才能再作一小点加工。（不会很大的，只加添一个尾声——即你无法代我拟的，真像我的几句话。）你署名的好处是，你是“无冕皇帝”（借用他们的话！），你的发言十分有力，谁也不敢“奈何”你！

我现在分析判断：这事靖应鹍是个老好人，完全被划进圈套中去了，一切布置，都是那个“军师”[2]主谋、教导的！他是个牺牲品，有难言之苦。俞[3]的第二次“红楼梦稿”四字，不可加书名号，应加引号——这是泛称，

1 指俞平伯。
2 指毛国瑶。
3 指俞平伯。

也是隐语——与毛公商量好了的“暗号”，并不能当作真书名看待！你上当了。类似这种地方，我拟加上几句拙见分析。你意如何？（也绝不伤人，放心。）盼即示知。

陈同志[1]也来了信，印象好极了，真是个淳厚君子人！我现在为慎重，又不想托人去问慕洲了（怕万一有走漏），我想直接去信了。但慕劬并未另写一纸介绍信。为此，拜托你：即打电话与陈君兄联系：说某人接到信了，极称赞……将我上述意思和他商量，并盼示。故此先不拜复——等一总写回信谢他。务请说明白！谢谢你代劳了！

春嘉！

汝昌拜上 1983.4.22

14

严中同志：

前函早到，慕劬信亦到，可是函内声称写了一纸介绍信附来，拆视则实未附来。不得已，为了免周折，只得直接与慕洲同志去信，恭敬婉恳，一切解说明白。唯至今不见反响。这事竟因此卡住，不能进展，万事俱备，只欠慕洲东风。似此奈何？请你妥筹一下，再向慕劬商量商量，这该怎么办。盼速将结果示下。

匆匆，颂

文祺！

周汝昌拜上 1983.5.10

1 指陈慕劬及其兄陈慕洲。

15

严中同志：

刻已接到呼和浩特陈兄[1]之来函（83.5.18），所言与陈弟[2]皆相合。一切调查齐备。只等我再就你的文稿加一加工。（须得容我抓一点时间，实在冗乱已极。）先此驰函以报，免你惦念。

专颂

时祺！

周汝昌拜书 1983.5.20晨刻

附一纸乞转慕劬同志。

16

严中同志：

忙乱已极，久疏联系。也因与《新观察》打交道极不令人愉快——此刊物作风真差劲，详情此刻不愿亦无力详叙，等十一月见面再谈。现因《新观察》“滚嘴”，白白耽误了如此之久，一气之下，就往海外发了——刚刚议定，大约不致再生周折。故匆匆驰书奉闻，以免久念。

刊出后，当寄一份去。前者您说要“核对”各采访人，我也想将稿寄去过目，现在通通来不及了，望多谅。

匆匆，容后叙。祝

秋祺！

周汝昌 1983.9.8

1 指陈慕洲。

2 指陈慕劬。

17

严中同志：

函敬悉。袁小云同志[1]的事，我一定在适当机会进言。

如果到南京是没有该会的车子到站接待的话，我就打电话给你。这样极好，我们还可以先谈谈。

你以记者同志的身份参加，最好。如果面向海外的报上发了咱们的文章，我就不想“首倡”此题，静观“有关人士”主动表演（估计他们会有些动作的）。若到“火候”成熟，我就在大会上全文宣读我们的文章。那时再请你补充或纠正（万一有走失之处）。你看如何？

《新观察》太不像话，我打了几个月的交道，他们应了，才把稿给他看。（我说：“如贵刊决心不大，可不必多此一举——不必看稿，我不愿它示于人的……”）两个领导跑来，不算不重视，故当面最后议“妥”，谁知它又变卦——好像魏绍昌[2]施加了一点“压力”，他们就变了主意。根本不讲道德。

如对外报纸刊出，我一定寄一份给你。

匆匆，祝

中秋节吉！

83.9.14

你的好意要撰文需我之有关“资料”，很少真能“代表”我的。因夏日房管局搞“内修”，东西益发百倍凌乱，请等一等，找着该报纸（或查明日期）（还有一两种想同时给你看看），另封再启可也。

临缄追及

1 指南京市越剧团演员、《秦淮梦》中芳青一角的扮演者袁小（晓）云。

2 指在香港《大公报》和北京《新观察》上发表《靖本的故事》者。

18

严中同志：

正要写信，忽接来函，欣悉一一。刻忙乱已极，若是别人，我就谢辞了，今你来约，我无论如何，也“挤”一两篇。以免让你失望。估计1500字者写二篇，若万一手顺，兴致高且时间允许，再多写一篇——“好事不过三”（此乡谚也）。

我们的文章，再遭耽搁——这次是被中国新闻社，也是“滚了嘴”，我并没让它登，它先是自愿！……却把我已托好了一位赴港同志的吉便，完全误掉了！！气得我没法。真是“好事多磨”。正在另觅妥便。但原欲争时间在会前先发“制人”之意，是被破坏尽了！可叹。当然这不算完，我在想办法，晚就晚罢。会上的事，另作计较。见面议。

我可能三十日赴南京。

报纸靠老伴找（我目坏），偏偏她病了……《北京晚报》如你翻翻80年4、5两月报必得之，但用处不太大。另有一文乞阅，即《读书》去年某期发表了一文，是谈我的，也请参看：黄裳撰，题目是“生小读红楼”，这对你可能有点用。

我的简历是1918生，天津人，南开中学生。燕京大学研究院毕业，本科西语系，华西大学、四川大学教外文，翻译，兼研本国古典……有很多著作已出版，包括《新证》。《曹雪芹小传》，有新版，有一专章增加了新资料数则，很重要。古典诗词理论、注解、赏析，都有很多专著和论文。红学还有《恭王府考》，《天津日报》连载专栏“红楼小讲”。书法有《书法艺术答问》，香港、北京同出。现职：中国艺术研究院顾问。“官衔”：作协会员、书协会员、文化会代表、红学会顾问、全国政协委员……

大致如此。但介绍我的学术方面，非数语可了，亦无可参之文字。只好由您“看着办”吧。

极匆匆，祝

好！

汝昌拜 1983.10.11

19

严中同志：

信到为慰。撰稿之事，已开笔了，写了一点，被事、客访……给弄得中断了，容即努力完成之。也许一篇，也许两篇，不宜太多吧。

所嘱之点，我自明白，请放心。

“采访记”[1]自然不会太长，也不可能全面，我多提供一些“情况”，只是为了使你下笔之际更准确、更中肯些，而不是为了开账单、如数罗列之意。也请勿虑。

《天津日报》曾有一篇谢大光同志的介绍我的文章，还有一篇〔缺二字〕，前者对您可能有用，可惜我只是一时难以寻到了。（似是81年的，也不记月份，岂非大海捞针乎？）

我至今未接南京正式通知到底哪天大会启幕（只南京博物院来了二同志，口言十一月一日开幕。我无法判断确否），你如有所闻（确讯），盼从速惠示。

我们的文章[2]，是我求“妥”反误了事，如寄往专用信箱（已曾联系好），有一百篇也寄出去了！！真是后悔莫及。正在另寻“妥便”。

祝好！

周汝昌 83.10.17

半生了却秦淮愿

——访著名红学家周汝昌

周汝昌先生今年六十五岁，可是他研究《红楼梦》已有五十年的历史

1 即严中经周汝昌改的《半生了却秦淮梦——访著名红学家周汝昌》，但在《南京日报》于1983年11月24日以“开谈说红楼——访红学家周汝昌”为题刊发时，编者作了较大的删改，面目全非。现将原稿附后。

2 即香港《明报月刊》1986年1月号上署名周汝昌的《〈靖本石头记〉佚失之谜》。

了。他从小就喜欢阅读《红楼梦》，并且很早就注意《红楼梦》作者曹雪芹的生平。他那时就知道曹雪芹出生在《红楼梦》中谈到的“金陵”“石头城”的南京。因此使他对这座名城十分向往。看，他后来出版的《红楼梦新证》和《曹雪芹小传》中竟有“江宁织署”“金陵老宅”“靖本传闻录”“曹雪芹与江苏”等许多篇幅是论述《红楼梦》及其作者与南京的关系的。但是，有谁想到，他萦绕在脑海中的五十年秦淮梦想，到今天才得以了却此愿——现在他有生以来第一次来到朝思暮想的南京，参加纪念曹雪芹逝世二百二十周年大会。趁此机会，我前去拜访了他。

周先生在回忆最初接触《红楼梦》时说：“我幼年时常听母亲说《红楼》，上初中时，已正式阅读原书不止一遍了。及至到了南开中学读书的时候，我经常和同室学友黄裳、黄宗江等谈论《红楼梦》。有很长一段时间，每天晚饭以后，我们到墙子河边散步时，谈论的就多半是这个。那真是兴致勃勃，成趣盎然，谈论中杂以激辩，回到宿舍还不能停止，可惜，两年后发生芦沟桥事变，天津沦入敌手，学校被迫迁走，我因此失学。一九四〇年，我历尽曲折，考入燕京大学西语系。第二年，珍珠港事件爆发，我又一次中断学业，回到家乡天津南郊咸水沽，就是在这样的境遇中，我又开始了对于《红楼梦》的研读。我最初的研究成果，是摘记在各式各样的废旧纸条上，时间长了，纸条一张张粘起来，活像‘八卦图’‘百衲衣’。”周先生的这个“八卦图”就是后来与俞平伯先生的《红楼梦研究》并行但又不可与其同等对待的《红楼梦新证》的原稿的基本部分。这部书一九五三年由棠棣社出版，是一本关于《红楼梦》和它的作者曹雪芹的材料考证书。该书出版后受到读者欢迎，毛泽东对此书曾给予评价，海外以惊人的高价转相购求。一九七六年由人民文学出版社增订再版。计有八十万字，可谓“前无古人，后无来者”之划时代之红学巨著。

周先生说，他一生志在求学，虽多次因战事而受挫，终不改其志。抗战胜利后的第二年，他再度考入燕大，后来在燕大研究院毕业。其时，他曾作过陆机《文赋》和鲁迅《摩罗诗力说》等文章的英译。此后曾在燕京大学、华西大学、四川大学教外文系的课。他关于《红楼梦》的作品除了《红楼梦新证》和《曹雪芹小传》外，还有《恭王府考》和将要出版的两种著作。一九六五年在香港《大公报》上介绍了南京“靖本”《红楼梦》而轰动了国内外红学界。近年来又在《天津日报》上开辟了专栏“红楼小讲”。一般人都知道周汝昌先生是屈指可数的著名红学家。他的其他方面的造诣却鲜为人知。实际上周先生是个“杂家”，他对于中国古典诗词、小说，以及古代文艺理论等方面的研究都有独到的建树。一九五四年他调任人民文学出版社编校，《三国演义》的全面校订、注释和评介就是他在这一岗位上的成绩。自己编注有白居易、杨万里、范成大等家的诗选。他曾在香港和北京出版过一本《书法艺术答问》。此外，他还是京戏、昆曲的爱好者，年轻时偶尔粉墨登场。现在还经常撰写一些散文、杂文，散见于京津沪报刊。

周先生现为第六届全国政协委员，中国作协、书协会员，中国艺术研究院和《红楼梦》学会顾问。在谈到这次南京之行的感想时，他说：“南京是六朝故都，又是曹雪芹的故乡，我一直想来此一游。今天迎来了这一大好机会，我一定要认真地寻访与《红楼梦》以及曹雪芹有关的遗迹，以充实我对《红楼梦》的研究。”同时他也很希望有关方面能为曹雪芹这位伟大作家在他的出生地南京大行宫建立纪念馆，供人们参观瞻仰。

20

严中同志：

已发一函，附有拙稿一件，如收到请示一短柬，说明如此写法是否合宜，有何意见、要求……是否续稿等项，以便安排。因我行前之事极多而乱，必须听你一句准话再定续否也。

敬礼！

周汝昌 83.10.23

我拟于6日离京，7日抵宁，8日大会启幕也。

21

严中同志：

承寄来文稿[1]，写得极稳妥，可佩可感。鉴于我还有十天才能到宁，而你需要早些准备，等见面就太赶罗了，因此，用红笔略参拙意后，挂号寄还，务请妥收后参考定稿。我改的只限于关系平生经过的事实、次序等方面，务求符合实际、更准确，而你只凭材料当然有一些地方是不能详确的。此外只改了大题中的“梦”，和正文中改为“梦想”，这是提防有人误解，说歪话。匆匆难尽。

祝好！

汝昌 83.11.3

22

严中同志：

小样很好，你改正之后，我又用圆珠笔略作补充。即请以小样为准。严核清样，勿使出现一个错字。谢谢！

“采访记”稿昨日寄发回去了，收到否？（上面有我的笔迹。）

新通知已到。行前与你联系。

极匆匆。

汝昌 83.11.7晨

23

严中同志：

红会改回原址之通知，是今晨与你的信同班投到的。看来为此周折巨

---

1 指严中草拟的《半生了却秦淮梦〔周汝昌改“梦”为“愿”〕——访著名红学家周汝昌》一文。

大，办事的同志们是伤够了脑筋的。

转来之件谨悉。所谓“放卫星”[1]，让我们拭目洗耳，以迎接之。若果仍涉靖本事，根据我们已掌握的材料，则颇疑卫星云者也不过是一种放放虚声气以充门面罢了，未必有什么撒手锏。他们如果真聪明，还是不提它为妙。当然，我们也不掉以轻心，因为这种人不一定讲科学，只是胡缠刁歪为能事。届时原不拟大做文章（仍向外发表）。但若逼我们哑巴说话，自然也要讲讲。为了雪芹之本真，为了我们的研究事业，我没有任何顾虑，也愿承担一切。我们不吵架，不骂街，只讲事实，平心静气，科学态度。如我们弄错了，不难当众认错。这通通没有什么。

谢光宁《芹》剧[2]也有不足之处，但那讲起来太麻烦了，况且第一个上演的《芹》剧，有创造的功劳意义，还是应加鼓舞为是。它到底有一定优点。不知6日公演后有些什么反响。

红会推来推去，弄到寒冬了，本想大好秋光，前去畅游快叙。如今很伤脑筋。不去是不行的，只为和你会会面，也要去。但是有一点你可能还不知悉，我双耳重听（多年了），带着助听器，也须你比平时谈话要提高嗓音。早点告诉你，可免临时显得“尴尬”。人老了，当时的精气神没了，钝了……

与台湾红〔学〕家[3]会过。届时可与你谈谈经过，由你酌采运用。相片有一些，但最好的没寄到，不全。原照都是彩色相片，不知制版适宜否。

南京气候情况一点不知。若承你于会前再示一札（估计好，让它廿日能寄到），当时气温如何，须穿何等衣服为宜，则不胜感企。

日祉！

周汝昌 83.11.12

---

1 指当时传言“靖本”藏主及发现者将有重要信息在会上发布事。

2 指谢光宁编的越剧《秦淮梦》。

3 指潘重规。

24

严中同志：

信到，剪报文写得颇老练得体，手笔不低。承询之点，深恐晤面时人客太多，（在沪开红会经验所“教示”也！）无法从容奉告。故仍急草一札去，奈难美备，聊供参酌而已。在红学上，值得提到的，至少有四大方面：

一、最早发现了敦敏的《懋斋诗钞》，对雪芹的研究是一大推动。继而对其家世作了研究，今日一般所知于曹家的各种关系，如孙夫人为康熙保母、曹寅为他自幼的小伙伴，以及无穷的事故……实皆由拙考而始明也。是以海外称之为“曹学”。美国赵冈在《红楼梦新探》序中说，海外研《红》者的取材，皆由《新证》一书而来。

二、最早就《石头记》三真本之脂砚斋评撰为专篇论文，那时我还是学生，在《燕京学报》发表，为特例，第一次对脂批作了系统而深入的研究，对作品、作者的理解，起了重要作用，此一学问之建立，称为“脂学”。那时诸脂本还未公开印行也。

三、对版本的综合校勘研究，揭示了程、高窜改雪芹原著的文字和思想的重大问题，反对胡适的排印“程乙本”，以伪乱真（今之新版《红楼》，是我多年呼吁努力以争的结果）。

四、对雪芹思想的探索。如“补天”思想、“正邪两赋”哲学上的意义等，皆由我首先提出、初步阐释，注意雪芹小说的思想意义的一切探研。以上乃关系后来红学发展最要之点。

此外，对《红楼》的艺术，就其大端，也是我先提端引绪，散见各文——这一点，你更不会有印象了。凡我提端引绪的各方面，今日已逐渐各有专著出现了。

总之，顺便谈起，可使你增加了解，不是要在采访记中写流水账。酌采少许可也。

极匆匆，余俟面罄了。

（此刻车票尚未到手，故无法预奉车次……）

日祉！

周汝昌 1983.11.18

25

严中同志：

握别后，顺适抵京——我这“屋”[1]里，对面只一军官，没有上来别的旅客，因此清静得很，像“专车”一样，这是“高级旅行”中的难得之事。暮色苍茫中行过江淮一带，一觉醒来，已到天津！真是快啊！到家已是九点多，只在车上吃了点心，家里的早饭就“免”了……

回顾在金陵一聚，愉快极了，使我永不会忘记。你的种种深情厚意，更让我感动，真不知用什么言词来向你表达我的深衷之谢悃！人生交一挚友，是最可珍贵的，像你这样诚挚热情的人，我所遇所见，是屈指可数啊！

南京浦镇那件“公案”[2]，以及你的处境，有何新发展，切盼及时联系！！我要为它继续工作。余不多及。不正派的人和事，难道会终久占“上风”，而来压倒我们吗？不会的。

如可能，请你找一个好手把拙稿（复印本）再清抄一份（或能复写纸带出一份更好），以便我向中央打报告用（我这里孩子忙功课，又不便拿给外人去抄）。如你能办，并望快一些。

向袁小云同志致意。那天座谈会安排得不甚理想，远远不如诸暨越剧团那一次（谈得极好）。座位形式太分散，又乱，谈话费劲，几乎没有人听……十分败兴，也未能尽言……可说遗憾之至。

西花园[3]的事，有待深入研究。

有一小琐事：座谈会要我写字，我带去一管极顺手的新使用的狼毫笔，长管，湘妃竹，上端有黑牛角饰顶，我写完冯其庸接过去使，我匆匆坐车到

1 指车厢。

2 指靖本《石头记》佚失之谜。

3 指中华民国“总统府”煦园。

西花园会你，就不及将笔收回。一支好笔是难遇的。烦你向谢光宁同志专托此事，务必将此笔找回为感。谢谢你！

此函只为报安抵北京，忙乱极了，一切难于详叙。祝

好！

汝昌 83.12.2晨

26

严中同志：

平信接到，慰甚！因为我生怕去信的信封别致，会被人“没收”（适因另有他故，故而越发担心，详下文）！但一直等待挂号件到来，好一并回信。不料昨日才姗姗来迟，这样缓慢的邮程，真令人兴叹。（北京、南京之间呀，一日多少次车啊！）

我回来忙得晕头转向，一言难尽！现遵嘱寄上小文，以便“开锣”，但只得一篇，请谅，余者即当续奉，勿念。

《周末》也寄到，望致我意于拂明同志[1]！他要的字幅（这待写的简直多极了！）容我陆续安排。

你抄写得真好，太感谢了。切记：那里有何新动态，火速见示。你为此正义之事受指责，我有意直接与周泽同志[2]写一信去，加以解说事实真相。不知可行否？未敢卤莽，先与你商量。望考虑见示。

我南京之行至今愉快回味无尽！

回来也顺遂，只一件小事别扭，那两个邮包，我到京后很快收到——但只一个。认为邮递中偶然岔开了……不料一等二等，至今杳无踪影了！询邮递员，说他无法负责……的确他也无法，事非他所能为力。然而，难道堂堂中国邮政，非都挂了号才保万全，这成何事体！？真是有气，恼火！那丢了的一包更重，恐怕你花了两元多邮费吧？（收的一包是一元多的。）里面有

---

1 指时任南京《周末》编辑陆拂明。

2 指时任中共江苏省委副书记的周泽。

很多书、诗稿、老教授见惠的诗文字幅，托嘱要看的红学文稿……还有我记不清的事物，都在那一包里！这真令人懊恼。

一封平信，可以借口不慎丢了；那么大的重的邮包，怎么会“拿丢”了呢？！何况另一个又寄到不丢？！这怎么解释？！我真想找邮电部长当面问问他，听如何回答！（你是否可到寄发邮局问问，听他们的回答；然后写一个材料，向中央反映，请查究，因为这太不像话了。）

乱中，极匆匆，望谅。祝

好！

汝昌手缄 1983.12.10上午

27

严中同志：

来信均收悉矣。各件亦皆寄到了。令夫人的同事和另一女同志，已于前晚来过，所嘱之事照办，并将上午刚好赶出的四幅字交给了她。又有小书一册奉赠。请届时哂收。

小云同志[1]给我寄来了一张照片（合影，演出间休息室）。不禁想到在宁所拍之照片甚多，盼你便中代为收集，或嘱拍照同志直接寄我处以留纪念为感！

邮包至今不见到来，谅是无希望了。也问过京局，答复也只能是让再等等看。此事真是太难置信。据孩子说，她包扎时，这包比已到的一包更为牢固。有东北的同志来访，谈到去年他从上海红会寄论文等物，与我“遭遇”全同。只收到一个，十分着急，等了半月，居然又邮到了，还算万幸。而我们是已等得超过半月了！

记得在给越剧团写字时，最后是团内演员（扮太监的——他自我介绍）的一幅，他在一旁帮忙伺候抻纸。笔的事，不知他有些印象否，可以问问。

---

1 指南京市越剧团演员袁小云。

你告诉小云同志，印已补齐捎去了，听说北影要拍片，不胜高兴！遗憾的是那天座谈不太理想，（远不如诸暨团的一次，谈得好极了！）主要因为座次场面太分散，不适合一个座谈会，大家注意力不集中，几乎没人听（也无法“喊”高声讲），连谢光宁[1]也“走神”。所以我好多话都省了，没有说。（例如“皇阿妈”是皇父之义，且只能用于清末特定人物，绝不可以称“佳贵妃”……）因为我这里忙得团团转，百事纷集，实在无法再给小云写了，请你转达吧！

余事再叙。

冬嘉！

周汝昌 1983.12.16晨

28

严中同志：

信到。去信见否？

今续一稿，因忙极，不可多得，须俟再寄了。我意刊登可拉开些，跟紧了，真怕“断线”“绝粮”。

刻接一信，果然又有人接到“莫名其妙”的邮件——实是由那一包中散开而由邮局“处理”的！请速到南京局再追查细究，迟恐迷失了。谢谢你为此辛苦。余事再叙。

汝昌 83.12.21晨匆匆

又，临别时在西花园惠赠我的关于大行宫的报刊资料，也在丢失的一包中，我连一眼也未得看！太可惜了，恐已不易再检寻同样旧报了吧？

我回京后，有从南京返京的同志（比我晚二日）告我说，在大行宫建立纪念馆的倡议，市政府立即表示同意了！闻之喜甚。但不知确否。你如得知确讯，盼告，又拜。

1　时任南京市越剧团编剧。

你如临时又想起什么事来，请急速来信。

上次我改“访问记”，只限于使叙述精确，不涉其他。例如将“教中学”一句删掉，因为我没有教过中学，只在小学教过，那是为了躲避日本搜罗失业失学青年而不得不有一“职业”做幌子。叙起来要费不少话，所以免了罢。又及。

29

严中同志：

信皆收见。今晨又接到寄报二份［拙文（一）］。今随函寄奉续稿一篇，仍请审正，以定用否。

关于为《周末》撰文事，因你特嘱，我还是该应命的，唯目前实在忙极了，好在并无时间性。我只觉我与南京实在缘分太浅了，有什么值得一写的呢？很感惭愧。

同时收到谢光宁同志寄来的座谈记录、彩色照片及简札。我说的照片，你可请小云同志也协助，仅在她们团两次都有些拍照，如还有可赐寄的，请她留心收集。告她：我空一空再复信给她。

《日报》所刊拙文，请转嘱编辑同志：题目要用“寄言……”不可改“寄语……”，因为这七个字是调平仄的诗句，有一定格律在内。一定须用“言”（平声）。

再者，已去之挂函，见否？

我收到了江苏省红学会王白坚同志的信，告我他收到了一些莫名其妙的邮件——判明是我邮包内的散落件！为此，请速到邮局查找，拜托！拜托！（我并未把任何文件寄回给你，显系邮包内之物！）

另，请同时到南京博物院去查问——因小女在邮包上写的“下款”（寄发处）是博物院！！匆匆不尽。

近佳！

周汝昌 83.12.26

续稿恐怕不能如所嘱那样快。我在《天津日报》的专栏两周一续。为你报，最多只能如津报，也许还得再拉开些，不要太多。不知尊意如何？只因实在太繁忙了，谅之为盼汝。又及。

30

严中同志：

给《周末》的稿，实因你谆谆重嘱，才勉为之，但恐不合所需——如不用，千万勿客气，可将稿寄还给我，毫无关系。

王白坚同志挂号寄来一大包，但据小女判断，说是仍有相当部分散落未全。如此，仍烦你再去访问一下王同志，你二人共同根据邮递情况再分析一下，看能否判明是在南京散开的，还是到北京散开的。这寄来的一批，其实有的上面也有我的名字，如系在京散开，他们怎能知道王白坚同志地址？至于你来提到的你交小女之件，我根本不知，故也绝无可能又由她寄回南京，这是不可想象的事。

里面又有南京师院外文系黄龙同志[1]的一件稿子，夹在期刊中，首尾俱全。也被寄到王同志那里。现附上一纸，乞便中转与黄龙同志。真麻烦你了！

谢光宁同志来信，也说要拍纪录片之事，与小云同志所告者合符，闻之甚喜。我已直接〔给〕谢君去信了（补充意见）。他也提到笔已有下落了。

你谈大行宫的文章，也在包内，我已读了。惠赠的南京手册也在内。祝好！

汝昌 83.12.28夜

1 时为南京师范大学外文系副教授，《龙之帝国》一书的“发现者”。

31

严中同志：

多承你对拙稿作了提示补充，在此基础上，我作了合乎我的笔致的修饰和运用。因“稿约”说不要写尽人皆知的古迹等等。又读者要看的也不在此，而是看我的感受和看法，所以须有抒情点睛之笔，〔不能〕太实了，不然文章就死了。务请以改稿作准，嘱主编不要再动——因我的文字各处均有，大家都熟悉已久，有其独特点，如不像我的，就引起疑心了。

“寄言白下……”也是如此，不要照“常规”替我在文句上搞“规范化”，那就全然违背我的本意了。

孙中山，删去了，因为我在文中说明：只谈文学、艺术家对我的吸引力。假如一旁涉，事就麻烦：提了孙中山，为何不提天王府？……这就不可收拾。

你几次谆嘱，不要在报上提靖本，要提只提过去……我也不明内幕，靖、毛的势力就这么大？何至如此？难道你我犯了什么错误吗？！我所不解。此事我早已向中央打过招呼。现时我要把稿子转港报发表，你到底同不同意？还望速示。

中新社还提此事，可气之至！我没让它发表，它自己说“一定用”，那时我正托了人亲自捎往港地。既然它说“一定”用，我把妥便放过了——它忽然又滚了嘴！你说可气不可气？！不然早就在外边发了。

匆匆，祝

年禧！

周汝昌 84.1.4灯下草

32

严中同志：

信及报纸均拜收，王氏的“奇文”也读了。多谢你把一切有关材料见示于我，实在太高兴了，否则我是无从看到的。你函中所嘱，当在意，勿念。

袁小云同志又来一信，我上次未及作复，这次拜复一札（二纸），烦请转致于她。

最近中央台为《红楼》电视开了两次会（服装、大观园，均有设计详图）。大观园盖好拍完，即作为永久性园林保存了（也可能开放）。很有趣。小云同志如作了李宫裁，倒能来此一游。另外“史湘云”的母亲也给我写信来了……

又有一事拜烦：南京红学会编印了一本“陆厚信绘雪芹小照”问题的资料。我听说凡收入文章的都已得十册赠书，可我一册未得（我有好几篇文章收入此集）。又听说现在是南京博物院姚迁同志[1]掌管此事，你能否有便访他一次，说明是我托你代询此事的。如他答应确如我所闻知的那样，即请他按例寄下赠书，以便于友好中散发。这事看你的方便。

还有，有人托我向南京购买曹雪芹纪念章（铜币，一面头像，一面大观园）。我买了一个，2.80元。如仍有售，请代买两个。（价款可暂由我的小文稿酬中扣除，以免我汇款之麻烦，可以吗？）

灯下草草，不恭，颂

腊安，阖家均吉！

汝昌 84.1.13

33

严中同志：

寄上一挂号函，有续稿，有致袁小云同志的复札，皆见否？谅不致丢失，但未接来信为念。生活相片实在不好办，可用的皆不在手边（拿走了未还），有极大的〔困难而〕无法寄。我看就用你撰文所用与潘先生[2]同坐那个就行（只取单人，不显重复）。

---

1 时任南京博物院院长。

2 台湾省红学家潘重规。

拜托询问姚迁同志之事，不知如何？你交来钱祖夫[1]之稿，极佳！先致意，目前乱极，不得作札。

邮包事我问京总局，有挂号 挂号 1205 （右上角，非贴签，乃印上的戳），又有南京市12月8日邮章（右下角），别无他处邮章，此甚重要，请再费神到南京八宝前街该管邮分支所（局）去查1983.12.8投递的1205号挂号件，登记的是何处发寄？当能一清二楚。（难道登记簿不写发寄者？但封纸下边无寄发字迹，只一很窄长的方戳，字不可辨，只有……收件人……可认，似是无法投递、退寄件人之意？）这些线索实况请提与南京局，务请一查究竟。此事很怪。

你的纪念封、票还有少数未用的，怕丢信，暂未使它，请勿念。

上次挂号信究收到否，速示。

匆匆，再祝

春禧！全家快乐！

周汝昌 84.1.22夜癸亥腊月

34

严中同志：

日昨方作一札，未及发，即得来书，尽知一切为慰。因拙文二语，你费这些事，心实不安，抱歉！全依卓见办理可也。

王氏[2]奇文，已“欣赏”。此等人要藐视她（成不了大气候，靠这个成“事业”的没有），又要重视她（因她到处造谣生事，中伤好人，制造麻烦，惑乱视听）。你看我是否给吴新雷[3]一信，不指名的提醒他有人挑拨……我是纯粹书呆子，什么复杂关系也不懂，所以先问你。如以为不妨写，我再

---

1 时江苏省社会科学院工作人员。

2 指王惠萍。

3 时南京大学中文系副教授。

办，认为不可，反要有副作用，当然不写。其实，明眼人一看即知：有人帮助查找你家的宝书，岂不当感激，怎么反而恨上了人家呢！是中岂不大有文章？

拙文当〔遵〕你所嘱，删去应删字句，不涉报社。请放心。

南方大雪罕见，北京却久无雨雪，入四九才变冷些，真怪。

相片的事，累你屡催，甚歉，并非不肯寄，实因“生活照”多被刊物取去不归，剩在手边的人像都太小，制版印出，几乎看不出什么，放大的有尺许大的，又没法寄。所以为难。今附上一个“非生活照”，凑合用吧，没有办法。用毕请寄给我为嘱。

已到腊尾，就向你贺春禧了！

全家节日快乐！

周汝昌 1984.1.25

35

严中同志：

新春纳祐，阖府吉庆！

我这阵子忙乱得不堪，所以无法去信，请多谅。

今寄上拙文（六），先用着，等再续。并将王白坚同志的包封纸寄上，或许有一点用？反正尽人事就是。给你添了无限之麻烦，真觉抱歉！

灯下匆匆，并贺

新禧！

周汝昌 甲子正月初八〔84.2.9〕

36

严中同志：

连接报纸，今日又亲到邮局取出了你替我买的纪念币及小锌版，非常高兴！

没想到到南京走了一趟，竟留下这么多“后遗症”，给你平添了无数的麻烦！真是不该。我希望这么些“症”都处置得差不多了。在此一总向您深致谢悃！

纪念币二枚，一枚是芹头像的，另枚却是运动会的纪念物，文不对题了。我料此必售者不肯不愿给你两枚，乃以别的充数欺你，你以为他包起来是两个，不会想到别的。

小锌版除我所索，你又特赠照片的，十分好玩，真是要感谢你想得周到！很多刊出的照片，我都未及索版，很后悔。

我一直忙极了，非你所能想象都是忙些什么！星期、假日皆无，还要常常到午夜才休！

给南京写的小文，因系强赶，索然乏味，没一篇好的，甚为抱歉！我日内如稍空，当续一二文去，希望能略“好”些。（编辑部爱改文字，不了解我的笔意。如“虽不能佳”“若不能佳”“愧不能佳”……是常见语，不可楔入“算”字，“不能算佳”文字就太坏了，“算”和“佳”不能连用。如“王右军”“王大令”是书法家的“行话”，有特殊意味，一改为“其子献之”，是求明了，可是文字就一点“味儿”也无有了。此类以后请转告最好不动。）

未写完，客人至，只好打住了。祝
好！阖府均吉！

汝启 84.3.3夜

37

严中同志：

来件皆拜收，忙极，未复信为歉！

今续稿一份，忙中所挤，因隔时不短了，忘了续。此文若《日报》嫌长些，可给《周末》，以免被删也。（换去题目即可。）

你要的字幅，等我稍空再办（字债也是积压太多了）。

我上次去信，收见否？

匆匆，祝

清明之吉！

如晤小云同志，代致意。

周汝昌 1984.4.2夜

38

严中同志再鉴：

昨晚在忙中刚赶出“寄言”（八），客人来了……今晨未及发信，却接到了来信，甚慰。谢谢你为我费的这些事。

我实忙苦了，祖夫同志处务必替我打个招呼，我稍过一定联系！

你写写“许将军[1]与《红楼》”吧，这太好了！此乃一大佳话，你设法一定要见到他，请他谈谈……我全力支持！

最近《文艺报》发了一文（即南京会上之一论文），听说《文摘报》也转载。我已写了一万字的长文“争鸣”，该刊下期登出。

北京“红”事仍很热闹。我这里堆的都是和《红》事有关的稿子、剧本、书物，真是应接不暇。

南京有一处“琵琶街”，你听说过吗？此古迹还在吗？盼速示。因我读到一条记载，太奇了！

匆匆，又书。

汝昌 甲子三月初三、84.4.3、上巳

---

1 指许世友将军。

39

严中同志：

信到为慰。本拟遵嘱不即作复了，但想我前者烦你，是不知柳先生[1]何在，无法直奉书札；今既知之，宜先上书而求，方合礼数也。既蒙示以地址，本可径寄了，但又想还是由你加封转寄为好，因为以后有事还得请你帮助（如书写出现错字，务请改正之）。故而这样做了，然不知合宜与否？望明教。

琵琶街事不忙，以后再说。小云同志可能再也没得红楼电视的音讯吧？昨始得知，他们已大致将演员定下来了，因专人负责，推荐与自荐者大抵不得其门而入。现已开办讲习班，请人讲《红楼》，我也会去的。匆匆，祝

好！

汝昌 84.4.9夜

40

严中同志：

我见你们办的几种报，都很具特色，充实丰富可喜。

一直极忙，未能写信，想见谅，接寄报，见你所撰大观园文，很是欣慰。确实你对《红楼》的兴趣更浓了。

这里还存有纪念票封一个，另有高票值的无封之邮票（皆三四毛以至八毛钱的），可是无封了。不知你还有无办法弄三四个？——只因你本是为配全套之故，否则当然就何必费事了。

我见这份报上有一文叙介木根艺术家“老柳”，不知是否南京人氏？我很迷木根。〔下文阙。〕

“南博”的徐湖平同志忽寄来“资料”十册，说是他因你去索才知，现

1 指南京军区某部部长柳特。

检得的，并且不知赠书十册之事云云。说是代姚迁同志办的。可见书实在他们处，前者皆托词也。

友人来信说他们与吴新雷同志矛盾甚巨，吴愤而退出江苏红会。未知确否也。总之，事情你都替我办到了，真是感谢之至！又及。

〔反面〕

南京北京东路和平新村24楼——柳特。

〔84.4.25〕

41

严中同志：

实在紧张极了——人大政协会前夕，事特别多，你寄来捎来各件，一一拜收，十分感谢，也顾不上回信。

三份字幅，急急赶出——本不可能，不是为你的好友，我还得和别的墨债去排大队，不知何日方能动笔也。

柳特同志已有信，并已将艺品寄来，我特作一诗赠他。一并托令郎捎去，烦请转给他（怕丢）。这首七律还可以，打算给《周末》刊用，你问问柳部长同意否（如录写，可不要出错字。不提赠品的事，以免他的麻烦）。

前稿中原作“凤凰门外”。今承提示，拟改作下式：“……凤凰门外〔门疑是台字之误〕……”，这样较“科学”。

极匆匆，余不及叙。

近好！

汝昌 84.5.3下午

42

严中同志：

今附上剪报一则（请代保留），请烦你费神，向这个线索采访一次，代我索求一份资料（不管是论文还是其他形式）寄给我，谢谢！

汝昌 84.5.4节

赠我的小版片非常好玩。如果我将来写几个字（或诗）请贵报给制个小版，可以吗？

又拜

43

严中同志再鉴：

嘱我为《周末》写点红楼文字（可不必与南京有关），至今才于冗赶出一篇。因我的文字总有一个“整体思想”，其表现法又与他人不尽相同，所以希望勿加删削。如嫌长了，干脆分成两次刊用，似无不可。

近好！

汝昌匆匆 84.5.6

44

严中同志：

5月20日来信我自宾馆回来小休，才见。知捎件收到为慰。捎上的果脯，京中叫“杂拌儿”，本是过年（春）吃的，过去极佳，现质量不断下降，已变了。我让伦苓[1]（月苓是她大姐，你未见过）买十袋（每袋一斤），但临时我只提了一下大红袋子，未数到底是否十袋。北京真可吃的东西没有（我们常常为此气得慌），歉甚。

同一个报上某一个人的文太多了不好，“小人”不说话，我们也要自知。（既如此，顶多再写一个“之十”也就算了。）《周末》既然另一回事，那你不要一定给它了，我到处可以发的，以后有短些的再给《周末》吧。

1　即周汝昌二女，又作“伦玲”。

晓云[1]同志的事我一再费力过，但他们“选”的都是小女孩，什么也不懂，最大的22岁，我们还得“讲课”。像晓云这样有见解有经验的（和她谈的印象非常好，至今记得），却不考虑。其做法很多同志有意见。

北影的事，你的朋友，只要有我可尽力处，你“出题”就是了。

你提到的“织造府”计划[2]极佳，我久有此愿，只是条件不够（身不在金陵，困难太多），又无助者，时间精力都顾不上。你有此兴，那太好了！就请动手，将来联署名合著，大佳。最好又有学术性，又有文艺性，不要定个死框框，穿靴戴帽，八股式。各种文体，不拘长短，诗词题咏，也可入编。赶紧找朋友（精通摄影的）抓拍“现状实影”（包括邻景、街道、巷……）。到南京图书馆去搜集一切可用资料文献——以便运用。除你建议的编排内容，还可以将曹寅《楝亭集》内有关诗文也编入（带点笺注）。使之丰富多彩。请到江苏社去联系。如遇见的是吴同志（在京已识面）（吴X峰？），代致歉意（因在南京时，他到我屋来，正值陈慕劬等二位同志第二次来秘谈，我只好将吴同志“挡驾”了——再想找他，不见了，怕他误会了：接见别人，不理他……）。如不是吴同志，自然更没问题。

还有什么拟议，随时来函见示，相商而行。赠柳部长的诗，既不宜发表，我也许隐去他的大名，另外在别地发表了。他的盛意极心感！

灯下匆匆赶写，大会尚未完也。

近好！

周汝昌 84.5.23夜

打印论文已到，谢谢！

45

严中同志：

5月29日长札此刻才到（3日晨）。因刻下事更繁杂，恐压住，即草数行

1 即袁小云。

2 指写作《江宁织造府考》一书的计划。

先复，请谅简率为要。

江苏社那青年的答复只能如此，他不敢作什么主张。我遵嘱当向彼社去信。勿念。此事很有意义，但要说实在话，我的事多得使我没办法，只能靠你的实力，我不过“虚衔”挂上就是。书名似太长，不好引用，最好也采“副题”法以补正题之不备。这工作量实际不小，莫看得轻易了。先收集，先“铺设”，最后如何编排大局，不忙。有了“实物”（指作出的成果），别的不难。

文稿的事，在我无所谓。我止是怕你从中为难。犯不上为此担什么“沉重”。（当然，也不宜全顺从小人的意愿，那样岂不正中“下怀”？！）我是既不为小人而写，也不为小人而停，一切“走着瞧”，但我远在京师，只有听你的决断（见另页）。

赠柳诗，不过一时之兴。现在就放下它好了，没甚要紧。倒是论宝玉能书法一文，别人不知道，论及此义，所以有其小价值。如《周末》不好用，你不要为难，我们已非泛交，一切不要拘俗礼，寄回我即可转他处（我不是忙着发它，如你无难处，就仍由你发。毫无关系）。

你写的介绍沈丹萍[1]的文章，非常好，我读了，很佩服这个年轻艺术家。将来如愿来谈《红》，是欢迎的。我为电视演员们讲，也还受“欢迎”的（其中未必有沈丹萍这样水平的）。

前几日，《光明报》的“东风”版有一文，向“北影”之拍《红楼》大加批评，其势甚“凶”，惹人注目——一位人大代表特意指出要我看这文章。则不知这是怎么回事？大家议论，如无背景，那报也不肯发这文吧？我对此一无所知，你可向沈丹萍探听真相否？我们的事，往往很“奇怪”，书呆子是测不到“高深”的。呜呼。

我下半年文债如山积，还可能要赴湖南（韵文学会成立，我是发起人）。还有无数要我看的稿子……（也有剧本。）

《秦淮梦》有新进展吗？北京的曲剧也作了一部较大型的曹雪芹剧本

1　时为北京电影制片厂演员，严中挚友沈云之侄女。

（两位作者也到南京红会去了的）。

拉杂，打住吧，要说的事太多了。

端阳节好！

周汝昌 84.6.3

你信到时，正有客人，我匆匆折阅，掀页时误漏一页未见。及再寻陆君名字时，忽发现漏看了一页——其中所说去约徐公[1]之专栏，以堵小人之口，此一打算，实在太好了，一定要如此办。至我的，你不必等续稿了，你就先发到手中的那一篇就是了。我再有了续的，可以随时，不用“专栏”发，谁也不碍谁的事了，那多好！匆匆又及。

我要同时发江苏社的信，找不见地址了，只好托你加个信封从当地寄发（可不用带报馆红字的信封，下款仍写“北京托寄”）。

46

严中同志：

今夏京中热居全国首位，胜过南方，可称异事。手中足有十来项工作要处置，都来逼迫，光是书籍的校样就同时三批在案头，都是“急件”，就不必再说别的了。所以无法与你时常通讯，接到报纸，也顾不上回信，想不多讶。

不知你近来忙什么了。江苏社，至今并无只字回音。这是举棋不定？还是为何？总之不甚礼貌。我不知应如何对待它。请你考虑考虑。因恐你惦念，故此去信说明。别无他事。

《红楼》电视剧，到现在连宝玉都没有，要登报“招聘”，亦奇闻也。

“流落”上海（南京）的那支毛笔，已蒙托人捎到了，请转告晓云同志，因为都曾为它费过事。在南京时非常好使，现在也不行了。

天津也办了《今晚报》，你见到了吗？

---

1 指上海红学家徐恭时。

柳特同志到京开会，特意给我带来一枚大树根，我很喜欢，天天摩抚。他在京曾“三顾”小庐，我们谈得很投洽。他说到京谁也不去看望，只到小舍来……他返宁后我曾去信致谢。若有机会见他，再请替我问候致意。

我还得忙，不写了。专颂

暑祺！

周汝昌 84.7.9

所存信封、邮票，还等寄稿子再用吧。

47

严中同志：

信至，甚慰。你说的最合我意：《织府考》一定要作好，我们不会“死”给江苏社的，这家如此待人，也太无礼貌，等以后有“节骨眼儿”我再问着它。你“考中举人”[1]以后，努力进行。

依你好意，我又写了“第十”（不要忙着即刊用）。如字数偏多一点了，你全权酌量删减吧。这篇没有专门性的东西，不会发生误删误改之事。

你不要总惦着给我买东西。切嘱！

暑嘉！

极匆匆，余事再及。

汝昌手启 84.7.16灯下

48

严中同志：

晨间才接江苏社一信，附上请一阅。他们“措辞”官腔十足，明是愿意，还要出题目，不俐落干脆。既如此，我只好再复他一信。

---

1 指严中考上中央党校附设函授学院事。

全书内容纲目章节大略，你先草拟一份，给我，我综合了拙见即作答函。

暑嘉！

汝昌书 84.8.1

来札亦已收到，勿念。

极粗的概要应包括：

一、织造府的建立（溯源）

一、织造府的地理环境，建筑，设备……

一、织造府在南京的地位、作用（经济的、政治的）

一、织造府与曹家的关系

1. 顺治时与曹家的关系

2. 康熙时与曹家的关系

3. 雍正时与曹家的关系

4. 乾隆时与曹家的关系

一、织造府与《红楼梦》的关系

一、织造府的历史变迁及现状

一、修复织造府、建立纪念馆的意义

细目请设计。

49

严中同志：

中秋夕蒙捎到手札并所惠礼物（食品、火花），适逢佳节，千里之赐，很是高兴，但我屡嘱千万不要给我捎东西还是捎来了，叫我心中深为不安。两位客人晚夕忽至，家人忙于他事，亦未奉茶招待，更觉歉然。请你向他们转致仄怀。“火花”虽小物，倒也十分精美，有趣不俗也。

著书规划正好我作了些许调整，亲笔录寄了，等有回信即报，勿念。

南京的新发现[1]，我与吴新雷同志通了音讯，已蒙他详叙一切。他建议我到南京去开个小学术会以促进工作的前景，但一时恐难抽身（不是我一个人的事）。我盼望你能目睹"现场"，给我作一次描绘（吴函不叙"景色实况"也）。看来你也看不到，但你是否可以以自己的身份和说明受我委托前去了解情况，这样有利于向市政府做工作——你持此理由去找文管局（处），难道他们也拒绝吗？望来信谈谈你的想法。南京的事我一无所知，但是工作还要做，因为关系重大，不容坐视。地图惜未能带来为憾（因研究织府必用之也），我十月将赴长沙开中国韵文学会，现每日仍极忙碌，永无休暇。

匆匆作此札，向你道谢，并颂

时绥

周汝昌 甲子八月十六晨〔84.9.11〕

前次一函标明"急"并标明"拜托转交"之字句，为是竟无人肯关心为同仁转一下急件，由此可见，你所处之环境中人情之薄、人与人的关系之不易，不免令人嗟呀耳。又我现著一小书谈《红楼》艺术，急需《宝玉才兼书画诗》一稿，望寄还。请你不要多想，我真的要用它，又拜。

50

严中同志：

我因出国事忙乱已甚，久不得通讯。今行期又因手续推迟。刚刚接到江苏古籍出版社复信，（我写给江苏人民出版社，弄不清他们改组了，可能拖延，即由于此耶？）说已列入计划，急需询问大概字数及交稿日期。

此两者请你研考一下，说一个大概估计，直接付之吧（另附一纸，签了名）。

极匆匆。

1 指南京发现万寿禅寺（曹雪芹家庙）遗迹事。

该社仍在高云岭。

周汝昌 84.10.28

51

严中同志：

来札及照片拜收。地图大摞也收到了，只是所云“遗物复印件”未见，也许寄失了。

我细看了两帧照片，“雍正”一张最清楚。另一张是否“怡”字，实在大有问题。盼对这类事多加慎重，不要轻易和“怡王府”等等说法作“联系”。做学问切忌附会，一字不慎，可以累及全局。此义须从容细究，鲁莽是会出毛病的。

你来信中提到的撰文的某氏，侧闻有人对他意见很大，说他善于窃取他人成果，抢先作文章，自我宣传……希望你多留意，信中不要与他多报“内情”，更不要多提我。将来你会明白。

六月份交稿，觉得太紧了，能作得出来吗？

等我从苏联回来，正式告知余清逸同志，我的合作者是谁，并请他今后与你直接联系。

匆匆，容再函，祝

好！

周汝昌 84.11.2晨

52

严中同志：

上次来信收见后，我忙着赴长沙开会，特别冗乱，故未能去信。这阵子你也无信来，不知情况如何为念。

前承寄示照片，其一碗底确是“怡”字，但书法甚不高明，与另一碗底水平差远了。这事复杂得很，比如亲王府的瓷器制度如何？有没有把一个封号字样写在碗底的例子？该瓷片究系何时代物？就都须有专门考察后才敢讲话。曹家与怡府的关系是史料说明了的，但说庚辰、己卯二本是“怡府钞本”（只凭一二缺笔字），就显得“危险”了。做学问不能太随便引申推测，否则学术质量就要打折扣了。怡王府的瓷器，能随便携走，而且带到行宫去吗？这些问题都不敢作什么答案。所以我盼望你不多在这类事上费精神日力。多做实际功夫，将稿件本身的“规格”保证不下降，方为最要之点（例如南京报上有文说通灵玉受雨花石的影响，这是完全可能的，但这只能是一种“谈助”，作为科学些的论证，就不行了）。我给出版社的内容纲要，将来你找他们录一份副本，以便参考。

作稿有进展吗？遇到什么困难了？俱在念中。附去剪报一件，方便时转与柳部长，并致问候之意。

匆匆不尽，即颂

冬吉！

周汝昌 84.11.4

53

严中同志：

发去一函之后（见否？）即接到寄赠挂历一卷，拆阅，印制精美，深表感谢。

刻接“苏古”[1]来函，称：①完全同意字数及交稿日期，已入计划；②为对我们尊重信任，不再审稿，稿到即发。力争早出。为此，立即驰函报闻。

既如此，事情是顺利的，但责任也倍重了（一切文责自负），稿子质量越发是第一问题了，你的工作要紧张、努力起来了。

1 指江苏古籍出版社。

我这里还在极乱之中，又有信息说“赴苏”[1]待发（也不敢说是否又是骗人），实难从容细叙，请谅。

你当务之急是先掌握在宁图书馆一切有关资料，不忙落笔。

汝昌匆匆 84.12.7晨

54

严中同志：

今日接你信，还是只见我第一札时所写。此时不知已见我第二札（报出版社重要联系事）否？如未见，速来信说明。

今日发寄红楼挂历一份，请哂纳。

我前时向冯公[2]说及长沙之行同至南京一观之议，他大见笑，说那如何行（指路线不对），要长沙回京一同专程赴宁……今接你信方知他却自己先去了，真不可测也。我告诉你，诸事多生一个心眼，勿学我书呆子可也。

你说先全力弄资料，这极好，这还不止是一个“先易后难”的问题，说到根本处，是连每章到底如何写法，都得取决于资料的情况，才能下笔呢！地志、杂著务须全搜才行，要注意两大课题：一是织造这制度的历史（主要从明代讲），二是织造衙门（署院）、作坊（局）的建置情况，然后才能说明织造从明代即与政治有关。（有一个著名的太监孙隆……）须看《明史》《明会要》等书。再然后才能说明曹家的地位与作用（不与明代相比，无从理解，认识其重大的异同）。再然后叙曹家居此的一切可考情景，最好讲雪芹的事，此为主体，其他皆是附录性质，必如此学术质量方能确保，万万注意。

汝昌匆匆 84.12.13灯下

此札重要，收到来信为盼。

1　指周汝昌、冯其庸、李侃去前苏联东方学研究所列宁格勒分所考察该所藏《石头记》清代钞本事。

2　指冯其庸。

55

严中同志：

我因长沙会、苏联行、作协会紧相连接，席不暇暖，非常忙乱，积的事情又如山待理，略无喘息之工。访苏还是有收获的。撰文一事，《津报》先来约洽，我也还顾不上，缓缓再说可也。

来札所叙一一拜悉。题字请溥杰先生[1]，甚好。因我从未直接联系，显得冒昧，就请你去信求他，可以说明是我的诚恳之请。他的书法很有味，比现下“名家”的江湖字要好得多。

至于生卒年，我劝你不必在此书内多扯。你只将诸说简要罗列一下（论证、论点），我们不作什么“结论”，反正雪芹先生生在南京就行了。你不要有“倾向性”（你可能愿意生得早些。其实那样困难是太多了，很多无法讲通），不要把这个弄得喧宾夺主。我的观念要摆准了——是曹家的织造家世，不是个人的问题。

至于黄龙处，确实需你好好找他谈一谈，把马幼垣[2]的文章让他看，听他如何说。你要充分运用调查研究的本职本领，勿存任何成见。如他是捏造史料，这人就太无聊了，我还不敢这样武断人家。无论如何，此说（双方）应列入本书内容中去，咱们也不要“表态”。但我二人可以各写一些小“按语”“附记”之类，这可增加学术质量，防止过于“客观主义”。照片要质高，不清的宁可不印入。印时也不必“道林纸”（国内技术太次了，还不如像《新证》就印在报纸上好些）。你找不到的我设法。书名打算去掉“考”字，又简捷又活便。加了“考”很呆气。再不然就叫“江宁织造府与曹家”。请你考虑看如何。别的可以随时交换意见。

北京现下寒冷，但有火；江南恐也不暖，望注意身体。

灯下匆匆，即颂

1 宣统皇帝溥仪之胞弟。

2 美国夏威夷大学教授。

年禧

周汝昌书 85.1.13夜

又启者：来信云赴苏之行你已见报载，不知所指何报，望一示。如可能请复印一份惠来，因北京多人问我何以未见报。我在外不知其详，无法回答也。匆匆又拜。

请抓紧访黄龙教授，初步结果请速示。三赘。

56

严中同志：

小儿周建临因公到宁，万一他人地两生，遇上不便，务恳惠助一二，容我报谢！

冬吉！

周汝昌书 85.1.30

王彬　曹雪芹纪念馆副馆长〔周建临注〕

57

严中同志：

今午见到小儿建临自宁返京，备述你的种种热情招待，感同身受！又带名产板鸭，令我受之生愧。至于布囊妥致西园[1]遗石一块，尤堪慰幸，高兴之至！此块殊合敝意，因为它大小、斤两、形态，都觉惬怀，最难得的是本身虽系大石山子崩断之一块，而且自成形体，并且崩坏之崭新断面离痕，故使人有完整、古旧、浑成之“文物感”。此在一般人，瓦砾可弃之赘物也，白给都不要的；而对我来说，实为宝物，比商铜周玉尤有味矣。为此你又当花费不少心力，深深感谢！布囊我就用它装石头，以为纪念。（也许设法配一

1　指江宁织造署西园，时为大行宫小学校址。

个木座，可以置之案头。）

复读来札，种种可喜之讯，更觉欣悦。我对黄龙所提资料，印象甚佳，实不敢武断人家为作伪欺世。今他竟能提出人证二项，而且答复都是正面的，此则十二分重要了。千万勿掉轻心，继续烦恳老馆员入库细寻，切要切要！

你撰稿准备工作有收获和进展，闻之鼓舞，有志者事竟成，你是有实干精神的，我很信赖你的顽强向前的毅力。馆藏之图，太重要了！你一定“千方百计”把它掌握了。

建临带来“天佑”之线索，我认为这是康熙帝所作七言诗的末句及下款，上面还应有很多文字——可能刻在该石的另一面“对称”之处。末句可能是“□天佑德慎周防”，上面应有一个字（昊天？荷天？等等之类），望你再去细察。

我忽生一念：我们这书稿，可否在“附录”项下，将我们的《靖本下落调查初稿》编进去？因为它毕竟是南京与《红楼》的一项重要关系。唯不知你以为妥否？可一筹思。

匆匆不尽，即颂

阖府春祺

周汝昌 甲子岁尾、85.2.16灯下

58

严中同志：

正拟去信，即收到来札，见工作种种收获，自是十分高兴。

建临与你通信之事，我尚不及知。一过江，就是春雨绵绵，这是最可畏的事，北方人听了都要有“冷湿”之感，不要说身临其境了。

“会芳园”[1]三字巧合，甚觉有趣，此事当然值得深入讨究，然后判断雪

1　此三字出现在南宋《景定建康志》“府城之图”中，方位正在今南京大行宫处。

芹是有意用古，还是无意偶合。

最近看到一件文物相片，上有曹頫题字，图记相合。不久还可望见到原件，如是真迹，将来设法拍照作为插图，也觉可宝。画者或题诗者为吴世语，号时庵，可能是秦淮人。你查地方志及杂书笔记等，随时注意有无对他的记载。是康熙时人。应与曹氏有关系。

“宁博”因姚事[1]闭馆，难道能因此长期妨碍馆的工作？此亦异事。我一切不明，自难索解也。

你要我的咏石诗——原该早就寄给你（现已有三家和韵了）。但我考虑若是发表或示人，被宁地“冤家对头”知之，他们一家两姓难保不生事，说我二人“盗窃出土文物”，加之罪名。小人何所不为？因此加了一份小心。此诗我或墨书一字幅赠你。因太忙乱，请稍待。

《龙之帝国》一事，还盼继续努力为要，因所关太大了。

“靖本”文稿假如真作附录，我们也不是单独“突出”它，而是在卷尾另辟一专栏“附录”——《南京和〈石头记〉抄本之种种》。我曾写过文章，报道南京另一抄本，发表于《红楼梦学刊》——这样，就更为“名正言顺”，而不“显山露水”了。不知你意如何？

石头确实可宝，应配一佳木座，但毫无办法可想——要是柳部长，人家马上找一块破树根，略挖一槽，就妙极了！但我怎好冒昧求他？不好启齿也。

灯下拉杂，不再絮絮。所存一个《红楼》信封，等寄点重要文稿时再用。

春祺！

周汝昌 85.3.15夜

---

1 指姚迁含冤自缢事。

59

严中同志：

信到为快。洪君[1]“旧雨”一说，万勿轻信，前见一稿（将发表），详细揭其伪造之迹。他说“十二钗”，你仔细核对一下，如全符，再发。

我早年只知朱彝尊用过“十二钗”一词。袁枚的，不记得。尹继善诗中倒用过“金钗十二”，是喻姬妾。反正早期此词不指“荆钗”甚明。雪芹何以不避嫌？诚为一谜。

石头既非“私窃”，大善大善。“对头”也再不能钻空做文章了。你是谨慎周密之人，非常可佩。木座事，就先有一个普通的木板块的，就行。勿费大事。“艺术性”的，烦到柳公，未必好意思拒绝，但恐不知何年月方能做出耳。今附寄一纸示意图，以供参酌。

你寄的复印件，尚未接到。

“洋书”[2]若查有踪迹，请杨先生[3]赐写一文，更佳更佳！查不着了，也要记入他的回忆谈话。他不可能无端帮黄公“造谣惑众”吧？

即将住入宾馆，来信请照常发来，有家人负责转到也。

日祉！

周汝昌书 85.3.20晨

60

严中同志：

昨才发一札，今晨接到两件复印图本。会芳园既见图，必能于史籍寻到

---

1 指洪静渊。他曾在《艺谭》1985年第4期发表《江南织造署与金陵十二钗》一文。严中著文指出它是“一篇欠严肃之作”。

2 指《龙之帝国》。

3 指南京图书馆资深馆员杨长春。他曾在馆内见过《龙之帝国》，可惜后来没能找到。

记载。可惜我对此外行，提不出线索。

织造府居然有旗竿门景，真是可宝。但这样子翻拍制版再印出来，在我们这落后印刷技术条件下，决不会有什么令人愉悦的效果。建议你在宁速行觅请合宜画手（匠人也不妨），照那图卷上门景部分摘绘（临摹）下来，尺寸放大些，设色一切忠实于原件，以备作为封面装帧和辅助插图。（《南巡卷》的原式拍照，自然也做插图。）这些，清晰展大了，制版必佳，可以引人入胜——封面！此事务请勿忽。总之，我们多出“点子”，努力增加“特色”。

溥杰先生题字得否？如有困难，盼告，我这里有人可以转求。

寄上《丛话》稿内部印本一小册，你看看有无与织府有关的可资参考的地方？我自己是记不清了。（这份小印本，也许随《新证》一起寄？等你的札示。）

《明会要》既不载织府，你可查查《明会典》，或其他同类之书，查查《明史》的孙隆（太监）传[1]。

从情理推，《南巡图卷》也一定画过织府内部院落和花园。可惜早已散佚了（南巡图约是联军焚掠北京时流散）。

图卷内的旗杆门景，怎么判断出就是织造府的？是否图上有字？不要弄错。

拙著《新证》新印本迟迟不出，如你急需，只好寄一部76年本。也盼明示。

我刚开完了《曹雪芹研究丛刊》座谈会回来，灯下草此，已疲，不多赘，即祝

文祺！

汝昌手书 85.3.21夜

1 查《明史·宦官传》，未见其人。

61

严中同志：

周末自香山饭店归家休息，见到来信并三帧复印图，很是高兴。我意图本身就是新收获。如原图制版清楚，自不必言；若欠清晰（如康熙七年版），我们就也可请人临摹（与原图并列）的办法，来加强便利与效果。这很重要。请你务必考虑。

值得注目的是从宋代到清初，会芳园（及全部城市大概布局）基本未变。这样，会芳园定应见于记载（因不是一个小地点）。

最有用的当然是乾隆图！织造府既然与总督府的方位关系已经明确，那么你要立即实地考察测量：总督府原来大门在何处？（是否比现在靠南？）所谓大行宫的范围轮廓到底如何？研究者断言今大行宫小学即织造府园故址，到底对不对？有无新见解？要用点工夫，勿大意，认为已无问题，为成说所误就糟了。

摹画的事，千万不要找画家（理由另谈）。就请你说的古都学会里能画建筑画的同志。不是要“艺术性”，是要准确保存“面貌”。

你给刘君[1]去信不必提到我。你做的极是。我十分佩服你。

你的心情我能理解，但我们尽其所能就是了，不能超越客观条件实际。本来，记载这种地方和机构的“文献”是不会太多的。有一点点“新”的，也就难能可贵了。也就足以自慰慰人了。工作不外两大“方面”：①仅有的一点资料的整理考覈；②解决一些过去未弄清的问题。能如此，已是很大的贡献！

“木座”事极感谢。不要费大事，“意思到了”就满足，我无高的要求，务必理解我。哪怕一块木板上面挖一浅槽我也是“快然自足”的。木头

1　指刘梦溪。所谓《江宁织造府图》为他的《红楼梦新论》首先提及，并注明其图出自“清王翠绘《康熙南巡图》之南京部分”，但周汝昌先生与注者费了很大功夫查找而无果。

有一点纹理美，更佳，切勿添上油或漆，掩去木质的本色美！

《新证》既已有“暂占”者，可不必寄，一定等新印的（作出改进的）再为奉上。《曹雪芹家世生平丛话》还未寻出，请稍待（用处也不是很多，其中谈曹寅的，或有可取之处）。

安徽事[1]，你决退，甚好。此人甚无聊，切勿上他的当。匆匆即复，容再谈。祝

春嘉！

去年四期《中原文物》上几篇争论“雪芹小照”的文章，极有趣，你可看看。

汝昌启 85.3.30

62

严中同志：

再次从宾馆回家小憩，得见来札二封，知一切进展顺手，甚为欣慰。

《南巡图》我用的是故宫的。此一卷既在“历博”，更不难办了。已与建临说明，让他先去洽办。若实不行。再找胡德平同志[2]。估计不会这么难。但是，我怕拍照技术不保险（王彬[3]并不精于此），倘若徒费周折，同样费时，甚为可惜。况终不如你看全本面貌便于研究分析。我意最理想是调往南京你亲自过目，十分必要。当然，这要“公文旅行”“手续巡回”，大闹一阵才行。但是若真想调，我却可以和胡德平说说，请他支持。最万一的一个奢望是“历博”已有照片了（不少文物是机关存有现成的图片）。

题扉页的事，只要你觉得对书有利，我当照办。我本来是认为自己不给自己的书多写书签。现在是溥杰出面，内封就不大妨碍了。若再烦一位另

1 指洪静渊《江南织造署与金陵十二钗》文中所述不实事。

2 时任中国历史博物馆副馆长。

3 时任北京曹雪芹纪念馆副馆长。

写，原无不可，只是好字真少极了，弄一张劣书法来，看了别扭，必须十二分慎重。溥杰的字则很有意思，不俗气，所以我完全赞成他来题封。

听说85、86年之交，可能有人举办国际红会。希望我们的书能赶及问世才好。你是否先和出版社打个招呼，看“年内”出书有可能吗？

因事多，暂写到此。祝

清明之吉！

汝昌手启 85.4.6

63

严中同志：

烦安同志[1]带上书签内封扉页，写这么几个字已看不见了，废了好些张（宣纸的）。最后寄给你的还是“非宣”的，在宁时与你们写的那字现在已难得了。故“石头诗”这次捎不成。请再容时日。

安同志见示你寄他的南巡复印幅上注字迹，说刘说是康，我说是乾……这似有蹊跷，复印者确是康，但“历博”坚称无康图在藏，只是乾隆。我说是乾，是据你寄我的照片燕子矶、弘济寺，那画法确是乾而非康！这是怎么搞乱的，甚可怪也。

你欲将稿投《学刊》[2]，估计必不用，但可作“试金石”，考验它在报上宣称的“百家争鸣”。但矛盾在于：你不集中在“红”学上，必借口“与红无关”而退稿，而你若只写“红”事，则又无法介绍我这个“全人”——亦与标题难切合了。这须你预作考虑；施以较巧妙的手法去写，否则人家正好“就坡下驴”也。

投给它，百分之九十九白费事，务必留好了底本副本，以备别投。夜晚客去后又赘。

〔1985.4.10〕

---

1 指安尔康同志，时在中国工运学院进修。

2 指《红楼梦学刊》。

64

严中同志：

两位刘同志[1]星日上午到舍，稿、信妥收，放心。今星一立即与“历博”熟人（主事的）联系，不巧，他到成都去了；而胡德平目下很难一下子联系上。（他参加党内重要工作，甚忙？）加上“二刘”说18日即南返，这全无办法。（因即与“故宫”洽办，即使熟人副院长马上批准，从库房调出文物也不是当天能办的！）不要强费周折而白让二刘奔波了，没希望。我们的机关效率你明白。与建临议，等我熟人从成都回来，由他去拍好了。此事不巧，甚为抱歉。

上次说要赶“国际会”，现估计不可能，你不必认真。千万莫苦赶。一切以质量为最大前提，绝不能放低标准而“赶任务”。等《南巡图》有了办法，你好好研究，充实内容。

捎来的照片，已拜览。我意此非康熙图，乃乾隆南巡图——此一批图卷画风规格与康熙时的不同。但还是可以运用的。

我忙乱特甚，不及多叙，容再谈。

祝好！

汝昌书 85.4.15

另一纸烦转江苏人民社，谢谢！

又启者：

捎来之稿我当遵嘱阅看，但目力日艰，又加忙乱不堪，不能克期奉回，请勿太性急，你尽可从容续写其余部分。

请记住：我们此稿基础点是考察历史地理背景，不涉所谓“文学艺术理论”问题。过去流行的调头，一概勿涉（如批判什么什么等等一套）。你的见解论点可不必受我限制，但全书须协调，实在因我领衔署名而构成观点矛

1 指南京日报社刘小元、刘炜亮。

盾的，可以留下来，我另外为你找地方发表。按语则可分“周按”“严按”“周、严按”三种，有分有合——创一个合撰的新例，显示学术自由平等。

生卒年太繁了，读者会生反感，宜精练。再如芹究为颙子频子事，特宜细思：倘主张芹即张云章贺诗所指（当生康熙五十年），则芹即系诞于京师，反与南京毫无关系了。此与你之初衷反而抵触，你可曾想过否？

再抄稿，务必用黑墨汁、粗笔尖，浅色细划，我几乎不能看了。千万记住！！

又及：

附二纸，请转江苏人民出版社与古籍社各一纸（高云岭），（请协助一询）是不是出我们书的那里，我弄不清，因他们分成两家了。

65

严中同志：

今日接到4月22日札，尽悉一是。

《紫禁城》刊有《南巡图》，非你提起，早已忘记。原因也在于它绝不会全幅刊印，小“选段”对你用处不大，再则我虽有几册，估计不会很全。因此未曾存在意中。这事只要令友与我联系，需我向该刊打交道，不难，我有相识之人（可惜此刊系在港印制，不然可以借用版片）。

刘同志在京，我未能为你办到所需，十分抱歉。但另一原因是他住得太远，极难找，建临是拉了一个人帮他同往，才算找到了，可是他不在，只好留条子……据建临说，嘱他打电话，大约只打了一次未接上，就再不主动了。这样，没法办事，以致束手无策！

来函所叙各情，你不要过分担心。总有办法谐调。附录部分，多收些条，对读者具有趣味性，完全无妨。至如会芳园，我信中表示了重视，更无反对之意——倒可以做做“文章”。这些，不成什么问题。我们不必多谈“文学理论”性的词句，避去无谓麻烦，但用上一个“艺术联想”，乃是容许的，而且可保“万全”，这一点请你注意！要有一点新资新意，才不是冷饭重炒，更是极对。所谓“新”，又不一定是硬挖出来的“宝贝”。即如我们最近讨论“大行宫小学”毕竟是否“遗址”，就是极好的新意——学术研究的新成果才是真新。纠正谬见也是真新……

府西花园一说，甚可重视，因为又有了“新意”在支持它。困难是织府花园应在府西北角，还要加深研索，以求能解决的课题，解决之，自然是上策；不能一下子解决的，将问题提示出来，同样是学术贡献。提问题的往往是真正有功的学人。总之，我们凭实干，不多说空的——也就减少了武断和臆测。

我在宁时，江苏电台把我支使了一个够，又是作，又是写，又是录音（对台工作），完了事，他们连一份报或资料也不肯寄给我，真是毫无礼义的一种作风。有机会碰到他们的人，你可以提一句，不要太无礼貌。

书稿你不要苦赶，一定注意保证健康。

阖府安乐！

周汝昌 85.4.24夜

66

严中同志：

刚接到所寄杂志、报纸，勿念。

董可玉[1]处已将你的意思转达了（她的丈夫昨来舍间）。北京“历博”所藏《南巡图》，确为乾隆而非康熙，此系小儿向该馆负责人询明无误。既如此，对你还有无用处？请你判断。

故宫之事，我等候某女士信息，需助时再办。我现时目力已很难去亲看故宫《南巡图》，因幅太巨，景太细，故宫殿屋光照又暗，简直不行。望谅。建议你必要时到京亲访——并可到明陵去看看明代织造府的高级织品，也可叙入书稿，作为主题的一章节，非枝蔓也。

1　北京《红楼梦》画家。

忙乱已极，不能多叙，祝

夏吉！

周汝昌 85.5.11晨

“计算机”[1]红资不必寄来了，因无法看。（又一纸）

关于镇江江慰庐[2]，你对他印象如何？他在南京红会上表演特别。他每来信必言毛、靖一派诸人对我如何辱骂，他如何“不平”，但在文章中从不见他有什么“不平”表现，相反，在彼他几次三番向我说：“靖本并不存在了，你不要再对此表态，防备为人利用……”（大意）因之我才引起注意，对他发生很大反感。此人似不可交。（来信甘言密语，令你肉麻！）又及。

（此纸阅后弃去。）

67

严中同志：

木座捎到，极为感谢，已摆置书架上，不然不成一件东西。

稿已妥收，释念。我事杂乱已达极点，目又日艰，所以你不要着忙，容我时日。

令友购照片事，如来联系，一定出面找故宫领导，我有熟人。

《新证》印的《江宁行宫图》，出自《乾隆南巡盛典》，这书你运用了吗？切勿“忘记”。又，我制版所用，却不是直取自该《典》，却是取自一本南京名胜地理的现（近）代著作，书名已忘掉了，你见过此书吗？特提醒一下。请来示说明。

极匆匆。

85.5.26早

1　指江苏省镇江市科委工程师彭昆仑运用计算机技术探索红学事。

2　江苏省镇江市文史工作者。

68

严中同志：

小儿到史树青[1]处多次访问，俱不得遇，最后只得信函相求。今日已得史公简复，立时寄上一阅。

我早判断该图绝非“乾隆”，不会是在历博的，而刘梦溪之言不可为据。今证明拙见不误。刘的一句话致使我们如此周折，大费时日，真是一场笑话，害人不浅。

京中暑酷，我患热伤风甚不适，不能多写，容再报，即颂

暑祺！

周汝昌书 85.7.21下午

容再向故宫洽办，建临送来史复之即刻。

69

严中同志：

日前寄上史树青正式回复，见否？

今再寄上港《大公报》一文，虽无大用处（也可写文时引用，勿失为要），但可了解《南巡图》概况（流落四处），你是否可以综合推测出织造府的正式画面应在何幅乎？

余不及备。

暑祺！

周汝昌书 85.7.28

1 故宫博物院研究员。

70

严中同志：

连接收到你寄报数份。我因特忙，联系不够为歉。几件事粗叙数行：

一、故宫照片已托人洽办你划出的那部分的照片放大片。如顺利，可以基本解决你的需要。

一、雪芹不写吸烟人，甚是。今年《人民政协报》恰有一文谈此，我也续了一篇，我们所见可谓略同，如有兴趣，可检报一觅阅。

一、那篇压置的靖本真相之文，今晚托便捎出，明天就可出境。若能刊出，当然要给你一份。这次我又做了周至的"加工"，比较稳妥得体（其实原已够客气）。我有三原则：①不对俞，将痕迹除尽；②只对毛、靖、王，而以毛为主角；③不作别求，只说明希望若有原书可以证明毛的传本可靠与否，余者绝不多涉。此外，考虑到你较谨慎，决定由我一人署名，文中不但删掉"报社"，连"采访"也一律改"调查"或"访查""走访"……并且将你的真名换成了"尹延宗先生"。（这一读便明何义了！）所以请放心好了，谁也不能奈何你，我承担一切。（其实，早向中央打了招呼，不表反对，就是默许。）此事并非我们"多事"，毛、王之辈实在太可恶！

今年10月贵阳开红学大会，你若能申请前往，能在彼一晤，更妙。

京中正大雨不晴，夜晚灯下草草划字，实难多写，谅之。

专祝

新秋之吉！

周汝昌 85.8.25夜

另纸烦转。

71

严中同志：

信奉到，立即草复余君[1]札，附上，如以为可，请转给他吧。

照片放大事，仍未拿到。在中国办事，太难了。有很多事全然是“束手无策”状态，良可忧也。

北京开不成什么会。您先不必忙着来。时机成熟时再说。您一定要去参加江苏扬州的会，这是不能忽视的事情！极匆匆，因事太多了，日内又将赴外地……乱甚。

全家均吉

周汝昌 85.9.12

72

严中同志：

故宫相片已得，并有更加放大的复印件。今先将后者（易于折叠）寄上，相片甚长，不易付邮（必致拆坏），你看若巧逢来人，来此一取，最妙。

相片是否符合你所圈定的部位，速示。（不合还应许再为重新办理。）研究结果如何，亦盼示知。匆匆，致

礼！

周汝昌 85.9.20

1 指余清逸，时任江苏古籍出版社编辑。

73

严中同志：

来函并李湘[1]所转一札，均收悉。

为《妇女》[2]撰文事，我应下来，但即将启程南下贵阳，必须返京方能赶写。

又余清逸同志函亦到，出版《红楼》画事已与李湘谈了，基本上可以合作，谅无问题，但需我支助工作，也须我返京方能与余同志函商细节。此时只须打一电话告知余同志，此事已初步说定了，我来不及作复（一切事请他与我联系——此李湘所委托）。

行前特乱，又加上不止一件外事应酬，非常紧张。匆匆不及其他。

照片事如你有其他需要，可烦李湘代办。附及。

近佳

周汝昌书 85.10.9

74

严中同志：

14日收到12日书，只因不胜忙乱之苦，迟复甚歉！

昨日接到了俞润生同志[3]所寄打印本论文一份。我读了，以为很好，是一位精明不肯受骗的学人，文字也要言不烦，很是得体。我不料这文章竟出在该《简报》本部人之手。不知俞先生自何时在彼部工作？（过去和那个刊物打过一点点交道，后发现他们对我有明显的偏见和不礼貌的对待方法。所以一向有“戒心”。）现在读俞文很有价值，是高兴的，但不知我若直接写信给他便与不便，故此未敢冒昧。如俞先生不属于该刊“老一辈”主持人，自

1 故宫博物院画师。

2 指江苏省妇联办的刊物《当代妇女》。

3 南京师范学院《文教资料简报》编辑。

可通讯致意。此事靠你给分析判断判断再行。

至于咱们那文章，出示于他，并无什么不可。我意港方应的是十一月份刊出。如果不虚，将刊物给他似更好。如此则须稍待一时。不知你意如何?

李湘的事，我日内赶赶文章寄上。

她告诉我，余同志给她又直接去了信，她立刻回了信，至今了无下文。我也纳闷，他（她）先烦我办，之后再也不理人了。这都是怎么回事，实在莫名其妙。他（她）说一句话，我们十分认真对待，但换来的是略无“礼尚往来”的做法。李湘说，另一地方找她，出版画集。看来江苏社是虎头蛇尾了，她对苏社已失去了兴趣。

姚迁同志的会，你参加了吗?

知你为改版大报而忙，然是好事。忙过之后，空隙中替我办两件事：一是前年南京红会时，南博办展览，我特为之作七律一首，写作皆有可观（裱好展出的），而我无留稿。你烦朋友拍个照以便编集。二是南京电台，一个女的缠我又讲又题，为之（对台工作）做了几个小时的事，连红会拍电视我都放弃了。答应题字等刊出后“寄来”。可是她们用完了人，就脑后一丢完事。真不像话。烦你问问电台：记得还有这么回事吗?（后来她的一位男士主任，也陪同一起来我屋，缠我很久。所以即使女士莺迁了，也该有人记得。）

说说这些闲事，也为博你一粲，消遣解闷。现在“社会之大”，无奇不有，骇人听闻之至！！

《红楼》电视剧演元妃的一位姑娘是南京的，上回接待日本红学家游大观园，看电视小段试映，有她作陪，日昨又来请教红学（元春）问题。不知你知道吗?名字似是成梅（?）[1]，父亲在电影公司工作。拉杂，祝

冬吉!

周汝昌 85.11.22

---

1 《红楼梦》电视剧中元春一角的扮演者。

75

严中同志：

近来奇忙，故亦不得时时与你联系，甚歉。

余清逸同志这一拖宕，对他们十分不利，因已有两家向李湘洽印，而且条件优越。余亦迄未有函至，故我亦无办法（不能阻拦人家别的出版关系而傻等江苏）。看来此事是该社举棋不定，恐要耽误了事情了。

遵嘱，现与俞同志一短简。

我们的文稿带往港地后，听说刊物开年为纪念创刊（？）周年，出特大号，可能在该号刊出。若无变化，当然要设法弄一本给你收存。《今晚报》已来联系，我已建议将大稿[1]照登了（我若有空有兴致，也许也写写这个题目，以为呼应）。

电台可能是江苏台——说对台湾播出，他们让我题了词，说他们有报刊，印出来即寄给我。当时一女士缠我，又来一男士，说是主任——共同设问对答录音……完了就再无音讯了。此事偶尔忆及，看你的时间，有便时再顾这些，不要忙上加乱。

作稿的事，质量第一，宁可晚出一时，也不可强赶。你下的功夫、掌握的材料，谁也抢不了去。目前，只待解决"方位"，这是个关键，不能含糊的。别着急，咱们一步步走。但是我们要提出更科学的东西才行。不然，就不如不为了。建临处已将话转达，勿念。都非忙在一时之事。

成梅来此，我赠与《红楼》挂历一件。演完后不会居留北京了，必已回家无疑。久不闻你言及"秦淮梦"一字，不知何故？成套的《红楼》信封邮票，只少一个未寄出给你，请查一查，所缺是哪个邮票（4分的票一枚），望示知。匆匆致礼！

年祺！

周汝昌 85.12.19

---

1 指严中投《今晚报》之《胡适之与周汝昌》。

南博题字一幅是七律，不忙，等你有空拍下来，那幅写得好。又及。

76

严中同志：

新年全家好！特申祝贺。年前忙甚，年后文债也不饶人，无片刻之暇，是以难得写信去。“法律”之事，不知怎样了？怪事实多，望你不要真介怀，沉住气，从容以图申雪，大丈夫屈伸不在一时一刻——王惠萍之丑例，可以卜之也。

你嘱我写的文章，目前还顾不上，慢慢来。织造府之大题目，也不算了结，要不断努力！我有一意久蓄于怀：此府之毁，不过是太平天国间事了，年非久远，岂无一丝线索可寻？我意织造府既于乾隆十六年改为行宫，则“天王”占金陵后，将行宫作“天王府”的必定有可考证，难道史料上连这也没有不成？似无此理。你查询一下文献及专家，洪秀全府在何处？……如此逐步推求，应有所得也。我久有此意，但顾不上。望你努力试试。来信叙叙所见。拙著《文化》台湾版十月底已出书，似不无影响，我想你是否可以发一消息，包括简介或书评？

我近日移居“小庄”[1]了，但邮件不方便，务必仍寄南竹竿为要（每日有人来往，邮件可捎到我手）。“剧本”[2]出版事，黑龙江社说不久可见书了。此事多蒙鼎助，十分感谢！

“红界”不知又有何新花样？谈凤梁同志[3]会过一面，早年赵国璋[4]主编，我印象弄得太“势利”了，净是捧名头，有伤于学术品格耳。希望勿似前辙。

新年纳祜！

周汝昌 86.1.7

---

1 指周在北京红庙的新居所。

2 指周编著的《〈红楼梦〉的历程》。

3 时任南京师范学院副院长。

4 时任南京师范学院图书馆馆长。

又启者：①寻得南京红会纪念信封一枚，贴有8分票（迎春）。记得旧年丢失了一枚，请你查查，是否此件？若是，我再补发给你。②有一照片（与日本红学家合影）赠成梅，还有信（告她我打听到赞她的观众）。今遗在南竹竿。你先和她打个招呼，说明我还惦记她。

又拜

77

严中同志：

自接你复印“江宁会城图”，即等候你信中所说有成梅携带之信来，但至今未见她的踪影。再则我为你嘱写之“李湘文”早经赶出，让她挂寄与你，她是否办妥了，也不见她打个招呼。三则我如年初即接到我们的“靖本”文章在港刊出复印本，立时检寄一份与你，也至今不见反响，不知是否投到。为日已多，故尔时时在念，今仍不见信，再写此信去，交李湘挂寄的《红楼》邮票信封也不知她寄发了没有，我这里什么也不知道，真是闷人。

新得地图很要紧（此图我早引用过，当然那时不会想到考察织府确址的问题），来函所叙，诸方向之庙、巷等等固然有用，但最重要的是你应按图上所标诸多古里巷之方位，逐一考查各巷遗址，然后综合——推织府之确位可得矣，此图太不醒目，将来须觅请地图绘者改绘一张新图（方位距离一依其旧）。

新年间余清逸先生寄我一挂历《吴门画萃》，我很喜欢所印诸画幅。请打电话替我专致谢意，至嘱至托。

你如已收到港刊文复印本，可以出示于俞润生同志（他只寄来一份论文，内中连“三行信”也无，我既已去过信了，所以暂不能再写信给他，除非他有信来）。

灯下匆匆，不尽，专此拜贺

新禧！

周汝昌 86.1.19夜

78

严中同志：

来信收到了，巧得很，那时正赶成梅也托一位演员把东西书物信札通通带到了，等于是“一起”来的，一切尽悉了。祝你大考顺利。

你说书稿不能操之过急，极是。原来的估计看得太易了，中心主题一定要弄出个眉目来，其余配搭方不碍多少。

电视剧组未必有反响（周雷已离开了），况且我们的书也不能包容别人的文字。“北影”的《红楼》片听说“下马”了，你知道吗？电视剧组内部情况也很不妙，出了丑事，并且经济财政也不清，不要轻易理他们。

李湘今日来了，我才知道她又与江苏社重新议定由江苏印了，原因是在京的那一处，听了破坏的谗言，人情世路万般险恶，瞬息万变。当然这样更好，我也不至于让余清逸同志觉得不近人情，仍望你电话向他致意——问候之意（不是说别的“内幕”）。

你又捎板鸭礼物来，十分感谢。《红楼》信封是否已收齐一套（最后托李湘寄出一个，我这里没有了）？李湘下月一日到广西过春节，月余后方返（京）津。此人不错，作风确比董正派（董近来给我的印象也不佳，而且有可能背后乱说造谣生事）。陈慕劬同志处也代致意，不知你看了《同治上江志图》后，印象中认为“大行宫小学”即织府遗址之说毕竟是对还是可疑？盼一示及，夜书不尽，即颂

迎春之吉！

周汝昌 86.1.28

79

严中同志：

今日接信，一切均悉。成梅因病离家晚了，返京后即忙于拍戏，故托一同事捎来，后又亲来——辞行之意，因要转上海拍戏，然后就不回北京了。

此人甚好，也有一肚子烦难，想离开售货员的工作（腿有病，站不了了）。你如能帮上她的忙，也盼鼎力为助，总是好事情，助人为乐。

我手中向无贴好邮票的那种纪芹信封，只剩此一个，故寄去；今云不对，事有奇怪。若丢失一枚，大遗憾了，因为已花了钱，费了那么多事，却落个功亏一篑！

李湘的事，正如你说的，我那拙文原也兼为“代序”而作，不拟再写了。题诗的诗〔事〕，恐有困难，因今年“日程”已挤满，不能接受任务了，但可以总题一首。我意若都配了诗，部头太大了，强找一些半通的人题上些不高明的“诗”，未必得计。此意你和余先生（清逸）婉言一下看。她画稿未在我处，而且她到桂林（其夫家）过节去了。我也无法联系（她临行来了一次，但未提别的）。

考察织府，你若已有成竹，那更好了。这是此书的中心，它若立得住，才算一回事，否则没法“交代”。此点靠你竭尽全力，想不待嘱。

今日下午开《秦淮梦》电视的座谈会，建临参加了，方知一二，否则我什么也是不得而闻的（我未接通知，或因寄往单位，故我不及知）。

周雷[1]早已离开《红楼》电视了，他们弄得矛盾重重……可叹！

承嘱要防暗箭，异常感谢你的心意关切。此事有一大段内幕，将来细面叙，纸上不便，也无此时力。总之，人情鬼蜮，到了不像话、不能相信的地方，你若知之，也会为抱义愤！你在南京所闻如何，我无由揣断，谅也是异党之偏词了。

所云王某[2]（他恨我另有原因），人品极下，偷盗公图藏书，其《水浒全传》，“校订”之错误“千”出（已不是“百出”），成为骇人听闻的话柄。其《文心雕龙》，号称汇校五十几种本子，实则多列空名，所校“某本作某字”，一核时，往往并非如彼！总之，世上很多局外人难以想象的异事奇谈。我也无此兴致替他去算那种糊涂账，不然倒也有文章好作。其荒唐至

1　《红楼梦》电视剧编剧之一。

2　指王利器。

于弄错一花甲[1]，则你不说，我也不敢“设想”耳！

哈红会我得做很多方面的准备，靖本也是其一。盼你能探访南京皆何人被邀出席，示我知之。

俞同志处不知是否已将港刊之文出示于他了？他作何表示？我对他礼数已尽到了，得不到只字寒暄，恐怕也有奥妙吧？我在“红界”（实在是“黑界”）年多了，经的奇事太多了，有时不免“神经过敏症”，请你不要惊讶见笑才好。我估计俞平伯先生不会出来就靖本事说什么话。我们也不是对他。至于毛，倒愿听听他的高论又是如何，唯恐他不出声耳，他一出来“解释”，就有戏好唱了。

今日已是腊廿八了，怕你惦念，灯下急草，目艰，多不成字，鉴其诚意，勿计文词可也。专此遥贺

新春阖第吉祥

周汝昌 乙丑岁尾（1986.2.6）

北京寒甚，想板鸭不会坏。日昨寄上在港发文的所得稿酬，分寄一点——因我无法买东西捎，只好如此，望笑纳。汇条我看不好，是请邮局同志代写的，附闻。我嘱来信不要为此客气，不知代笔者写清否？

大考考得好吗？又及。

又启者：

岁尾写好一信，意谓立时发了，谁知今日“发现”了它！可知我忙乱得能到胡涂的地步。你竟把钱（是代买点东西）寄回来，这太外道了！使我无话可说。

再看所叙南京竟已买到新版《新证》，使我对该社怒火十丈！！此事他们太混账了。竟不让我知道！！你说这做的是人事吗？我假日后当与之交涉，也许要上告到中央，这实在不像话到极点。

港方我已托人，随时告我“靖文”反响，勿念。匆匆，遥贺

1　王利器在其所著《李士桢李煦父子年谱》中将吴敬梓卒年书为“是年（1694）十月十四日”，整整提前了一个“甲子”，吴实际卒于1754年。

新春！

周汝昌 丙寅新正二日晨〔86.2.10〕

80

严中同志：

昨接一信，今附上，望妥存（或并制复本）。此人人品甚次，谲诈，出卖人（我切身感受）。他口口声声对我“没齿不忘”，可背后去热情帮人恶毒攻我，这是他的“报答”！可能他与南京人要“通报”，且早已报了！你加一份小心。另，六月份国际红会，料有人会提这问题，你考虑一下，能否争取列席。要准备“出席作证”。将一切“文献”带齐。当场“放映”（这是一种可能性）。还想，你可提及一篇对《龙之帝国》一书的调查（前函所列二证及后来进展）。不必长，只列所知所闻就行。（海外不讲长文，一页纸就能算数呢！）此事有人注意，你要做了，准受注意——并可作为申请出席大会的理由！匆忽。

再，余清逸先生一再问我有无《红》稿，你问问：指何性质？是指清代的，还是我自己的著述之属？因来信太简，没法回答，东西是有的，而且也都是有价值的。

京中曹学会可能要有一步发展，他们要“抬”出我来做“会长”。此事也许对红事颇有关系。暂告于你，切切先勿外传，要紧。

冗中草草，余不及叙。祝

上元佳节快乐！

周汝昌书 丙寅正月十三日古之“试灯日”也〔86.2.21〕

港刊出文章一事，我已正式又向中央汇报了，先作备案。请放心。

81

严中同志：

《金陵野史》及来札均拜收了。《野史》我很喜欢，这书有特色，我抽看了一二则，见文字也很有造诣——这不知是“三友”之哪一“友”之手笔，很不俗（目前报刊文字，实在难得可读的）。谢谢！

《新证》事当如嘱，勿念，但还无影子。天下怪事多。

忽接一读者投函，附来一信（复本），今寄你一阅。阅后当也有“感想”。这些事，我本来一无所知，也不去留心这个，现在倒觉得有趣，因为两位大名鼎鼎的“反周派”专家，却“出山”为宣扬“周派”的东西做“学术顾问”，是谁的胜利呢？闲叙供一笑乐。

李湘一直无音，不知已返京与否。成梅将书送到了，我很欣慰。书内错字仍不少。

星期日乱中写此数行，草草不备，即颂

文祺！

周汝昌书 86.3.2上午

（魏函请复印以备“运用”，不能参加会也可提交论文。）

82

严中同志：

来书收悉，我们的“港文”除魏[1]札外，竟什么“反响”也无，这颇意外，也有点“失望”了呢。昨日因便又与一位本系统领导谈了此事，请放心，各级都“打了招呼”，将用意说清了，大谅。小人从中拨弄是非也不太容易了。至于“镇”中两姓人如何，那看他（她）们的手眼本领吧。我们也不会只有“招架之功”，哈哈，供你一笑。

1 指魏绍昌。

李湘杳无下文，不明行止，若是春节假那也终有“度”完之日，可不免令人诧异。总之，“人”是个最怪的动物，“知人”比知龙知凤难多了。

你说的报上新近所“爆”的两则“新文”，咱们的读后感完全一致。杜芷芳云云，全是胡扯。上一期《文献》有文揭了“芹卿诗”的拆烂污，不知已见否。请看看可助你写文驳斥，真是见鬼。

至于大观园的“发现”，如仅仅是比性质，则拙著《新证》旧版所引的一处园子比这更“像”呢！邓先生[1]与我很熟，也相投，人也不错，但这则新文却不能令我表示太大的赞助，只能备谈助，不可曰学术。但另有一义：我早疑心曹家与高凤翰家是老亲旧友，假如他们还有别的关系，则另当别论。因报纸所云不详，无法判断。这则公案，还须询问邓公方见分晓耳。

假如晤及余清逸先生，请告他云，我有敦敏《懋斋诗钞》之校定本所用二钞本之一，现存美国哈佛大学，我费了很大力气才弄到复印本，与京图本合校，加以校记及笺语，此乃研红基本资料，很是珍贵，如他社有兴趣可以付之。另外就是《献芹集》后（81年以来）又积红文多篇，皆甚重要，质量超过已出之集，现可编为另一集，他若感兴趣也可商量。但是你听他口吻如何，不要让他认为我是急欲印行，只是他如有意，我才能安排人手进行编整，也不必专门为此去找他，顺便时一及之便可了。

匆匆忙忙，不及详叙，因就要“住进”宾馆去开政协会，故赶写此札，如有信尽请寄我家中，我是能及时收见的。此颂

近嘉！

周汝昌 86.3.19晚

83

严中同志：

稿二包，托戴兄[2]费神捎上，你要的“复印”过的照片，我从未复印过任

1 指邓云乡。

2 指严中在南京日报社的同仁戴中凯。

何相片给你，给你的只是烦人从故宫里弄到的。《新证》上所刊之旧相片，事隔多年，还不知在哪里，也是大海捞针一般。因正在会期，百务猬集，其乱无比，草草如此，千万原谅。会后再详谈吧。

祝好！

周汝昌 星日傍晚〔86.3.30〕

严中同志再鉴：

《新证》我仍然无有！政协会间拟与之郑重交涉。故此次还是无法捎奉，真令人叹气！

《新证》当日从故宫拍来很多照片，可是出版社只采用那一点点，而且未用之照片也“没收”了，（稍过即“无从查找”！）你奈他何哉！

匆匆又及

严中同志三鉴：

又将回宾馆，匆匆再叙数语。李湘迄今略无音信，此人也很奇怪。《妇女》校样已见，插图钗黛二幅是画得最不可取的“代表作”，我曾给以评议。望她修改，如今看来全不接受。拙文中赞许的尤三姐一幅，反不知配合——则拙文岂非“聋子耳朵”？真不可解。亦可叹也。校样中有二误字，俯仰“转”侧误作“传”侧，花名“签”（籖）误作“笺”，皆不可通矣。想已来不及改正了。

〔86〕3.31夜

84

严中同志：

一封简叙各情的信已收悉，知你大忙，不必多为我所提的闲事分心了。但两件事仍想提一提。一是《当代妇女》，给我的样子是不带标题、署名的，因此不曾多虑。寄来印本一看，署名都不是我的字迹。多年来各刊物用我签名制版者不胜枚举，却未发生过这样的异事。

这个杂志怎么如此胡为？见者皆表惊讶。请问问该社，是何缘故，并要下期登一更正，说明真相。不然，这将造成混乱，因为签名是负责的表示。

再一件就是《龙之帝国》。盼你火速寄下。不需要搭文章架子，只要成为一个实事求是的资料纪录也是好的。字数数十、数百，均无不可，只求人名、地名、原委……叙述明确就大好了。也不必作“结论”。我们提供参考，待人判断。不必顾虑。等待回音。

前几天在一个“红楼梦酒”会上遇见李湘夫妇，只说了一句“刚才回来”（答我问），便再也没什么话了。透着奇怪。只和你闲扯。你不要向她提这些，切嘱。

新得见《红……集刊》[1]第12辑，上面登了毛、靖、王一大串皇皇巨著。你已见否？

《懋斋诗钞》的事不必再问余清逸了，因为已有地方索要了。

极草草，我得为哈红会的论文忙了——还未动手。祝你

全家清吉！

周汝昌 86.5.4

85

严中同志：

今晨接到来信。

“龙之帝国”稿，我未作素材运用，又不是“附件”，作为拙文的七题之一，前面只加了几句说明，便全文（连题、署名）照来件原封不动（只“日本人占领……”句，加一“军”字，使成“日本军人……”，略存分际）引录了。这形式不知妥否，你有何意见，望示。因为我考虑再三：如单发，须找人帮忙另打印150份，友人单位说：“若您（我也）自己的，行；若别人的，已不能再接任务了，因本职打印件正忙……”鉴于此“情势”，我为了又须让大稿发挥作用，才作了上述“特殊处理”。这全然不妨碍另外发

1 指《红楼梦研究集刊》。

表。此情应当向你说清楚。

对港文，徐恭时于致建临信中忽及此事，云：“……据我所知，报信与令尊者，所言恐属空中楼阁，请千万郑重对待。”此不知何意？望你“注解”一下。我们对这种“反响”，也要“郑重对待”才妥。

来示云，又拟申请以记者身份赴会。如能成，太好了，亦即我之初衷也。但是切不要忘记“礼数”与“手续”：以贵社正式名义去洽办，得到一句同意。这是尊重东道主，不可忽也。还要问明接待新闻界的“办法”。时间已迫，你早点拿这主意就好了。如今十万火急地办才赶得上。

近好！

周汝昌 86.5.23晚

另纸请注意。

86

严中同志：

原封（附打印俞文）刚刚拜收，立草数行。刻下乱极，谅之。

会期是六月十三日。自十一日起即可报到。望你尽全力争取能去！！联系：哈尔滨师范大学中文系，国际红……研讨会筹委会。最好同时给胡文彬[1]兄一信，请他同意并鼎力帮忙“通过”（十分有力的在京代理人也）。

你对我去信误解本意了！我怎会幼稚到还“怀疑”你的调查？我是说，徐公若见拙文，大约也得掂掂斤两，怎么还会轻轻道出“空中……”四个大字？？我对他已有看法，至此，益知此公不是真正的治学之材，这使我十分惊骇。如此而已。

不能再写了，盼在哈市见。（论文打印本若赶得及寄你，当照办。）

近得一新线索，证明靖本未丢。容面谈。

匆匆不尽

1 时为《红楼梦》研究所研究员。

好！

周汝昌书 86.5.30

会期6.13—6.18。

87

严中同志：

信到，刻印之事，想你亦系有激而然，除非是别人骂你有这样的话，你是故意用之，还勉强“可以”，不然，我怎敢同意呢？

赴会前奇忙，偏又加感冒不适，此札甚简，务谅。

今晨接港寄一文，今转上，你回信可径寄哈尔滨师大中文系转国际红会交我即可。余俟我稍空再谈。专祝

康强！

周汝昌 86.6.8

我十一日上午飞哈，来信切勿寄京，赶不上。

〔封底〕

请将附件赏析后示我意见。

88

严中同志：

我20下午自哈抵京，大会“余音”，杂事相随（还有与同来京外宾酬应……），直至此刻才匆匆与你一札，恐你挂念。

会议规模不小，也很隆重，花钱可观。来宾不少，只是学术的真“讨论”，照例不能如愿。

澳大利亚来的著名老学者常到我屋长谈（有时到夜十一点半），问及靖本之事（我们的与“靖、王”之文皆见），我将“证件”（原始材料）出示于他。美国的蒲安迪教授也正在座。别人未问及我。我的孩子看见王惠萍于

某日窜至大会（原无她之名单），只与社科院文研所之人来往，未见能有什么“公开”的“举动”。我是做好准备的，但也料她未必敢“动”。不过她回宁后可能编谎造谣，做出“文章”。

黄先生转来复印章函已令孩子读悉（字很难认）。此事外宾无有问及者——原因是有人因故扣压我的论文，迟迟不散发，经与校方交涉，才散发，而不与外宾，我自己设法直交与外宾数份。此论文等稍过寄上（临行前夕才打印出来）。种种事态，可惜你不及目睹身临。总之，你可放心，我们是立于不败之地的。

无法写下去了，祝

好！

周汝昌 〔86〕6.23

89

严中同志：

来信收到，尽悉一一。

你迟复可能是因等我寄到论文打印本之故。我回京后百状繁忙，实在顾不上寄发这类邮件，甚歉。日内当记住这件事。我将于八月底赴美，因此甚忙十倍。望谅。

你为港刊写一篇文，实为必要。我因见来信说要考试等事，未便提出建议。今来信既有此意，劝你赶快下定决心，不必犹豫了。题目不必效法“答”“驳”之类，只雍容大方地措词，最为上策。文之长短不拘。短也无碍。要点是抉破“舞剑”的恶毒挑拨与我们本来的善意，说明此事的起因是陈慕劬主动提出的……说明调查的确凿与原始记录的完整与期望任何人来核证，揭问“靖、王”文内为何回避实质问题而只言其他，（要答驳，应逐条逐点地澄清我们文中所列无数疑点！）指出为何先是坚言售迷了，现在又改口反要主张什么书的所有权？……相信你写这种文，是得心应手，正是你擅长的文体。千万不要不写，因为影响所关甚巨。（署名要用“尹延宗”才对榫。）

北京方面，无所闻。且我早已将该文连同我的说明信札，再次向中央汇报了。请放心。

你未到哈会，确是憾事。但马幼垣也未到，稍减“憾”意。他之不来，甚可笑——听说旅费他已请得官费，但差缺着从广州到哈市的这一段的机票费（即美方只付与他到达广州的钱）。只因此，他就不来了！其实，在一位美国大教授来说，那么一小段“大陆民航”票，能够是花不起吗？真是听了令人称异的事。

《织府考》书稿事，好好进行，不在速行，也勿懈劲。祝好

谨白 86.7.11早

来函言及将访陈慕劬君，甚是。主要是为了向他说明：只是让他知道情况……不要害怕。他也许有了顾虑。这也不足为异，人之情也。但你走访之后，他反响如何，也盼示知。

又及：

我赴美是“交换学者”的性质，居彼一年为期（86.9—87.8），详情俟后叙。

90

严中同志：

今接来信。一切尽悉，勿念。书与论文必寄。

最近听说，一些新闻界同志采访了王氏，问她靖本的实况，如书名字，有无函套……皆答得驴唇马嘴。问“捎书”，仍说是“红楼梦稿”，而所说的本头函套等又全不对头……但重要的是，她说书的下落她知道，但不能说，“在我肚子里”。据闻她曾向胡文彬说过，书已“转移”到乡下去了，别无人知云云。又云，原书110回，最后是一场大火烧光……（此则不知真假，因这两点是我们考知了的，她可以附会，以“吊人胃口”。）总之，又绝口不谈什么“卖给挑担子的收旧物的了”！这些，供参考（向我谈的人，

要求为他保密，我不应透露姓名）。

我到美后，当然要保持联系，也会留意台湾史料。

已午夜，书写困难，再谈。

暑嘉！

周汝昌 86.7.31

91

严中同志：

今日才发一函，即又接“退”讯，望勿以此区区“常态”介怀。

我们的事就是这样。祝在单位顺利通过——你可对贵领导〔说明〕，这不是个人之事，周汝昌也要求你必须刊发此文，关系非细也。

我之拙稿是托友人亲自带往的。人家靖、王不声不响，迅速在港发表了，手眼极不寻常，我意也是沪上某公助之携往者也。我只有港《文汇报》联系，用处不大。此事不能乱托人。我写一便笺备用，此乃实不得已也。不尽。

周汝昌 86.8.24夜

92

严中同志：

我来此后已五十日，因初至，事事需要安排，故迟至今日方能与你写信。但我曾嘱舍下家人先与你打个招呼，不知他们是否办到？

魏绍昌扮演的角色，令人深为“惊佩”，可谓“叹观止矣”！其为人品格如此，我一生交游中往往遇到这种人，不免自叹。

你的文稿，我也曾念及可随我携来，但是你信中说过定稿与寄我者又不尽同，故不敢做主，又已来不及商量布置，殊为遗憾！

到此后，“红界”之事在海外有一轩然大波：即夏志清、唐德刚二名家因谈《红》而彼此反目，伤了老交情，大相攻击讥骂。不知你在国内有所闻否？

至于其它“红讯”，实在不多。台湾的书，见过几本，也不是新的。总之，大陆报刊出版物缺少，有“闭塞”之感。

我有时会到周策纵、赵冈两位红学家，谈谈《红》事。但苦于居处分散甚远，也难常见。我在此拟就《红》书之文化意义方面做些论述。已开了一个头。唯限于参考书物，进度不够理想。

我一切尚好，请释念。这里安静，空气好。但东西很贵，交通不便（没有自己的车不行）。现时还不是太冷，冬天据说是够冷的。匆匆，祝

安好！

周汝昌 86.10.18

93

严中同志：

信已封好，因发现一则关于织造府故址的资料，可能对你的研究有用。

今暂粗引，以后复印一份备用，港印82年版郁增伟著《微论〈红楼梦〉》中《论大观园何处是》一节，有关要点（非原文）：

行宫“面积极大”。南面为大光路，北面为中山东路，东面为御道街，西面为太平南路。利济巷现为一小巷，在太平南路与四条巷之间。大门原“朝西南”，乾隆十六年改建后“仍朝东”（？），大门外为御道街。“现在仍有五凤楼，三个大门，两个大石狮子蹲着”。1930年返宁省亲，见此园四围矮红墙，举头可观垣内树木楼阁。“七七抗战，倭寇侵屠京，斯园尽毁”。现所见者唯居民区，新辟街道有瑞金路、公园路等。太平南路与白下路转角处之太平公园，疑为旧园之一角，水源来自东北紫金山，经半山园穿入。（P77—P78）

周汝昌摘叙 86.10.29晨

94[1]

严中叔叔：

您好！

我爸爸曾说让把有关靖本的消息告诉您。

在哈尔滨举行的国际红学会，由曹学会搞了个艺术节。大会结束后不久，上海搞了一个铅印本（不是公开发行的），有一定影响。其中引了我父亲的靖本文章和靖家儿媳的答辩，其中对您和我父亲大加辱骂。

这个本子是打着艺术节的幌子办的，但不是曹学会办的。我家只有一本，且因近日要搬家，都打成了大包，不好寻找，您可找南京的红学家借阅一下。您近日一定很忙吧！曹学会暂时还没动静，我只有静待佳音了。

有什么请来信。

祝好！

周建临 1986.11.5

95

严中同志：

来信早已拜收。万里之外，收到故交之书札，十分欣喜。但因我在此还是相当地忙，所以未能多写信去，想你一切都好吧！

所嘱留意台湾影印档案之事，我已开始查找。因目甚艰，故不能一索而得。现在查知的，仅见“奏折”类，数量甚大，唯尚未弄清是否有起居注。估计奏折类对我们用处未必很大。台辑印的《清人传记资料》，多达千数百种，但折合美金也要四五千元一部，实在买不起，只好望“峡”兴叹了！弄点学问，实在谈何容易。

1　由周汝昌子女执笔，转述周汝昌意见、叙及周汝昌情况的信件，亦算作“周汝昌致严中书信”，收入本书，下同。

今年1月号的港印《明报》月刊，登出俞先生外孙韦奈《致周汝昌——替俞平伯伸冤》一文，附有俞之明信片二影（即你从毛某索得者），说要与我“法律解决”。我只好恭候法院传人了！丁卯元旦，接南亚来信，是替我抱不平，提出“无银三百”之语，足见读者有头脑。我们并未指名道姓，谁要自己“站出来”开腔，岂不更妙？

春节已过，客中还颇有人请饭聚会，常常须过午夜方眠，稍以解寂。我一切安适，身体也挺好的，胜于在京，因这里空气好、条件优。空气之坏，在北京尤甚，所以我此来唯一“收获”是“吸气”。

有空盼赐短简。专此，遥祝

春禧！

周汝昌 丁卯新正初四早晴窗〔87.2.1〕

在此讲几次《红楼》与诗词，认识了南京大学的研究生等学人。

96

严中同志：

（目益坏，书不成字矣！）

来信接到已经多日了，回信迟慢，千祈多谅。原因不是一方面。总起来说，一是很忙乱，到纽约等处三大学讲学带来的事情，学期末本处的事情，都凑在一起。再一个原因正如你来信一样，想等等你的文章在《明报》月刊上发表出来，看看样子，然后再写信去。这个盼望，直到昨天，总算实现了，所以今天写此信去。

你的“澄清”[1]登在该刊6月号，昨天纽约的友人寄来了复印本，我才知道。正赶上我不甚舒服（可能因天气剧烈变化所致），但还是用五倍放大镜

1　指严中在香港《明报月刊》1987年6月号上以“尹延宗”笔名发表《无以为“剑”，不以为“饭”——澄清我调查〈靖本石头记〉下落的几个问题》一文事。

吃力地读完了——实际是下午有人从芝加哥来看我，聚会到夜十时多方散，回寓后才全看完的。

我看了后，自然很高兴。文章写得不弱，算是适当地回敬了这伙小人（包括沪地的少数魍魉之辈）一击。前时，俞在香港，以及“外孙”颇为闹腾了一阵，以致港地友人来信说对我“伤害甚大”，影响很巨，大家都有“义愤”云。我被“外孙”叫了阵，要打官司呢！好家伙。也有人不识远近，沉不住气了，埋怨我多管闲事……总之处境“不利”。但是，我略无“惧色”与“悔意”。连这么一点儿识见胆量也没有，还搞红学搞得了几十年？

现在你文一出，局面不尽相同吧？谁知道呢！我们从来也没有伤人之意，就有“义士”打抱不平了。他们伤了我们可不少，那么不平的“义士”却只字不言，何也！？

该刊在一处加了一括弧按语，看来还有偏袒之意（真可谓多此一举），不管如何，文章登出来了，就是胜利了。还要感谢月刊。这回，看他们再出什么花招可也。

康熙起居注恐无希望可查。织造府资料至极难得，我只寻到康熙南巡笔记、诗，有关雨花台、明陵……只不提织府，很是失望。

《红楼》正文明点织造家世，我指的是“黛玉入府”时所见正堂对联即云：“座上珠玑昭日月，堂上黼黻焕烟霞。”——后一句即指织造了——请你细检《新证》，用此“黼黻”二字者即可及十余例，这极重要。（我已写成一文论及，但是一部书稿中的一小部分，非独立之篇。你如有兴致，可加研究论析，也写一写，无妨同出也。）

我今日体力仍不佳，书写极草草，也不能再多叙了，谅之为幸。

有兴致时，可再赐函。一入八月，就不要再发信了。（我归期约在八月中，但请勿外传。）专此，遥颂

夏吉！

周汝昌 87.6.2北美旅居

97

严中同志：

今日接到来札。可惜报纸至今未见到来，否则昨天赵冈教授在此午饭，还一起谈及此事种种，我曾说若赶上刊出，让他当面一阅，当更有趣（他现在已离京，即将返美了）。我想印刷品现在不“吃香”，很易邮迷了，如仍有余报可寻，盼再寄一次才好。

知你忙得很。著书事不要着急。你计划“明年上半年”，我看也未必够。粗打一年的算盘也不为多。

听见你有乔迁之喜，真是高兴！只要机缘成熟，我一定去住住，不过那要连累嫂夫人辛苦，你也莫嫌麻烦才行。

金先生事[1]，我尽量贡力。

你问及京中红界有何新“果”，我与他们很少接触，不知有谁做“研究工作”，只听见西山有好几个“头绪”都在拍“曹雪芹”！所以只见拍片热，不闻其他。

我自己，在外边写了点东西，重点考论《红》书的文化涵义。给《津门日报》写了十多篇小文，《今晚》也刊出一篇（《人报》（海外版）很快摘登了），给《团结报》写了一篇。以上皆涉“红”事，不知你皆可见到否？

陈家弟兄处，请代致意。

我丝毫听不到有谁敢出来对你的文章说长道短，这篇足以把他们压住，吭不出气。

我在美时，寻见了“胤祯”这个被雍正“改掉”了的铁证！

听说南京要成立“红学分会”，是吗？内情可示一二否？贵阳出了《红楼》，可是也不给我。有些事我还弄不清“形势”。盼多提示，使我“如梦方醒”，至幸至感。

1　指南京教师进修学院金正谦为著《红楼梦与南京方言》请教于周事。

（暂至此，待续，因要进晚餐。）

87.11.11灯下

报纸二份，今晨总算来到了，勿念。

金先生文粗览，另纸书数语，能用否，乞酌量而行。

极匆匆，再谈。

冬嘉，阖府均吉

周汝昌 87.11.12午

如将金先生文收入，则将来我须加一段按语方可。又及。

98

严中同志：

才发一函。今附上“小消息”一则，内容皆实，以为正合当前形势之需，请设法刊发或由你运用另成文字，皆好。

抄件未核，有笔误请代纠。

匆匆，祝

好！

周汝昌 87.11.14

现时狗屁不通的东西都有人“报道”，故有打抱不平的，以为从不见“报道”拙著，方出此。

99

严中同志：

收到信后，立即拜复了，想已收到。今建临随人到宁、扬等地拍《曹雪芹》，他是被邀的帮忙性质，顺便去看你，也请你大力协助——因为看在雪芹面上。此事的原委由去人详告，不多赘。［可能正巧北京红研所的系统下有人也正去拍这个，“车多不碍路”（与我无关），各不相涉，附说一句，恐你弄混了。]

为金同志的文章我写了几句，全因你之嘱托。若单论观点，我有许多不同意处，又找语言学家看了，也所见略同。所以我写的只能内部用用（如评职称等事，稍作助力则可，但切不可作别用，因为学术问题没有那么简单。此事将来面评可也）。

匆匆几句，为赶他捎去，不及多叙了。特此颂

冬日安康！

周汝昌 87.11.23

100

严中同志：

接信甚喜。我总未去信，原因先是想先读了二陈弟兄文章，有何“意见”时，再写信一叙。未想几次努力（双重放大镜），完全读不下去（字太小，又不清），没办法，叹气而罢——然后就接上大忙特忙，以至于今。今日乃除日，接到来信，所以很是高兴。

陈文[1]经你收拾一番，将能刊出，大佳讯也！我闻悉十分欣幸。

你寄的报，我一一拜收过，《团结报》亦见。

江苏红会上的见闻，希望及时见示。五月芜湖全国红会，两接通知，未复，决定不赴会。因有更想做的事，不拟去凑热闹，浪费时间了。

前者建临去了，带给你的只是一大堆麻烦，真是既感又歉！听说那电视片即将播出了，建临为之出力不小（他们什么也不知道），可是连个名儿也不能给挂上，白忙一阵子。尽力就是了，不过又连累了你。这都是我一人的赤诚之心所致，没想别的。而且此片核心是西山假故居，是我反对的观点，我仍然予以扶助。

---

1 即刊于香港《明报月刊》1988年7月号上陈慕洲、陈慕劬的《千里捎书到京华——为靖应鹍捎〈红楼梦〉给俞平伯的始末》。

"红界"似较消沉。你建议我写的小文，因在美复印的材料装箱海运，极迟（邮程整整6个月，还险些迷失），未到之先，我已忙上别的事，连《津报》连载稿都搁浅了，所以没顾上。等稍过再办，请谅解。

已到年节，北京偏偏这两日大冷！我不适了几日，今未全复。此札虽简，却是力疾而书。用祝

新春大吉！阖府康乐！

周汝昌 88.2.16

101

严中同志：

3.9札到，知港方讯息，当然心胸甚畅，因此事关系真理与谎言、好人与奸佞之分，真所谓世道人心大事，决非区区个人意气也。

你能注意烟标上的误处，真是心细如发，令人佩服！

现只好另拟三诗，请费事向该厂一办，以免贻笑大方，另纸缮去（乃立地而成，因不能搁置，否则便无期了）。

这下子引出一个"问题"，须请开示：我目坏后不看书，耳目闭塞已甚，仍只知刘画家"石头记人物画"，四十幅印为专册（人美）。烟标中所配的"设局""诵经"，不见该册之画，定系又出了另册，而我了不之知。望详告我。或是采自何处？如年挂历之类？

因事要到天津一行，回来再叙。匆匆不尽。

春嘉！

周汝昌 88.3.12

102

严中同志：

拜烦一事：

我见南京烟厂“金陵十二钗”烟标，其中三首诗是错配的，我见全部是采了拙句，只好为之重题三首，俾成全璧。拜烦代我一办，深谢！

并致

敬礼！

周汝昌 88.3.12

鳳姐設局

會芳園側石嶙峋，轉出驚鴻語意勤。

午夜篝燈人影亂，相思猶對鏡光匀。

迎春誦經

虎狼階下肆嗔呵，園内風雲日夕多。

太上一編勤誦習，纍金冠鳳付誰何。

湘雲拾麟

清虚觀裏出奇珍，偶落花間待此人。

他日雙麟重會處，芳心默默豈無因。

戊辰正月周汝昌題

“樓台”应作“樓臺”，又及。

103

严中同志：

小恙，外出，无数的信件事情，稿件……忙得我头晕，又即将进宾馆，实不能写了，仅将所嘱之事办讫，今寄上。

如有事，请直寄“北京西郊香山饭店全国政协第20组”。

匆匆，颂

吉！

周汝昌 88.3.22夜

104

严中同志：

刻奉来示，一切均悉。诉稿[1]极妥，感谢感谢。我唯一“意见”是你说那人对红楼梦“缺乏研究”，这真太高抬他了！怎么谈得上“研究”二字？你可在此句（不必改）之下，加一括弧，云：依周〇〇教授原话，认为他对红〇〇和诗词文学，“连最起码的常识都不具备”！

一切代费神，不多叙，因正忙乱中。

祝好！

周汝昌 88.4.10

当年人美社付酬，并非“分成”，他们是以画为主，对我纯属利用，连写带作，每首诗才付8元！但付刘的，一定很高。后来偷偷重印，我在市上见了才知，去交涉，才又补了我一点钱！又及。

刘旦宅[2]不复，也有第三可能：他已有了“大钱”，不屑于争这点“微利”了。

105

严叔叔：

您好！

上次拍片子多亏有您的帮忙，否则将非常困难。该片现在已后期制作完，但仍有些小问题，主要是酬劳方面，使各个协助制作的人员均有意见，所以至今迟迟不能在电视上出现。我帮了这么多忙，片子后尾也无我只字，报酬至今无着落，就算是幕后贡献吧。

我父亲的《诗词赏会》一书，至今才寄书来，连香港人士均已见到，而

---

1 指起诉南京卷烟厂侵权之诉状稿。

2 画家，上海师范大学美术系教授，“石头记人物画”和邮票“金陵十二钗”的画作者。

著者却刚刚见到著作，这已是出版界司空见惯的事情了，也无法生气。我这一二天就给您寄去一册。

关于南京“红楼十二钗”香烟一事，先写诗三首相助，又要打官司，是否有些不妥？我们对此完全不懂，请您看情况解决吧。

周建临 88.4.12

问好！这取决于对方态度与情况发展，不一定矛盾。〔周汝昌字〕

106

严中同志：

刚与你发了信（寄还所拟诉稿），今午忽有该烟厂二人到我住处（持有介绍公函），来意是“解释”与“道歉”。

我正忙着，猝不及备，又本是书生，不会“对话”办这等事。但我第一句即表明：“我委托严中为全权代理，一切事须经由他代洽，不要找我。你们回去找他，他可以代表我。”

我说：“海外来信询问，影响很坏。南京新闻界也关注。应有一个合理的解决办法。”但别的“硬话”我就说不出。

他们出示一份报，你所叙的记者的文章已出来。据建临先阅后表示：似乎是为该厂开脱，反说主要受害者是烟厂，别的不提，疑心是该厂的布置。

他们说，厂长已见了刘旦宅，刘表示须修改后同意用之，须落款。问我意见。我因已给他们补了诗三首，不能说不同意用，表示也须落款，具体方式，待与你研究再定。

他们对三首诗“付酬”，我拒而不收，表示不能单为这三首诗计酬。

他们还录了音，拍了照（我与来者该厂书记合影），恐怕有用意，但我不拒绝，因为这没什么，是光明磊落的“勾当”，故无须拒之。

以上情况驰闻，供酌夺。余不及，顺颂

砚祉！

周汝昌 88.4.12

总的经过是和平应对，没有当面“摩擦”，但也没有留漏洞，要点是“此事请回去与严中面洽解决”。

107

严中同志：

挂函刻下收悉。委托书寄回，请收。

该厂书记闯来之事，我当日作札驰报，见否?

他们出此“先着”，看来是为做准备。我是个纯书呆，对应不一定全有利，是否留下什么“漏洞”，可为他利用，实不敢自保。但我咬定的一点是，一切通过委托代理人办理。（这当然指侵权事件的处理。）至于换新标挽回影响，因三首诗已给了他们，又据云刘旦宅已准备将画稿修改后，落款，重新制版……所以我也就表示“合作”，具体事宜再商待定。大致如此。

蒙告红会情况之大略，深谢！可能有些事你也不能尽叙。二马[1]之欺我太甚，他之所做都不是人做的事，居心阴险毒狠，一切为图私利，一心把“红所”“红界”变成二马姓私产，妒贤嫉能，种种鄙事，我数十年来还没见过有“堪与伦比”者。但这种人才能升官掌权。“天下事，不知矣！”所以我对表面宣传的一些“天花乱坠”的“美好”之词句，毫无兴趣了。

《诗词赏会》一册，已由建临付邮，谅能达。

匆匆不尽，祝

暮春顺适！

周汝昌 88.4.18、戊辰上巳三月三日

1 指冯其庸。

108

严中同志：

先后二函皆到。委托书与挂号寄去。关于后一函叙酬款“分配”计划，只要各方面都认为合理，我无意见。唯有一点，在刘旦宅来说，除未署名外，并未发生若干问题；我则不同，正如你指出的，是胡乱安排、损害我的声誉的事件。因此发生权益（应得报酬）与赔偿损失（声誉损害）两个不同的问题，不能混而为一，请依法提出赔偿的问题。

日客不断，极疲，谅我不能多写。

周汝昌 88.4.22夜

109

严中同志：

得札，尽悉。这事原出你的“路见不平”，不然我还在鼓里，既已委托了全权代理，我是无可无不可，你放心。

打了官司，不一定全有利，他们会“豁出去”要赖皮。

不过人是“蛇吞象”的，要老实自承。争来了钱，反而又嫌“不平”了，你不会笑我。照理说，这次“报酬”只应指过去的一段，绝不应理解为这几百元“毛钱”就把咱的著作权“一下子”买成了他们的“商品”。应该是，“七百元”是“总结”过去，以后拿我的十二首诗“永远商品”，应另议。如厂子不讲理，咱们应停止“卖权”。

至于赔偿——“欠通”。名誉，实应由该设计人负责，或负主责，不应单责厂方。

我不是一定要你坚持争执这两点，但盼你在“结案”前，对前一点应向厂方再交涉，让他们清楚层次、理路，不然就葫芦巴提，上了他的当。

后一点，表一表，争不出，如你所说，当然是点到之后，就算了。

极匆匆，来信关注之意，深铭在心。

夏吉！

周汝昌 88.5.11晨

110

严中同志：

久未得信，近况如何为念。

北京天已很热了，南京是否亦尔？

我这一向苦忙已甚，没顾上再讯。倒是建临惦念了，几次问起，我“上次写信说的什么”？他是担心我说了使你为难或生出麻烦的话，我是个无心人，这才醒悟，来写此信。

我上次回信，主要一点仍然是坚守信义：一切你都可以代理人的全权决定，我无可不可，这一点是十二分明确的。至于信的后幅，那是和你谈心，觉得出了这样的事，这个厂居然不想在原“设计费”外承担一文钱的“损失”，真是够瞧的，太刻薄了！假如起了官司，难道他不花一个钱就能了结？三股均分，貌似公平，实在画家（本来就是愿刊登以为“宣传”的）与设计人并没有“损失”什么，只有我这诗被搞得那么稀糟，只让我“均分”，这岂不是厂子的居心狡狯？闹了半天，他丝毫无错，一根毫毛也未多拔。——我只是向你表示心理活动，因为我们不是一般泛泛交了，才肯这样推心置腹地谈出真想法。我深信，这是不会引起你发生别的想法的。

如果万一事情又有了变化，而且不顺利发展，那么你不要再为这种事花费精力了，我就决意把诗收回来，不给他做广告牟利了，因为从根本上我是憎恶吸烟的！

不拘怎么，请抽暇通通气。陈家兄弟之文，刊出请即告我。不尽，即颂
暑安，端午节吉

周汝昌 88.6.11

111

严中同志：

今（12）晚班接到10日来札，一切尽悉，深以为慰。

我这半年似乎“流年不利”，自春及今，常患感冒（在海外一天也没病过），诸事堆压可畏。（一项文债，正月初二已完成上半，可至今下半还未毕工！）再者，报载南京奇热，我怕你吃不消，虽惦念，但有意地不写信去，以免增你负担。今见你忽于近日又为烟标事加了紧，真是心中过意不去。那厂子实在狡猾可恶，如来札所云，他确是把咱二人看不在眼里。本可和平了之，现在是他逼我们周旋到底了。

你所办一切妥善，请放心。只是太受累了。

陈家弟兄一文，复印甚清，我倒是细读了，甚为可喜，文章写得有味道，且看那“气势汹汹”者有何“下一步”动作与表演。请代我向二弟兄致意为盼。

你在《津报》发表《吴玉峰》，已有人寄来了，所以早得读过了，看来你对地方志下了功夫。

我有一册《红楼梦辞典》给你（不要花钱买为嘱），凡给邮寄，皆为“野蛮装卸”，不成样子，所以等便人，南京如有来者，也望一托。

灯下急复，不能多写，谅之。

秋吉！

周汝昌拜上 88.8.〔12〕

112

严中同志：

急赶将诉状寄回，余不及叙。

“人物画”容设法一觅，可得与否，还真不敢说一定。

匆匆祝

好！

周汝昌 88.8.16午

以上一函谅可达。

113

严中同志：

昨挂号寄上签名盖章之件，今日从人美购得人物画二册，因并拙著一种，又《红楼辞典》一部，一同寄上，收到请告知。《诗词赏会》误字百余处，实在可叹，俟勘误表印出后再补去。匆匆数语不尽，即颂

文荣秋健

周汝昌书 88.8.20午

114

严中同志：

信极好。清钞一份寄上，我只改了两个笔误字。又准备了一张“附页”，为补充。你看能用再用，不合用即置之，如此不妨碍原信整体也。

匆匆不及多叙。

秋吉！

周汝昌 88.10.2上午接信即刻

115

严中同志再鉴：

我已有一信致你（誊清）。内中脱漏一层意思，请向法院补述：他们对待刘如彼，对我如此，明含轻视之意，以我为可欺。

他们曾来二人向我“摸底”，当时不明该厂真实态度，故以礼相待。后

来他们如此“对付”你，毫无诚意，这也就是暴露了对我的真态度，我才决意诉诸庄严的法庭。他们来时还将我的谈话做了记录、录音，可见“用心良苦”、早怀谋算。如果到法庭上他们用这一“招”，在我的“谈话”上做什么“文章”，请将此信公开陈述，揭穿真相。重要的一点，是他们不愿“私了”，不是我，他们逼迫我这样做的。

周汝昌又启 88.10.2上午

116

严中同志：

来信尽悉。作为我的全权代理人，您在法院就“金陵十二钗”烟标侵权一案草签的三点，即：

一、由该烟厂与其设计人赔偿我版权与名誉损失费总共四仟元；

二、旧烟标在国内销罄尽，新烟标设计后由我过目并同意署名或钤记后印制使用；

三、诉讼费按法律规定我应负担一百元（该厂负担二百元）。

以上三点，我表同意。请您转告法院。

法院受理了我的诉讼，这使侵权者的“私了”狡计不能得逞，主张了公道，深为感谢！请将此意也转达法院。

也向您申谢。匆匆，即颂

秋祺！

周汝昌 88.10.18

117

严中同志：

依遵抄上，我只随笔调换了几个字，更符合我的文字，你看可否？不合再重写。

这事如此结果，我是“望外”的，不过累你费这一场心血，真觉过意不去。

觉得有好多话要写，可是此刻老伴卧病，诸事冗杂，心绪不宁，只好先这样寄发。容后细叙我近来情况。祝

重阳好!

周汝昌 88.10.18

118

严中同志：

这次来京，专为送款，除了你在宁所费心血外，又加上这趟辛苦，深觉过意不去。加上接你信已很晚，本想将两处住地调整一下，以便招待方便，可是已来不及了。我们什么准备也无法办到，以致将你们多有慢待不周之处，我们一家都感到抱歉。

偏巧我因脚疾未愈，牵带精神欠好，到晚上就没有与你多谈的精力了。因此很多话题也未畅叙（如“靖王氏”一案等等之类），尤感怅然。

沪《文汇报》[1]颇曾喧嚣一时，及你之文、二陈之文发表，他们为何屁也不放一声！？那“郑重”躲到哪个见不得人的地方去了？如此等等，我们也可以谈笑一场。

你们当已平安返家了，祝你们一切顺适，好好休息几日。

今日湖北友人来信，略述红会情况，情况无甚大可述者，两派观点还有“冲突”云。唯有一点引人注意，即四川出席者透露80后的古钞本已在川发现，川中报道甚为热烈云云。但我们一无所知，几天前“巴蜀书社”还来人，只字不提。令人诧异。我不拟致函蜀友去问，怕该地人“神经过敏”，以为我去“抢”人家的什么。当然，真实与否，发现的究为何物，俱不可知。但觉此事所关重大。你工作条件好，可多方设法采访打探真情。或见蜀

1　指该报1986年11月6日所刊发记者郑重的《京华无梦说〈红楼〉》。

中报导，务请复印见示。这事你也会有兴趣，定然挂心。

此次你来的季节不太合宜。北土荒寒之象可畏！一无可观之趣矣。

杂事没完没了，草草致意。并颂

炉祺！

周汝昌 88.12.12

因飞机票无法代买，故将票款补上。你要客气，就是见外了。

119

严中同志：

刚刚接到“去年”12月28日来信，转眼已是89年第二天了。知你回去后一定要大忙一阵的。你到家后立即写来的信，报告一切顺利返家，甚感欣慰。

在京日，如不是寒冬，要好一些。别的还在其次，你吃不好，我们十分担心。下次你们来，早点通知，或许比这次招待稍强一点儿。

《恭王府考》正拟修订，增加一些内容。去年《团结报》和《北京日报》都刊登了我的小文《再论府园》，你见到了吗？如需要，我当复印给你。

“西涯”（意即前海的西岸）就是指恭府这个地带的代称或雅号——出于明代大文人（大官）李东阳之创题，他生长在此，集内题咏极多，所以考查此地段，非从西涯说起不可（再早的，没有记载发现）。因我论此园，大局是从地理形貌环境来印证，而不是从园内“现状”立说（那变改已太大了）。故必须了解西涯时代的详情——也才可以理解这地方与“政治”的关系。

你我论点虽不全同，但无抵触，是可以并存或者互补的。你撰稿我是愿意联署，这无问题。

怕你等信，先草数行。烟标收后有必要，会写信去；若无什么，就不再写了。

武汉之事，略有所闻。我绝不会为此而发言——我自写自己的书稿，发自己之所见就是了。这种“高见”，一千年后也还会再出现，谁有许多工夫去理它？

另有“北京大观园”小册寄上，可作资料（有拙序）。这个园子花钱不少，搞得稀糟，那“名家设计”是荒唐无比，完全违背了雪芹原意！

顺颂！

新岁阖家好！

周汝昌 89.1.2

（又一纸）

我们知道你为人耿直，也不是轻易给你寄钱的，这方是交情，世俗则作反面看了，望体此意。

南京与《红楼》的事，确需“彻底”弄一下，不然以后更困难。我希望能去你那里，但也担心你太客气。如家常款待，我心较安。

蜀中异本的发现与真伪，关系异常重大，不是一般的重要。亟盼努力“追踪”！！又及。

120

严中同志：

接你寄报、信函后，一直未能写信，原因有二：一是你说将有“反击”文稿寄来，所以我在等待。此事如何了？甚念。二是年前后太忙乱了！实在顾此失彼，以至今日。“旧烟标”及《大观图》小册子，也早已检齐待寄，只是没工夫跑邮局……

春节已过了，你们过得美好快乐吧！我们还可以，但京中“年味”丝毫没有，听说天津各地那年味足极了。

因久不见来信，甚念。今特写此信询问近况。

最近有讯：十月份将举行“国际红会”。你知道了吗？希望你设法参加，早日做点准备，以免临时办理不及。请抽空回一简札。

新春纳庆！

周汝昌 己巳正十三〔89.2.18〕

121

严中同志：

今日接到本月19日的来信，方才彻底明了了一切经过。为此事，你做了这多大量的无偿、无私的工作劳动（包括心力），真让我感动！

我刚刚连续发了信函和印品（小册子“大观园”……），你令儿媳就来了（还想着带来日本漆盘礼品，感谢极了）。老伴再三问有事有东西携带否，我说信件等前昨二日已发了……可她刚走，你的这次信又到了。这“不巧”，以至于此。

知你为事情又耗去极大精力，我心亦感不安。盼你嬉笑怒骂以对此小丑，勿动真气——那就上他当了。很清楚（参另纸）。

文稿我无意见。但它太长，该报会借口“篇幅”不登。“君子协议”答应公开为你澄清道歉，很好，但是，精简（但全面）的实相文章，还得见报才行，否则反面影响挽不回，你应力争这一点（也不要太僵，只要登，稍精练简短一些也只好让步）。

至于我，打算另写一信，你转给该报。我当然也要求刊登，但你看了如以为登好，便办；如以为措辞不尽得宜，则再议。不要客气。

你可对刘[1]点名反击，我则只对报纸讲话，不想再提他。

天已太晚，不再多赘。夜深，目力已难书写了。

遥祝

春祺！

周汝昌 89.2.22

（附件请复印）

---

1 《江苏法制报》记者刘永汉，曾在上海《民主与法制》1988年第1期上发表《金陵风波》一文。

文太长，不利于争取发表，也不利于获得读者的耐心细阅。小标题加了，“管”得段落太多了，眉目欠清，要加就多再多一些，而且须简净有力，带奚落味道。

我觉得最要紧的是得力争该报刊登你的反击文字。这比什么都要紧。

你是否该要求该报刊出调解书（如设法让烟厂表态，更佳）？又及。

又，据悉本年10月8日召开国红会，地点在京“大观园”。主题是《红××》与中国文化。你设想的题，不太合宜。此事须再议议，别忙草率即定，时间来得及。

另伦玲附言：“严叔叔，《红学七题》一文今日才找见，待复印后会寄去。”

122

严中同志：

来信收悉。南京卷烟厂做了错事，不认错，万般刁狡，表演恶劣。我原极不愿拿我的诗给它做牟利的利用品，说实在的，如不是你来要我又给它补作三首诗，我是不会做此违心之事的。我们对它如此仁至义尽，它居然反咬一口，还不肯罢休，又支使一个小丑来表演，淆乱社会视听，希图继续伤害你我——这对只知唯利是图者来说，也许还不足为奇，奇的是《民主与法制》报，竟然出面为这个不法的厂子来打抱“不平”！（要介入这个已断之案。）

一个号称是“民主”与“法制”的报纸，竟然如此轻率地刊登此文，不问审稿手续是否完备，不对事实进行调查核对，即公然对人肆行伤害，实在是对民主与法制的莫大的讽刺！说它别无用心，很难令人相信。

这不是张三李四谁一个人的得失利害的琐屑之事，这家报纸此举是对我们中华的国家体统、政治尊严、民族文化道德的毫无忌惮的侮弄。海外知道了，有文章做的。

麻烦你转告该报，我对此是不会漠然的。第一步，请该报公开作出适宜的澄清。如该报不肯如此做，即证明他们确实是站在烟厂一边，反对真民主、真法制，我将另找地方彻底揭露他们的胡作非为。如果他们认为法院调解不公，要翻案，我可以奉陪到底。4000元，我这穷书生还看不到眼，可以分文不短地奉还那个至今“心疼”的厂子。当然，那我愿意听听“民主与法制”的公正的高见：对一个烟厂为了牟利而盗用并篡改歪曲我的作品的行为，应当如何处置？

该报如是诚意解决，也必须刊登你的澄清事实的反驳文章。

一句话，既然该报刊出了那样的刘某的文字，他们便是自动地介入了这个事件，并负有责任了。挽回影响的办法，要看他们的诚意与正义感了。

专此手复，并颂

新春百益！

周汝昌手书 1989.2.22夜

123

严中同志：

刻接来书，尽悉。依嘱，写了信致该报。即日来稿，只个别地方小有变动。仍请细阅详审宜否。

相片洗出才数日，等孩子们有空寄上。近日事繁，他们又多患感冒。

你嘱向京某报接洽之事，不知你意是否宜待《民主与法制新闻画报》有确复时再办？假如它答应刊登你此文，则不必另找地方。因信中未说清，盼示。

极匆匆。

周汝昌 〔89〕3.3

附：周汝昌致《民主与法制新闻画报》函

《民主与法制新闻画报》编辑部负责同志：

1988之年初，我获悉南京卷烟厂推出的“金陵十二钗”烟标上采用了我在《石头记人物画》中的题诗，而且对原文擅行篡改编排。这事事先我一无所知。这是一件为了利用他人著作声誉而进行牟利的行为，损伤了我的声誉，也侵害了我的权益。为此，我委请《南京日报》的编辑严中同志向该厂交涉。但该厂不肯正视他们已经犯下的违法错误，多方推托，难获解决。鉴于正义无从得申，我只好委托严中同志作为诉讼代理人，向南京市玄武区人民法院起诉，得到了受理。后经该院调解，圆满解决。《南京日报》《扬子晚报》《今晚报》《光明日报》等报纸，都对此案的了结做了客观报道。

贵报有鉴于上述情况，认为此案得以调解方式解决，“有法制教育意义”，要做较为详细的报道，这当然是可行的，但是令人惊讶的是，贵报今年元月6月刊出的《金陵风波》一文，不是客观公正地反映此案的本来面目，而是在实质上站在被告席上，作了一份为南京卷烟厂法人代表辩护的辩护词，极力歪曲事实真相。该文力图使被告在法庭上无法得到的东西，通过舆论而获得了！然而如此一篇丧失公正的文字，不向当事人与办案人员认真采访，也未经有关部门审稿核实，即公然由贵报以显著的版位予以刊登，应该说，这确实是对贵报名称“民主与法制”的莫大讽刺。

为此，我具函陈明事实原委，郑重要求贵报刊登我诉讼代理人严中的《“金陵风波”——不该发生的风波》[1]一文，以澄清事相，从而消除贵报《金陵风波》一文对我们的不良影响。

专此，并致

敬礼！

周汝昌 1989.3.3

124

严中同志：

来信皆诵悉。

沪报既如此，我们当然不能善罢甘休。建临现有一头绪，写信问你

1 此文后收入严中的《红楼丛话》中。

意见。最后再找胡琏同志等人，非我亲笔信不可。若此，京报也敌得过沪报了。

起诉的事，俟报纸皆不支持再办，不可急躁。必要时，我在政协正式提案——专对那《画报》不对个人。我开会前后与会中，共写各文件不下二万言，稍疲，故令建临与你另叙。

祝好！

知名不具 〔89〕4.1

125

严叔叔：

您好！

我有个朋友认识《北京法制报》的记者，我托他向《法制报》粗略谈了一下事情的梗概，该报记者愿意帮助，想看看您的文章。（我想该把被反驳的那篇报纸一并寄来。）我再和朋友一起去趟《法制报》，不知您以为然否？请定夺。

匆匆草此，请向全家代好！

周建临拜上 1989.4.2

126

严中同志：

6日接你3日之信为慰。

我于4月下旬即到天津去了，回来很晚，回京后也一直苦忙，还有连续感冒，是以久不能通讯。别处的信，也是如此。但我返京后，即问建临（因我临行时嘱他与你联系）商议与你写信，可是你信先到了。

我一家安好如常，千祈释念。

我在津与家兄（77岁了）合作，为真本《红楼》努力，颇有成绩，第一分册将定稿。书名叫“石头记会真”[1]，实千古胜业也。

你说的友人如来舍时，我一定热诚接待。我也没忘记“风波”一事。

拙著《〈红楼梦〉与中华文化》才见样书，须俟有一批书到，方能寄赠。

红会是否“如期”，我也一无所知，现我与他们毫无来往。

动乱中不知南京情况如何？也很惦念你们阖府的平安！

红界情况我是一无所知，甚至有退出红界之想。听说张之同志已退会了。

“国际红学会”向国外客人索“费”200美元。我所遇海外友人都说“太贵”“不来”。附闻，一笑。

等令友来再报，此札只报平安。

夏吉！

周汝昌 1989.7.7

127

严中同志：

来信早收，因病足肿痛（不能下地）不能即复，望鉴宥。今稍轻减，才得草此数行。你提议去索稿样之计，先是顾不上，现今思之，此事若你（假如居京）索看，一切不成问题，今忽由我出面，总觉似有未便之处，恐传之外方，贻人口实，又被对头抓住做文章。世道不佳，不能不防。我意该稿既根据你稿及材料而写，大体当不致十分可虑，不如听“天”由“命”。我一索阅，令撰（编）者闻知，也会不悦（因为是信不过）。因此，想再与你商议，不可孟浪。如何，盼示。

适又有一事相烦：去年我费一年工夫写一影视脚本《〈红楼梦〉的历程》十万言，以艺术手法普及红学知识（当然是“周派观点”）。写得后大

1　此书2004年5月由海燕出版社出版。

得京津内行赏赞，且争着要拍，已垂成，因“资方”出了不和搁了浅，后由出版社愿印，已排好版，可是现今来函说征订形势一般，大大萎缩，前景“严峻”，如达不到三千册即不能开机（一般订数云仅几百、千把册），要我也想想办法，共同争到3000，决即付印（社方愿赔些）。我是书呆子，不认得倒爷与个体户！只好想找找朋友，看能否援手：如能以包销名义与方式，肯订200本，则五位能凑到一千册了，请你动动脑筋，看有无办法可助一臂？此书文学读本性质，内容可观，小开本，每册2.45元。这样只为促成开机，不致功亏一篑。至于书款，不会是连一本也卖不出，白白赔掉，当然可以售出若干，故所担风险有限。南京方面，仰仗鼎力操持操持。

沪方不可行，那里市场好，但我没熟人（有的都是要陷我的小人，决无助者可寻），河南我可找一位，别处尚须再想。儒者为了印一本书以至如此，真可叹也，然又何必叹哉！

专此拜陈，并颂

文祺！

知名不具拜　己巳中元夜〔89.8.16〕

“风波”事慢慢办，勿着急为嘱。

所烦之事，有困难，办不到，毫无关系，千万不可奈难，明示即可。又拜。

128

严中同志：

承鼎助，感甚。“规定”要先交书款之50%，故请直汇245元与下址：

150010

哈尔滨市道里区地段街179，黑龙江人民出版社

请附一札，简要说明原委，并写清将来发书时寄到何址。

（书价2.45元200册，交一半，当是245元。）

匆匆，顺祝

中秋节好！

周汝昌拜 1989.9.12

129

严中同志：

兹另附一札，是为了供你运用方便。我欲“揭底”，你看妥否？会惹麻烦吗？

前有一函，想必已见，内中我计算预交“包销订购”价款的二分之一，数字有误否？

应是2.45元×200×1/2。

匆匆不及其他（仍忙甚）。

如你愿知详细，以后我可以告知。

敬礼　节禧！

周汝昌 1989.9.27

130

严中同志：

接到惠寄的《文教资料》，见第82页你所撰《胡适之与周汝昌》一文，内容颇称详实。阅你所引1954.10.30我的一段文章，这才想起一点，也应告知与你：我那文章，是报社负责人特约稿；稿交去后，主编认为缺少自我批评，要我补充。因我当时实在想不通我的“错误”究在何处，所以拙搞到底未能使他们满意。及发刊之后，我见该文许多地方已非复我之原笔，改动颇大——无论是“自批”还是“批俞”，方知已经由他手加之润色了。

此事当时关系政治与学术，多年不便提及。如今早已事过境迁。不真实的“历史”、对人民，对祖国文化，都只能有害而不会有益，不应再加瞒蔽了。故此特向你说明真相，并望转达《文教资料》。主要一点，就是我至今仍然相信“自传说”这一学术文艺观点，并无错谬。

做学问、做人，都贵乎真诚无伪。我应该坚持我所信服的真理。

专此布臆，并颂

节祺！

周汝昌 89.9.27

131

严中同志：

来信早悉，只因十分忙乱，迟复为歉。也因为我等《法律咨询》回音之故。

你的建议很好，等我有空再把胡适信件这项资料整理、注解。至于“应景文章”的真相，将来还是你写写为好，自己讲没意思。

拙著得书甚迟，市上却早出售了，浙江都有读者反响了。现时才题字包好待下午付邮，与你寄的是精装本（别人都无此“优待”），收到望赐复。

《法律咨询》之事，接信后考虑孩子去了不一定言词得体（他们都不善交往交涉），弄不好，反促成退稿。故我亲笔写信，十分客气，说明受委托就近代询该稿处理情况（不提“不用即退”等等）。请赐复以便回报友人，并用名片（上有四项“官衔”！），还写上“拜”字，说明本想亲往，因目坏行动不便等等之情。自以为够“礼数隆重”了，哪知候至此刻，竟是石沉大海！我这人肝气旺，见他如此无礼蔑视人，若再写信，当会“得罪”他，于事不利，就忍住了。你看该怎么办好？

“国际红会”开不成的内幕，你知道吗？我是“与红隔绝”，人家也不理我。后听人传（从内部人传出）：台湾文痞高阳到北京，被二马、木子[1]等“领导”奉为神明，大开筵席。高阳乃赌徒、酒徒，专骂中国共产党，远近闻“名”，而他们以上宾相待，茅台（一瓶是咱们一月工资呐！）喝多

1 指李希凡。

了，撒了酒疯，即席当众大骂共产党……因此众“领导”颇为尴尬！事为上峰所闻，才影响了“大会胜利召开”。这就是素以“无产阶级”自我标榜的某些党员的作为及所得的“结果”。听了，不禁骇然，继以长叹！这些人，他的立场与原则，都到哪儿去了！等有时机我定向中央纪委揭发他们的恶行丑状。

有人说，胡文彬现时有点儿消沉了，不像前一阵子了。

谢谢你对拙著“脚本”出版的支援。

昨日京中一杂志同志因稿事来，偶及《南京史志》刊我诗一首，我并不知道，疑是“烟标”，并非别诗“一首”。

匆匆划字，谅之，近日忙甚。

时绥！

周汝昌 89.10.28

132

严中同志：

奇忙，迟复，书签题去，想不会误你的事吧？

陈正仁同志[1]回去后见了吗？

材料已由《法制》取回了吗？在念。望便中示知。

“明清小说会”你参加了吗？有两处友人告我此事。

附上名片一张，给陈正仁君，如写及我，请用“正式官衔”为好。

极匆匆，不备。颂

春嘉！

周汝昌 庚午正月廿三日〔90.2.18〕

1 时为《扬子晚报》编辑记者。

133

严中同志：

日前曾将书名题就，即付邮寄去，不知收到否？内中附有一名片，烦转陈正仁君。

因想起一事，请代询问。陈君确言《献芹集》有重印本，且装帧小有不同，他都买到了。而我不知重印之事，又怕陈君是把别的书误记为此《集》了。因我要了解，如真是重印，其中错字是否已经改正，我也需有一本存查。估计出版社不一定瞒我，（我又不是讨索“印数酬”的！）疑莫能明。望你亲验一下，果有二印，请即示我。

又上次询问南京明清小说会议，你有何收获？《法制》[1]的稿件资料，已索回否？常在念中。因你未答，故再问。

顷见报载，南京喜送“生肖礼”，我是马年生，又今值马年，所以想让“马”给我添点骏气，烦得空到市看看，有何“马礼”可取，替我寻一件。瓷的可不必取（如仿唐三彩之类），因为瓷物不能寄，易损。别的工艺品才好。

成梅处已见面否？她近况如何？是否当演员？

拙著“剧本”见样书已多日，只整批自购书不见到来，想你那里也尚未发到。

草草致候。并颂

文荣！

周汝昌 90.3.6上午

1　指上海《民主与法制新闻画报》。

134

严中同志：

今日从香山宾馆回家小憩，见到你3月15日来函。我18〔日〕离“城”到香山开政协会的，当天上午见到你送我的白马，还有币二，我很高兴。

陈正仁自言《芹传》与《献芹》二书，复言后者有重印本……我的答话很清楚，而且一再问清他，如我听错，他会发觉而解释的，但当时并非如此。也许我听错，也许他记错说错。但都属闲谈，不用“计较”了。

我一定为你写序。这是一言为定的。我写序向来不拘之于内容，多是叙学问学谊，谈大体。细节纵有些许仁智之分，你也不必担心我会在那上面“做文章”。

提出书，真令人哭笑不得。我看你还是略等一下，当然，不是说长期等待。同意你“再看一看”。我相信不能总是这“局面”。书不出，出版社还干什么？他们会着急的。

你留意拙文，真是细心无比。《津报》之文，澳门已转登了两篇，还有赏音。

某刊“介绍”拙著，我不以为荣，深以为耻！

你的书稿如全部复印，太费钱。也可以只选印小部分（代表性的），加上目录，我就明了大概了。

那“咨询”可太不像话了，实在非我书呆所能想象。对刘[1]的事，望你策划万全，我怕你惹一场气，耗却精力，而得不到申张正义。此事因我而起，我心亦不安然。

我一般健康还可以，“竞技状态”也不减弱，有时觉小疲，你嘱我的话，谨记。

匆匆即复，并谢。

1　指《金陵风波》作者刘永汉。

阖府均嘉！

周汝昌 90.3.20

字幅也一定写，但“血”“味”二字不押韵，请再定一下。

135

严中同志：

今夜挥汗将序[1]草毕，共大稿纸9张，虽字大，也不为短了，过长噜嗦，亦未必佳，故觉如此适可而止。

原稿袋（目录在内）及序，都捎往南竹竿，待你托人取。每日上午一般伦苓在（星二、五最好不去，因是上班日）。

书名[2]是否还可再拟？我觉得与邓云乡的《红楼识小录》太易混了，不为得宜，（能否向“拾翠”“集锦”……这个“路”去思索一个？）因此序中还空着。

今年胡适之先生百年祭，台湾来索文。因忆你提议的事，我也没顾上，甚歉。今岁畏热，又特忙，（笔不停挥！）还有小恙，故难兼及。

你拟写我的计划（给“简报”用的），事不轻松，除非你有“神力”才行呐！我看从容图之，一切看条件，不要强为，以免太吃累耳。

夜已深，不多赘，即颂

暑祺！

周汝昌 90.7.15夜

《周末》有鲁迅拟作《红楼》歌剧本之文，盼赐一份。有何重要红文，亦盼示。

且疾，字幅久不写，还得后推。又及。

序稿请赐副本，因无底。

---

1 指周汝昌为严中《红楼丛话》所作序，手迹刊于本书目录之前。

2 严中原拟名为“红楼拾小录”，后经周建议改为“红楼趣话”，最后改为“红楼丛话”。

136

严中同志：

你来信（安排取稿及序等事）早已收到，因杂务太多，未能早复。

你对我建议酌改书名以避与邓著之“复”未答，不知如何考虑。

你提到欲整理我的生平资料付刊，我也未及即答，并非我有什么意见，实是无可无不可之事，但为此你要花上很大力气，也不是轻而易举的活计，我怕你过于费事，故未加可否也，是不敢十分“鼓励”之意。

你又提到拟赴南图去校一下那部清钞本[1]，此事极值得做。其本虽与戚本同祖本，但也时有小异，因戚本经人描贴改过，所以校之甚为必要。校毕除你自己运用撰述外，还盼惠我一份异文表。我的“大汇校”中正缺此本，对我是个大帮助。但你得业余去做，即使每次能校一回，也得八十次工作（我是对此种工作并不陌生的），所以你愿做也得下决心才行，世上事没有容易的。南京热季已稍过否，你们安否，俱念。我一切甚好，请释怀。专颂

秋嘉！

周汝昌 90.8.13

一个书名字关系很大，不可轻易草草，一个好书名平添无限色彩。

137

严中同志：

我刚发去一信，便接你来函，知稿包未取走，十分抱憾。其实伦苓每日晚间与上午皆在那边，邻居有一女士素不睦，想是撞着他（她）了，无可如何之事也。当嘱伦苓先寄序文。琵琶街事，事隔多年，已不忆因何发问，是因读一书见所记此街甚奇，实与《红楼》无关。

“李香玉”之说[2]，全出揣测附会，源似出霍国玲所著《红楼解梦》，

1 指南京图书馆藏《戚蓼生序石头记》。

2 指报刊上说林黛玉的原型是“李香玉”一事。

作为一种想象，百家之言，亦无不可，但报纸宣传以为“史实”，则大可不必，无识者抓点“新闻”而已，与学术真理不可混为一谈。拙著《新证》似曾引及善因楼本朱批，涉及“表妹”，但朱批亦未言及姓名凿凿。故希望你将两事分开析论，不可纠而不争。（“香玉”云云，纯由《红楼》本文中“香芋”而附会。）朱批出清代人。

我刚发之信中提及烦你送书与康女士[1]一事，不料昨日京中有友人说21日可能晤她，于是我又托了他。如你见她，可探问，如已得到拙书，也就罢了（若她的“团友”中有欲得此书者，当然你仍可代我分赠）。

你在报上为《历程》吹嘘，甚谢。近一期《中华儿女》上有京市作协主席管桦同志之文，也有谬赞之语。

我的邮件甚多，邮资猛涨，对我这200多元的“高知”来说，确是加上了负担，蒙体贴，深感你之真情也。我当照办。

有事请来信。（墨债极多而心烦，故久未拈毫，谅之。）遥祝
新秋好！

周汝昌 90.8.17

138

严中同志：

今日接你来信，知序已收，并赐“之旅”[2]各情，甚谢。你能坚持业余赴图校勘，喜甚。此功不可让他人捷足，很有意义，不可轻视。

书名取“趣话”，我不甚喜欢，别人会按《辞海》“趣味”条理解，只能大大降低了书的品格——虽是你自谦的“豆腐干”，毕竟是认真的考察，不是“逗笑”“玩艺儿”。“集锦”“拾翠”，似无自夸之嫌，因所集所拾，皆指芹书中胜义也。“或采明珠，或拾翠羽”，乃芹之远祖《洛神赋》

1　指台湾省“中央大学”教授康来新。

2　指台湾省“中央大学”康来新教授率领的赴大陆“《红楼梦》之旅”。

中语也。我也完全不是让你就直用此语，是“朝着这种方向”去想一个合宜的。

你暂时放弃给南师《简报》费那大事，极好，因为划不来。你莫低估了这一工作，极需心力时力呢！

有事可打长途：501·5522—173。

我仍文债墨债压人，但精神甚佳，你可免远念。

今日上午开了一个纪念老师的会，累了，不多写。即颂
秋健！

周汝昌 90.9.2傍晚

139

严中学友：

照片均收到，照片水平确不高，但《北京日报》良技制版登出效果颇佳，南京却连试下也未以作也。此事似未能引起你足够的重视。询及“与”字，可见有疑。京报“质疑”中恰有此条，而严宽答文也说明汉碑中即有“与”字，我也发一“解惑”文，指出“与”不是现代“简化”，而是古篆本字，其形为两个正倒钩，故“與”乃本字的“楷化”。古人也写作“㪯”“㪯”，这又是篆文的“楷化”。这都古得很，碑帖常见者也。若以此为疑，反失之矣。

老同窗（南开中学真正的同屋）黄裳的《金陵五记》中写到，陈群[1]的遗书尽归南图，即你考“南图本”时所言的“文库”了，陈氏花大钱抢救善本，他“文库”的非一般书可知矣。

98出版的书我了无印象，问伦苓亦曰无之，恐已寄失，或为人攘为己有矣！

你写七千字太辛苦了。有友写电视剧《曹雪芹》，开片即称织府花园为

1 汪伪政府“内政部长”。

汉府花园，这对吗？记忆中两者非一事，汉府园即尹公不系舟处也，是否已弄混了？请你答解一下（由另纸，以便寄给他）。

南京重聚岂不甚愿，唯82已非昔比，不禁劳矣，尚记同游孝陵之乐。草草，问佳胜。

周汝昌盲书 庚七、十六〔90.9.4〕

140

严中老友：

刻接寄来报纸一份，并手柬均悉。

吴先生再寄书已妥收，适感冒未愈，不能及时函谢，今烦转致一纸表意而已。

今日为长春市红会开幕之日，我亦因小恙打消赴会的想法（已不耐劳）。

为雪芹瓷字联所写短文，本是为了你来函说到拟予报道，为你提供情况，可是你后来没有提起兴致，并未命笔，是一小憾（我之所草发不发，实无所谓）。

顾平旦[1]已说是“假的”。他们正在“炒”蒜市口“207号院”，此事张书才[2]胡猜，毫无半点可证（乾隆地图此院21间房，却硬说是17间半……）。假的就能“真”，所以真瓷字必“假”也，此乃雪芹命中“犯”某种“凶星”所注定者也。

平湖红会三位（一男二女）来访，说曾住你处，捎到照片甚好。

王永泉[3]新小说二册写乾隆与芹、鹗已出版，你已见否？

我在写写小文，皆津报索稿。也写写小回忆。因目太坏，总是写来败兴。贺

---

1 中国艺术研究院《红楼梦》研究所研究人员。

2 故宫博物院研究人员。

3 南京市业余作家，著有《曹雪芹南归》。

中秋佳节！

周汝昌 庚八月初九〔90.9.27〕

141

严中同志：

来函已悉。出版有望，可喜可贺。

适值不甚舒服，惮于多写，即在纸尾签了名（写得很好），并另加短简，可以无虑。

把那些文字都能编入，太好了。

“南图”校勘，请坚持完成，你欲联名撰文，自无不可。

匆匆，问

嘉！

周汝昌 90.10.15

142

严中同志：

我寄还之“酒厂函”，收见否为念。

今烦你代寄一册《历程》影视本子与至友名作家黄裳先生。其址：上海陕西南路陕南村153号3室黄裳。邮编……谢谢！

忙极，不能多叙，致

礼！

周汝昌 90.11.1

“大观园”包销《历程》一千册已售脱。

143

严中同志：

信刚收到。书名即取“红楼丛话”好（如“红楼梦谈丛”也可，但在今日即不太通俗了）。今将题签寄上。

印书难极了！听见许多奇闻笑谈，令人啼笑两难！你就耐心争取吧。

大观园最好你直接去信洽问，因为《历程》[1]既找了他们，而《历程》的“剧组”又去找人家要了几万元，太不好再启齿了。所以避开我与建临为好，他们是有书店要卖书的，不是白要钱的事。

《历程》所剩百余册，暂存你处，不成问题，因“剧组”将来可以全部买来应用。

现在友人说，书没人看，没人要！并有悲愤之语。

联名撰文发表事，可以的，但你不要非摆我在你前，我极愿为世人开一新例：我在第二位。你若不依，我反有顾虑了，因我没有做那工作，如何僭冒？万万使不得的。

夜书，不赘

冬祺！

周汝昌 庚午大雪节夜〔90.12.7〕

承寄英文报，该文评价甚高，闻系美国麻省任教之学者，故较客观。国内诸公是不肯这么抬举人的。又及。

---

1 指《〈红楼梦〉的历程》。

144

严中同志：

年底接信，妥收校勘表[1]及文章，勿念。

这是很大贡献。但年前后至此刻，诸事真是猬集，不很下心，必辜负此佳题，而于质量有损。故与你打招呼，须容些时日，又有三点与你磋商：①这种校字法，无法读，讲也难，因异文孤立，无从判其短长，必须将异文"扩展"为二三字（或酌量更多一点字），使人一见，联成文义方可比较鉴别……因目坏，我无法办，他人亦难代。请你考虑，公开发表，改用"扩展"法（以有义可寻之词语为"单位"）重写一份。②本子简称请勿用"戚宁"这种"排班法"，只用"南图本""有正本"。因过去我公开反对过俞、吴的那提法，现若署名，不能自打嘴巴也。此点务请体谅。③联署名次，如我在前，如何收入你之文集？他人会有话讲。不如仍依我，我可以不但润色全文，并将加一"附记"，说明一下原委。你就没有困难点了。这样很好，希望你再考虑。

我信"成堆"（包括海外的），文债、墨债成"三堆"，乱极了。不多写。祝

新年好！

周汝昌　庚午小寒节、91.1.6夜

145

严中同志：

因事情实在太冗了，不能及时作复。所商之事，愚见以为如这一束文

1　指严中撰写的《"有正本"与"南图本"〈石头记〉校记》，后收入周汝昌著的《红楼真本——蒙府·戚序·南图三本〈石头记〉之特色》（北京图书馆出版社1998年10月版）。

章不收入，不但是对你书稿质量的大减色，也是红学史上的一大损失，因为见此不多，事情仍在糊涂中，大家还蒙在鼓里，你的贡献将归湮没，实非上策。若有人以为“鞭尸”云云，则似可将一切涉及他老的姓名空去，不填实字，任人去判断，你再加一适当“附记”，说明本意不在对谁“攻击”，而是有人借此攻咱们，歪曲污蔑，不得不澄清事实……如此也就无愧于心，无伤于道义，也无贻人以口实之虑了，不知你意以为然否？匆匆专复，并颂
新春百益！

周汝昌 庚腊廿六夜草〔91.2.10〕

你留了康来新女士的通讯址吗？盼示我，又及。

146

严中老友：

向你贺年，阖家纳福！

“曹砝”是胡云，我们意见不约而合，但稿还压着，因为丰润曹首望做苏州知府正合，但丰润所出的书内说他康熙十六年已退职[1]还里，这疑点解决之前，不想先发。不知你在图书馆能查《苏州府志》否？岂有那时竟有两个曹知府继任乎？似不会。

附一纸，烦转林青，他寄《高阳传》来，我致谢意，因估计他是从你处得我址的，不知便否？如不便我另复无妨。

周汝昌 庚腊二十六夜草〔91.2.10〕

1 经查康熙、乾隆《苏州府志》，均云：“曹首望，统六，直隶丰润人，拔贡。康熙十七年十二月任，十九年八月以盗降去。”

147

严中同志：

因晤建临，方知你们也有联系。我已打听内行，旧来对运用他人文章无规定，“新法”[1]有了，但须6月1日才生效，在此以前劝你坚决“先斩后奏”，印出来礼貌打个招呼，并付以应得薄酬也就是。（所谈新规定也不过是“须得同意及付酬”。）这样做犯不了法，因截稿时间在前。倘真预征同意，必如你所料，会出坏主意了。此乃拙见，请参酌。（其实只有靖、王一头，别人没问题。）

承你细心，因见沪《晚报》即录来康教授详址，深感你之至意。我刚发去一信，即有有心有识之士建议联合康君开振其红学，我受了启示，附会一札，你如方便请阅后直寄康处，如不便则寄回由我发。余不及备，即颂

春祺！

周汝昌 91.3.9

请来函告我，南图本64、67两回情况如何，与有正本全同抑有异处？

又，其78回《芙蓉诔》后结尾一小段，有正本无之，南图本是否与之相同？

又，79、80两回与有正本有异文否？

又及

148

严中同志：

我已在宾馆发一挂函，因为补寄《红楼》邮票，以免遗憾。回家小憩，收见贵州《红楼》，见你两文皆涉我，深感你的用意。为《历程》而列举诸要点，笔法独特，开门见山，是你行文的风格，这种文风是不多见的。

---

1 指《著作权法》。

附上一文，你阅后盼再寄台湾康教授，因她书中采取名花美人互喻法，必对拙文论点感到兴趣。因我迄未收到回音，不便屡牍，你转寄一下，为了给我留一地步，想不讶。

书100本闻建临已收到，付款请容时日（剧组人员不能马上联系到），此事我本人也能负责。勿念。

周 3.31辛未1991

149

严中同志：

已连去两信。昨见报上新华社讯“家庙”[1]一则，全是采你的文字。

康女士昨有信到，但还是回答我第一次直寄的信，还不是答复你代寄（剪报复印）的那一封。信中提到“九月上海举办红楼文化恳谈会”，表示我们可望晤面之意，但此事我毫不知情，你的信也未有一字及此。我意江苏省红会岂有不知之理，康信之语明是已受邀请之口气，否则安能有此话？因此深叹与世隔绝，被人遗弃，一切不得而知了。故又写信望你探一准信来函告我真相。

万寿寺之发现，是否将再度引起大行宫地下挖掘考古之议，问题能否解决，也盼一叙。我意如宁市政府能理解此事重要，应决心投资，将来旅游开发不愁捞本赚钱，莫“拿着金碗讨饭吃”。

《红楼》刊出江苏红会介绍中不及你一字，何耶！似有微妙。夜书草草，即颂

春嘉！

周汝昌 辛未清明佳节〔91.4.5〕

1 指在南京发现的万寿禅寺遗迹。严中于1991年3月25日在《南京日报》率先报道。

150

严中同志：

已连有三函寄上，盼能于近日得复。

南京师大陈斌同学文才极好，介绍你们认识，他有问询处，你可就所知告之。因刻下诸事辐辏，信件尤夥，年衰目坏，恐一时顾此失彼，又绝不愿令青年人失望，故拜托相助。余不多及。

日祉！

周汝昌 1991.4.6

151

严中同志：

来信收见。康教授来信后，忽从沪来长途通话，说你寄的信已收到，等今年九月上海“红谈会”将能晤面……估计已走了，不知此次因何而来。

我问的行宫（织府）遗址，只要你告我：万寿寺发现后，可以帮助确定它的大概位置范围了——相当今何处？只要你几句话（有一极简示意地图更好），就行了，不要让我等到6月书出来——何况6月是否真如你所望准时出来，尚不可说准。我亟欲弄清，故盼一个简明的“结论”，不必将“理由”“考据过程”详叙。请即复一信。

“历程”一直有几位“痴人”在努力奔走（筹资为主），导演“分镜头”本子已出来四集。其水平达不到我的要求，但因此事太难，也不便苛责，尽可能再帮他提高一步。我打算将万寿寺拍一镜头。请你替估量一下，这事办得到吗？地方当局会刁难吗？你能协助洽请或疏通吗？现为时还早，但须早些与你商洽，听你意见，临时就不宜了。

春嘉！

周汝昌 91.4.15

我刚封好了信，即又接来函，一切尽明，甚慰。我写的，仍寄上，不改写了。前京中有告我者云，《南京史志》已停刊，看来是妄云。

建议你找找建筑专家，照行宫图估量一下，按制度大约占地多大，也就能算出长宽，即范围圈了。

拆开重添，又及。

那位讲“淘气”“韶刀”的作者，寄来剪报，即是《南京日报》（或《周末》），为期不是太远，又及。

康来新女士到京曾来舍专访（是与赵冈教授同来的），因她有饭局，亦未得深谈。她曾来信说，一位研究生已引用拙著中“痴”的部分，写入论文，获得可观的成绩云。她带给我南京师大编的文史册，中有台静农先生资料，台先生是她的业师。

我觉得硬笔题封面别有风貌，比总是墨书有趣。

152

严中同志：

发票已转建临妥收，可勿念。画来之图使我豁然开朗，一切皆合，若无此图，我终糊糊涂涂，故很高兴。看来小学之地虽不敢说“即是”西园，起码是“虽不中，不远矣”。

你在大著中应绘一简图，作出良好的说明。至于文管处同志有了误会，这应理解，任何人之功不可没。我建议你最好再写一篇“发现纪实”，较详地叙清全部经过。各人之功大小，一不可没，二使各如其分，不抬不抑。这样既可挽回矛盾意见、平息人事关系，又有利于你的公正形象，大有利于今后的研讨工作。望思拙见以为可否，不宜忽也。

欣闻将看一校了，可喜之至。我另纸写几句话，希望你能引用，请追排（一校的小小追加是可以的）。“红楼拾翠”，佳名也，你未用，忽接陕西一著者索题签，恰为此四字，真是巧极，也是异闻。

我将赴津一行，有事照样来信，自可转到。拙著《文化》[1]一书，《汉中师院报》刊出一文，奖饰甚高，乃该校老师所撰。凡肯写的都是大好人，亦即大傻瓜，聪明人当然去捧红人，焉肯齿及像我这样书呆子乎？匆匆，即颂

文健！

周汝昌 91.4.29

此段加于文末空白或你后记中皆可：

我撰此文，只为有人居心搅乱学术研究，使不明真相者是非莫辨，而偷贩私伪之计。对于某先生，毫无他意，并向中央打过报告，陈明原委，曾言我们不宜再伤害他声誉了，应防小人借此文生是非。但某先生之亲属不知，在港刊声言要与我“打官司”云云。此点望代说明。

153

严中同志：

昨日函到，尽悉一一。你的书排印快速，可贺！我有一书稿，去年5月交付，至今连二校还不见送来，可叹（比如为赶“三毛”新闻，十天廿天即能赶印一书问世，可见中国人办事快慢各有奥妙也）。

“拾翠”一名你不用倒好，因前者忽有安徽一投函索题签，恰恰是我拟的那四字，真太巧了。不然，我还真没法答应他。此名让他得了。

承告沪园举办“艺节”事，你先不必去提，只拜托你继续“通气”（打听具体落实情况及参加项目、人位……），然后我才能定主意去不去（人家不来邀我，我也万不肯去“自荐”的！望领我意）。

摘发的拙文，改说大行宫在“左侧”，似不合？

你以江苏红会的身份应能得到沪上确况。匆匆不尽，即颂

研祺！

周拜 91.5.31

---

1 指周汝昌著《〈红楼梦〉与中华文化》，工人出版社1989年出版。

154

严中同志：

函悉，因极忙，只好将校样纠改处寄回。凡画红圈的，一定须改好。

有一字是港刊漏的——“……未补成”。

“又记”中的“字”，不知为何删去？

匆匆

91.6.27

155

严中同志：

今从宾馆回家小留，即收见你的来信。

王氏“著作”很可能提那事？我看你是“师出有名”。

宁会主题竟仍是电影，究不知此片出后反响如何，我几乎没有什么印象。

你的书倘能上半年出来，最好。有人曾言今年又要开“国际红会”，你有所闻否？我是被“封锁”之人，故不得而知，希望从你得一点“小道消息”，比如康来新，你不告知，我是什么也不能“获悉”的！为她，我又写了一篇六千字的，《台声》期刊要了去了，将来再给你看。

欣闻发现了万寿禅寺，喜甚！如你所报，既然符合“左侧”之语，是否就是以证明“大行宫小学”还应是织府故址了？你以前信中曾言有人已否定了它，如今你看法如何？函盼一示。并希望你画一个草草示意地图来，略明方位。更希望你寄点照片来。这确是南京的重大发现。

电视剧片《雍正皇帝》你看了吗？我看了后边小半，印象不错。

“红界”似颇沉寂，不知何故。

京剧片《曹雪芹》至今未放，听说女主角逃往国外了，有所知否？又湖北发表了一部黄梅戏《曹雪芹》。

我的邻居古乐专家黄先生告诉我，乌衣巷也拆了，是吗？晋代遗迹也不保留，不知何意。

近知天津人不少是上世从金陵迁来的。纪晓岚是永乐五年自上元县北迁的。你文中特笔写入“曹雪芹之父”，饶有意味。

我近考“恭府”很可能即是胤禎〔禩〕老府，此文你必看到了。拉杂，再谈。祝

出书顺利！

应调查有无碑石埋于地下。

周汝昌 91.9.25夜

又，日前接南京报函，是因在宁报发了考证《红楼》方言“淘气”“韶刀”二词，寄来剪报，要听我意见。我忙乱已甚，未及回答，又开大会。今特烦你查明作者，乞代为联系致意，解释一下。平生最重与读者的礼貌，务必分神代劳一下。请附带说明这种方言考很好，“淘气”本义尤不为北人所解，但“韶刀”北方很普通，是否南京方言，尚待详究。谢谢。

又及

156

严中同志：

我今夏苦热，大忙两月余，因劳引起足疾甚重。久未通讯，又欲等你书出来，以为九月当可收到，但候到此刻仍未见你信函，不知有何缘故。因为惦念不解，或邮件有失，故写此札询问。

数月来，你近况如何，忙于何事？

康来新女士一行在沪时之“艺术节”“恳谈会”何以《新民晚报》上未见一字报道？心以为异。你有所了解否？又近日接到南京王永泉同志寄赠所著《曹雪芹南归》一书（小说），不知你已读过否？王君系何许人，如你知悉，亦盼见示。

北京重阳后秋意渐浓，但晴明可喜，尚不到“霜风凄紧”之时。我病中

也仍须应付文债，无有闲时。专此草草不尽，遥颂

文安！

周汝昌 辛未九月十五日〔91.10.22〕

157

严中同志：

因惦念，我写好一信，但你新址寻不见了，信没寄出，可巧今日就收到你的新书了。

非常高兴，可喜可贺！

不管怎么，书是出来了，你就“胜利”，你就有了“资本”。祝你

不断前进！

周汝昌 91.10.26接书之后

158

严中同志：

昨下午接信，承告各情，甚慰。

你的新著在我床头，每晚读一两则，觉很有意思。原拟写一小书评，又念作序、题封……再写书评，惹人讲话，就罢了。

马教授似名“幼垣”，不是“恒”字。

读你书，方知周总理邀请王文娟等到家并陪游恭王府，我一概不知。如你有原始材料，望复印赠我。又如方便，请你问问她，当年总理请她们游恭王府园时，曾说过些什么（指关于园子的谈话）。我83年与她同船游上海大观园，可惜不知此事，无从问及。

小丑跳梁，你不启口，极好，是上策。我看他们不过拿这遮遮羞脸，虚张声势而已，未必敢真那么做，做了未必对他有利，恐适得其反，他们心中不会无数。当然，你还须随时留意他们的真动静。有你的书在，大局已定，

想翻案是难的。你书出后如有反响，也望示知。仍忙，容再复。此颂
冬祺！

周汝昌 91.11.19

159

严中同志：

函到。遵嘱赶一短评[1]，因《文汇》专函索稿，尚未及应，故此就给他们了，望及时查阅。

你的书如有余册，请寄一本与家兄祜昌：天津南郊区咸水沽同源里3号，300350。

因他听说了，很想一读。

冬好！

周汝昌 91.11.27灯下

160

严中同志：

信到，今将文稿小修寄还。

毛君[2]去年底忽来一信，软词请同意发表我的信札，我已复函，附去复印本[3]，供你存案备用。我还想写一信致其出版者，但不详地址等等，想由你转，不知便否？

毛云去与你面谈，来函未及此，怎么样了？匆匆夜书，不絮。

新年好！

周汝昌 92.1.6夜

---

1 指1991年12月4日刊于《文汇报》的《读〈红楼丛话〉》。

2 指毛国瑶。

3 指周汝昌致毛国瑶函复印件。

附：周汝昌致毛国瑶函

毛国瑶先生：

忽奉91.12.26惠函，诵悉一一。见来札文辞渊雅，气度平和，如逢故人。回首先生投赠第一函，因此成为通讯之交，转眼三十年往，感慨系之。又见您于回顾往事之际，对您曾在公开场合当众加我以“过激之言”（来札语），有自歉之意，尤令我深为感动。如您自言，札内所示皆内心之言，受您感染，敢不掬诚以报！为此，粗陈鄙怀，谨邀朗鉴。唯双目坏甚，书不成字，词不逮意，尚祈体谅。

（一）关于我在港《大公报》发文，评介尊传“靖本”批语事，致累您遭到“里通外国”罪名，至感歉疚。但我将报纸寄奉之后，您来信并未责我“未打招呼”，而是深表感激（原札具在）。其后，您在大会上执此点以赐批评，则是您很大的变化了。其实，该报是我们的报，“文革”时，英港当局以三架机枪对准该报社。由此可知，无论如何曲解，亦无法说成是我有害您之心。

（二）关于来札提及您我二人之间的“意见”“隔膜”等情，谓因我对尊传“靖本”有疑而生。回顾实际：您首函惠教，是据您所见之批语驳证拙说之失误。因此，我方向您请赐您的论据原文全貌，您方抄示。在此情况下，作为一名严肃的虚心的学人，我初无蓄疑之心可言（港报拙文具在，可以覆按）。其后，为了取信于天下学者读者，为了验证自己的学力思力，多次祈请您出示您传抄所据之原件，您方告云原书已失。又请出示您过录诸批的原貌，您亦拒绝了（所托亲访于您的陈建根同志，可以作证）。因此，加上另一海外归来之人讥我：“为何相信这种伪文？！”我方逐步晓悟，我的发言为文，是要更审慎周密的了。但您却因此反过来加我以种种过激之词。事实上，虽然如此，我未发一言澄清驳辩，更未计较（来札语）。凡此，您便是十分清楚的。

（三）尽管如此，还不算了，尔后另有他人多次以“靖本”为题大做“文章”，暗施攻击，明加诬谤，血口喷人。先生试想，汝昌一介书生，一心为学，不知其他，而平空招致如许灾患。先生设身处地，以己度人，当作何想？应当还该如何克制？

（四）您必知晓，台湾早有人公开发文，断言“靖批”是周某、毛某二人“联合造伪”！请先生一想，您如是在我的处境之下，又当如何举措？您对这种言论不置一词，却对汝昌深致不满，而您忘了，我与您是“一锅煮”的！

（五）不待再多絮絮，已可见此事所涉之国内外学术界之关系是如何复杂与重大了——因该人一向骂我们大陆“没有自由，哪有学术”，这已超越纯学术范围了，谅您早在洞鉴中了。

（六）基于以上种种，您提出的要印行尊传“靖批”，要收入过去汝昌写致先生的信札，汝昌为了对一切人负责（包括对您对己，对持同见、持异见乃至攻击诽谤者），对学术负责，对中华民族文化负责，断断乎不敢应命。

因为事关重大。我说尊传靖批是完全可信，攻者即更谓“联合造伪”；我谓微有质疑（注），宜待详校，则又有人说我“因证据不利于你的论点，你即断为可疑”。似此，汝昌势将进退维谷，动辄得咎，将何以自处，又将何以对先生之雅谊，对天下学人？先生高明过于流辈，凡此粗浅之理，岂待琐琐而陈？综而言之，为先生计，亦断乎不可将拙札收编。况昔时所书，个人之间通讯，我亦不能悉记，能否公开，亦非空口可定。事涉著作法及公民基本权益，至望先生撤消此议。不得汝昌同意，无得编印。区区鄙悃，定蒙垂鉴。专此拜复，顺颂

年禧！

周汝昌 91.12.29晚

（注）

我在《靖本传闻录》中，着语不多，词亦不逾学术体限，毫无伤人之意。我本人既然也成了“联合”（或串通）造伪之人，岂不渴盼由您一并洗冤辩证？但最明智的做法应是寻得靖本原书影印，示众取信，则一切纷扰皆可了息矣。先生不可不虑。感于来札之恳切，故敢掬诚贡愚。

161

严中同志：

剪报收到。“国际”会之通知来过了，要填去“回执”决定参加才再发“正式邀请书”，住扬州贵宾馆，每人一次交清180元费用，10月18开会云云。我与伦苓须交180×2=360元，去了也不过是为人家的“名利收益”垫块土砖瓦片，会而不学，闹腾一阵子，实没意思，恐怕是不去为上策。你以任何名义都可出席，又相距甚近，与我不同，应该去“了解”才是。征询“芹像”意见函也来了，既如来札所云，我更不拟多口了。（一是无用，二是白得罪人。）我对这些事已失去兴趣，唯闭门著书而已。

康教授春节来长途电话贺年，但未提“红会”事，恐是因为像我是“政协”的关系不能入境罢。（来信作“今天在台开会……”，“天”字想是“年”之笔误。）她原来就说要开此会，我以为必与冯、胡商议联办，至少是台既办，大陆可等下届了，但今阅来信似全不如此，甚觉纳闷。因此盼你将她所寄资料复印寄我一份，以便了解“形势”，盼勿忘一办，谢谢。余事俟必要时再联系（刻甚忙，故书写草草）。

春祺！

周汝昌谨启　壬申正月下浣〔92.2.26〕

162

严中同志：

收到来信，并附件。

铜陵的投函[1]，证明你的书销情不错，获得了读者，此洵可喜。你如至今仍未得到双方回信，这事恐怕又犯了打草惊蛇之病了！可虑可虑（我所知之例大多了！令人扼腕，而毫无办法）。你怀疑是甲戌印本，我看是太过疑

1　指铜陵石化于春咏的来信，言无为县图书馆有一《石头记》手抄本。

了，人家是个文化工作者，能了解文物所与善本室，查资料的人（文词、字迹皆好），你怎么把人家低估得连手抄与影印都辨不清？况且人家与“靖本”比呀。即使是个县图书馆，小地方，也不会把当今的影印本放入“善本”里宝藏。其实你该请假直赴铜陵，与投函人同访该图，而不该先用信去“惊动”。现在的社会，什么好事都可变为坏事。送到你头上的立一奇功的良机，你这一“闹腾”，就给旁人“做了饭”，甚至秘藏不出。（种种借口！）什么怪事没有过？太多了。

甚盼此事有新的消息。

草草之至，顺颂

文祺！

周汝昌 壬申二月十一小恙中〔92.3.14〕

有读者投函，谓不信毛抄靖批，问我有无新见，我因恙无力详复，请你先复并赠他《丛话》一册为盼。又及。

163

严中同志：

不知无为访书之事有何进展，时时在念。如证明价值一般，也不要失望，因为好事总是且可引起连锁作用。如万一有价值，那就更是大喜事。愚意先不要“抢发”消息，最好是先镇静地考研出一个初步成果——评价、特色、意义……然后再发讯息。不然的话，报道一出，就会有人大摇大摆以“官身份”去“考察”“鉴定”，那是公然“抢”功的一贯做法，那样你就给别人“做了饭”，咱们连个研究的“资格”也没有了——此非“小人之心”，乃我亲身所历之“宝贵经验”也，望深察此意，稳步而行，是所嘱盼。当然这只是我一人之陋想，如你有更好的考虑，我自然乐闻也。

上一期《民主》刊我一文《种桃自有摘桃人》，你已见否？

近来甚忙冗，草草不尽，祝

好！

周汝昌 92.4.1上午

87年此日在普林斯顿大学讲红。

寄去塑像意见已收否？

164

严中同志：

函到。你对各项所作的处置，我都同意，故不另述了。

无为之事，不宜久拖，提防夜长梦多，怪事出现。因为你对投函者同志一无了解，必宜亲赴弄清一切。

你要我对王国华事[1]写小文，这可以办。我想，是否再听听反响？跟得太紧了有无副作用？我听你随时的联系与提示。

如撰文，我会把各种关系加以简叙说清，但这与上次上海李贤平不同，他把我“框”在他的论点中，又说“红学史将全部重写”，太狂妄了，我很反感，故不客气了。

闻人言，吴颖先生近有一文刊在《海南大学学报》（？），已收入人民大学的《红资》最近一辑，如你处能找到此文，务望复印一份尽快寄我。

因忙乱，草草。并颂

近佳！

周汝昌 92.4.11星六

165

严中同志：

函及各附件均悉。非常感谢你为我打抱不平。我又将拙信稿重看了一

1 指各报刊对王国华《太极红楼梦》的报道。

下，只改动了几个字眼。

你加的话，我没动。但是你应说明一要点：我写信时的大概日期，其时我只看到转摘的段献民女士一文，希望说明，周氏一向只论学，不愿与非学术的一切打交道。再，你没有提张某说王国华是把曹、高拼合搞结构，这完全是极荒唐的颠倒黑白，证明他根本未见王著，肆口胡云，血口喷人，恶劣之极。

你此稿拟投《导报》，但，因该报寄来"商榷"，钓我上钩，我本不想抬举他，后终觉难忍，已复信去了一稿，这样，该报必不肯再登你这件了，岂不徒费周折时日？是否另找版面——如《南方周末》之类？切望再思。倘如此，你文中"贵报"二字之处，务必勿忘修改。倘如此，你可将你所加之语，再作扩展（不然只多引彼语，不起正作用），另为一件专给《导报》，看它如何。

该《导报》词甚刁狡，打着"双百"牌号，不顾新闻道德法律，滥发此等"文章"，只图给自身增加"声价"，打开"销路"。

再一点，望你文中讲清，"108女子情榜"是在美著《〈红〉与文化》[1]一书时的新收获，其时是1987，距支持王国华已整十年了！怎么是借王"宣传"我自己？！

来信欲我为"大行宫"事写信，请你撰稿来吧，实在太忙了。唯所叙过简，不知有无重要内情？无妨一谈。我不会"小人不乐成人之美"的，一叹。

我看，把重点转到"两部《红楼梦》"上去，本身也是一个计策，这样给张某[2]解脱罪状，他所"批"并不在此。

匆匆，再谈。

夏嘉！

周汝昌 92.6.8

---

1 指《〈红楼梦〉与中华文化》。

2 指湖北大学教授张国光。

（又一纸）

又，你知张某为何如此仇恨我？原因很多，但有一个大约很主要：我在《〈红〉与文化》中引了他一句话骂了他（当然不是点名），即“伟大的是高鹗，不是曹雪芹”这句“名言”！这是“风波”的实质！这刺着痛处了吧？哈哈。如今以此“报复”我，我也觉得开心！我还将继续骂上几骂。又启。

（又有再续一页）

又，所谓“太极×××”之名，岂止如迅翁所言，简直是一派江湖气，我极不赞同。于此亦可见王君之不知深浅，只图“时髦”“引人”。但此刻我不能公开说这话了，因为我若说了，适授人以柄，白拆“自己”的台，只好忍辱负垢，还得继续支持这个孩子！平生难言之苦衷，多类于此，可叹！

6.8夜又书

166

严中同志：

又得来书，深感。我不拟多言，尤不拟与他“直接对话”，不值得。因此承你愿为“代言”，极佳之计也。

王国华已于星期二离京回武汉，说是要找齐各领导，当众与之“算账”，并将他如何答话作好录音……因此，等他回京听听情况，可明“大局”。当然，这绝不妨碍写文回击。你如写时，最最主要一点是揭明“实质焦点”，让世人皆知，张某（到处发文的“章”某乃其弟之化名）之所以衔我入骨，实由他公开宣扬“伟大的是高鹗，不是曹雪芹”，我在《文化》一书中暗暗地捎带骂了他一句——如此而已！然而这就“不共戴天”了，必欲置我于“死地”了。这才是问题的核心。因此，你的文章要提得高，这是个文化大课题，是思想意识之争，是真伪道德之争，是维护封建阴谋（篡改芹书）与反维护之争——而不单是个什么“太极……”之争！！

“太极”云云，我不喜欢，前函已叙，但也不等于王君“荒谬”。他意在表明，《易经》的哲理就是一种结构学，每一卦分六爻，阴阳对称，而《石头记》结构恰恰如此（分六大段，前后对应）。所以张某等等也是全然不懂中华文化，狂妄“批”人，可怜可笑，已达极点——这也说明大学“教授”的水平已到何等可悲地步。

段女士报道基本属实，但标题不好，我也不以为然！但这也可能不尽属她之笔，也可能就是该《导报》搞上的！此报甚不道德。

等王国华回来，再介绍你们联系。

夏好！

周汝昌 92.6.13

我正忙一件大活，有时限。等略空，我当为《扬子报》写一小文。《团结报》文反响好，皆来索稿。又及。

167

严中学友：

来札尽悉，不宣。依嘱附上为《扬子》的一稿，但我估量它未必肯登（因而我也未曾铺开写）。如其无意刊用，请你全权处置——代筹交何报何刊为最好最宜（北方的报不在此数），包括海内外（海内以南方为主）。一切你办吧，我就“不管”了（因事忙极了，实顾不上）。

谢谢！祝

暑嘉！

此札匆匆，难尽欲言，望谅。

周汝昌 92.7.9午刻

此小文实系大忙中草草而就，请你先阅合用与否。如不佳，我并不求必登。你也可以加工、补充、修饰字句……又及。

你的眼面宽，所见各方文字比我多十百倍，心中有一杆大秤，衡量拙文是否“对口”与有用有力，然后再定为上策。如稿太乱，烦请觅人代为清钞一下，则更好了。三及。

168

严中同志：

前寄一稿（拟付《扬子》的），已收否？今又寄一稿，是红学硕士心怀不忿，主动投来的。我见其意见、文字、风格，皆极好！亟盼你全面考虑一个最合宜的（影响广、肯登此种文、态度公正的）报纸，代其一投——我不好出面代投，此文意义重大，即使登不出，我也要连同其他文字一并呈报中央。所以请你费神筹投，我太忙了（手中正看一部二校样，及拍片诸事，故请分神）。

并请多复印几份，以备一投不成，再投别处……以及呈报中央之用。极谢！祝

夏祺！

周汝昌 92.7.18

赵君之文，必要时也可考虑向港寄投，其文令人感动而深思也。你复印了留一份，将来我有用。

169

严中同志：

近因你来信少，担心是南京太热，身体不适之故。今接信，遂放心，方知赴东北了。

你对诸稿所作处置，我俱理解，请释怀。今日同时接《导报》刊出我文（已压了很久）。我原不想对此事“大做”，它一度不想登，那可太欺人了，我已萌诉诸法律之作念。今它登了，“意思到了”，也就不为过甚的打算了。所谓“得饶人处且饶人”，虽受些屈辱，或可积点“阴德”，也未可知。你为此深费心力，主张正义，我心感之。

"墓碑"[1]事是二马一手主持，要操纵8月1日会场，不料文物考古专家直言开了头炮，他没办法了（也没人能反驳专家的发言），操纵失败了。声言再开会"定下来"，并定调子"这事不能全体看法一致"，意即要手法，有说"真"的即"定"下来，别人不同意，可以"挂"起来，如此造成"事实"。其用心昭然。但至今无再开会之消息，谅也费斟酌了（？）。且看下一步如何。《北京日报》来采访，可能有一综合报道（中新社早来了人采访过，但未闻下文如何）。文物专家说此物即那"发现"人搞的，但公开场合不便这么提法罢了。

杨老[2]的"铨子"与"诞于丰润"之说，前此未闻一字，是到丰邑开会时他才用打印短文发布的，亦无具体论证，故我无从评议。《人民日报》说我"确认"是讹传，我已去信更正。（杨老原先在山东发文，只言丰润曹即宁府……未言其他也。）至于我，观点明确，仍只主明代原籍是丰润，别无他论也。

曹明同志[3]寄来芹像二稿照片征询，我尚未复（因他打印函云已交厂制作了，何必再议）。但不复失礼，亦不妥。你意我作一简复由你转好，还是直寄好？望示。匆匆，颂

秋吉！

周汝昌 92.8.25下午

8月1日之"鉴定会"还是京市文物局邀我的，"红"所对我是任何事都封锁的。

我在8月中《政协报》发一文《青石板的奥秘》，正式从脂批论证108钗，是学术性文而以随笔形式出之，你如能摘转，可反击张某[4]之胡云（又不露任何形迹，因不提其它一字也）。此乃红学最新"发现"，货真价实而无

---

1 指北京通州张家湾发现的所谓"曹雪芹墓碑"（后改称"曹雪芹墓石"）。

2 指著名历史学家杨向奎，他曾提出曹雪芹为丰润曹铨之子说。

3 时任江苏省《红楼梦》学会秘书长。

4 指湖北大学教授张国光。

人识耳！再赘。

《文汇报》已有人为我复印，勿费事了。三赘。

170

严中同志：

刻得札，尽悉一一。

蒙报某人“动态”为感。因耳目闭塞，还望及时通气。

如题目是“高”，可置不理，如再借此诬害，我必诉之法制。

“墓碑”争议上周末者想已见了。不久将有秦公[1]之文三篇刊出，望注意《中国文化报》《科技报（？）》《资源报（？）》，内容较充实，不同于信口开河也。李某[2]87年的表演与谈话，我已得一份极详的书面（张耀龙，当时赴张湾的司机同志，颇有水平，喜文物）。但《京报》只给“千字”版面，我没办法叙入，你看如有报肯登，可来函。极忙，匆颂

秋祺！

周汝昌 壬申八月廿六〔92.9.22〕

又：

“墓碑”目下“形势”：《京晚报》之“形势”最不堪，一面倒，质疑的只字不登，真是不光彩之至。《日报》较公平，似乎起劲也，倾向“真”，但逐步明白了真相，渐移其观点了，因此表现较公平。以为“真”的人拿不出具体论证来驳倒质疑，只几句自是自信的空话，居于不利地位。张湾“当局”犹不知悟，反怨人拆他的台！昏庸至此，可悲也（只为了抓个名堂“开发”）。另一重要势态是群众反响强烈，多数不信了，十分气愤。另有人曾居该地，深知其民风不佳，因言此石乃该地“刁民作伪”，亦可思矣。匆匆又及。

杨老的“铬子”说，提不出任何理据旁证（线索、逻辑……），确是一

1 文物鉴定专家。

2 “曹雪芹墓石”发现者李景柱。

种“想当然”，失之草率。我与他很有交谊，故说话绝非对人而是论学——他老只顾如此一说，引起的连锁问题极多、极大、极麻烦，他老就不管了，这真不妥当。

丰润北面多山，名称不一，曹氏老坟在陈宫山前，新茔在鸦鹘山前，杨老却说过“丰润无山”；又铬碑上“室朱门女”，明是嫁于朱门的女儿，他老却说是“妾”。此皆深可讶者也。此札勿示人。

匆匆又及

171

严中同志：

来信及复印各件俱到，勿念。

杨老“铬子”说实在过于臆揣，似不够慎重。他老主张：宁府是丰邑曹，荣府是京师曹，而雪芹乃丰产。然则《红楼》写宁府“只石狮干净”，岂不太自骂了？何况丰邑曹从未闻有此“秽名”。故觉立说不稳。

我本人只是主张丰是老根，两曹联系密切——丰曹之骤衰，或与京曹获罪有关。

最近丰邑又发现二古墓志，一“曹士直”，一“曹云望”，前者很重要，尚待报道。

“马脚”文是署名文章，文责自负，如何连题目并名姓都抹了？拙文在《光明》《津日》《今晚》《解放》《新民》《文汇》《政协》《团结》……从来不动一个字，因为是个个人文责与风格问题，大家都熟悉之了。稍易数字，我无意见，只看有无必要。如今如此大改，不免觉得有些难堪。不知是否有这么大的必要？

此稿请另复印一份，（不要手抄，太累你了！）考虑给别处为好，不必这么“动大手术”。如你找不到“园地”，还是我自己找也可。

我写了一稿《金陵女子红楼夜月词》，原想给宁报，现在也有了顾虑，怕不合编辑的“文味”也，也只好付之他报了。（其事很饶意味。）

谢谢复印了《红楼》来。上次我告你梅玫[1]不幸之处境，我深同情；况编此刊，实在不易，值得钦佩。别人也来信告我此期颇有重要文章。郭卫是加拿大物理博士，李政道曾推荐过……拿稿到“红研”，据云冷甚，连看也不看，说“探佚我们不发”。是我介绍他投贵州的。

《金陵时报》所发之文，我又嘱丰邑政协严核93老人之言，录了音，叙细节加详，一切无含胡处——只“出了个曹雪芹……”二句是聆者记录所加，应删。然关系不大，事实是一致的。

周汝昌〔92〕9.24

172

严中同志：

因甚忙，不及附札了。

出版了《雪芹新传》一书，等到南京时带给你，你可为之做点“宣传”。

1992.10.12 周拜

173

严中同志：

16日上了火车，代购票的骗了我。没票？据说“递钱包”就有票位了。但我书呆子不懂现时世风，且递之他也不敢接（因已知我政协身份）。于是坐了一小段下车折回！无缘下扬州也（须“腰缠十万”耳）。

寄上书一册，收到请来信。匆匆，祝好！如曾到扬，将会况示我。

周拜 壬申十月初一日〔92.10.26〕

1 时任贵州《红楼》刊物主编。

174

严中学友：

今日接来函，知书收到。承指出“淮清桥头”一误，阅之吃惊，不知这是怎么造成的，真是人老精神不周了。望得空细读一遍，有什么疵病请都列出，以便再印改正。

梅玫与你谈得投，烦专函代询一事：旧年她们刊出贵阳发现一写本咏《红》诗，多处残阙，郑重征求考补，云将发表表扬。我一时乘兴费了月余功力，扫数为之，考明主名，补了残字缺句，并有按语，我为一篇大论文也未如此致力耗神，挂号寄去，迄今杳无音信，“若无其事”，深以为异。该件很厚，大袋挂号，住址是贵州红会，收信人写明申云浦与实任主编姓名，当无遗失之理。请务必为我问问，此为何故。如不拟刊用，请退稿（因皆无留底）。

“墓碑”事我早料如此，所以想去唱唱反调，没想到天不由我（钱不由我也）。近闻史树青之少君曾语人云，其父以为真，其子以为假的！因他与张湾李某同过学，深知其人也。你看这多么有意思，史公的“鉴定”笑柄不一而足，在天津也闹出笑话，所以千万勿信“权威”之胡云。

我在下期《民主》有一文，请留意觅阅。又有一文是《政协报》约的，估计会刊出。《北京报》“暂停”续发，估量一因保驾派已拿不出论证，二因又不愿发反对派之文，以免开罪于官耳，故以“不长不短”悬起来。

谌硕人艺家[1]托人捎来缩塑芹像，其意可感。我见了实物，印象比前得照片为佳。此事大难，做到此步，很不容易，已写信致谢了。

谌同志本人你认识吗？张某[2]资料请代收齐，将来公堂上有用也。匆匆不尽

周汝昌 壬申十月立冬前夕〔92.11.6〕

---

1 南京艺术学院女雕塑家。

2 湖北大学教授张国光。

175

严中学友：

前函并复印件早已收到，只因更忙，未能回信。今日又接12月23日札为慰。数点简叙如下：

一、拙著《恭与〈红〉》[1]是新书，年初出的，但我不知，又是数月之后外地友购到来信，我才知之，真生不尽这种洋气。书甚少，未能遍寄，又考虑你未必有大兴趣，所以未寄。如你一定要，容再补奉。

二、对宁报有“微词”的那人，你不妨反问一下：为何他的刊物都是一面倒？别的报不“中立”的更多，皆捧伪派，为何也无“微词”？还居然有脸问别人！真不知耻。

三、秦公在《中国人才报》发一总结性长文，可一觅阅。

四、我应约又写二文，一应《文艺报》，一应《社科战线》，后者万余言，前者四千字，但不知何时刊出，望随时留意。（前在《政协报》《民主》之二文，想已见了？）

五、湛先生也有信来，我很感谢。但我第一封谢函指明优点、附提小意见者，她一字未及，似根本未见者，不知何故。又去了谢函——则又不保此函之必达也。如方便，代我叙叙上述各情。

六、曹明同志为苏红会索《〈红〉与文化》，我复以此书初印已不可得，现正重印，印出即奉。不料又出了枝节，至今悬着。如晤时也替我解释解释。我越来越忙，精力还可以，望勿念。

王国华看来是一无成之人耳（收他一贺卡）。今已收贺片三十几枚，海内外皆有，说明还有一点点人缘。唯目力是愈艰了，你看我这字迹可知矣。

日昨友人惠二拓片，乃京西郊出土砖刻小墓志，夫妇合葬，皆各有一小志，中间是主名，称“府君”“太君”，旁分列生卒年月日时，“皇清”“道光”“同治”皆填朱，此方是正例，益见张湾石之伪造。我新写文

---

1 即周著《恭王府与红楼梦》。

标题已由“质疑”升格为“揭伪”，再不客气。

新禧！

周汝昌灯下匆匆 壬申腊五〔92.12.28〕

宋谋瑒同志[1]寄来辨伪文稿，委代投，我想不出合宜版面，贵州又不熟，也不知其“倾向性”如何，故尚未寄出。你有线索，可代留意。又及。

176

严中同志：

谢谢转示我那份打印件，使我开眼界（我收的是出版社名义的编收文稿的通知，措词却好）。既然已“多数专家”认为是“真”了，就干脆“定案”不就得了吗？又何必还出什么“讨论集”？你指出的那“倾向性”，一至于如此露骨，实出意想。利令智昏，连表面体统都不顾了，“海内奇谈”，海外恐难觅也。噫！

我烦你询问贵阳《红楼》拙稿之事，不知可有初步回音？今又有一事，我目下不好与之直接函洽，还是“一客不烦二主”，再麻烦你一下吧——汉中师范中文系贺信民先生撰一书评（对拙著《〈红〉与中华文化》，稿我未见），是我建议他径投贵阳，时久亦无回音，而他本校学报要刊此稿，他就托我去洽询，如未发，务乞退他，以便学报采用。切盼你分神，为此再发一挂函，谢谢！

我将有稿及友稿付与该学报，学报拟出一专辑，所以如你有涉及评我（或间接者亦可）的文稿，也请寄他们。

陕西汉中市东关汉中师范学报编辑部 723000

此邮码等亦可顺告贵阳，省得退稿时找不到详址也。

昨友人持示一期《中原红学》，内“引”一小段“我”的话！但我看了不知“出处”在何报刊！真是奇闻。我不记得写过这些话语。

---

1 为山西红学家。

祝你

新春吉庆!

周汝昌癸酉人日〔93.1.29〕

177

严中同志:

我是在宾馆与你写信。

我一切好。《民主》《政协报》《齐鲁学刊》皆有我文，望觅阅（《齐鲁》共二文，上次驳余英时，这期论雪芹小像）。

曹明同志索《〈红〉与中华文化》，请转达：此书现已重排新版（因国外“批量订购”，出版社才“重视”起来了），俟有了新本，再赠江苏红会。

又上次你代一老同志询《新证》，今知该社又有书了，望向京朝内大街166号人民文学出版社门市部函购（此闻友人言，说有书摆售云）。

梅玫同志处还无回音吗？真乃异事！向所未有也。

27日政协会闭幕，但我那日须到“大观园”为一大群使馆界“老外”去讲《红》与文化，他们对此感兴趣。今日《政协报》上我那文也有趣，你可看看。

江苏《明清小说》来函征文，要对红学“大讨论”，你对此刊“后台背景”如有所知，望示我。我写文与他，好么？上次你问我对某新说的看法，此次来不及谈了，俟再函（现新出一些异说大抵禁不住推敲）。

周汝昌 93.3.23

来札所云《学刊》登我之“大作”[1]，谅即我提交扬州红会之论文也，但此刊迄今实未见到。多年来我并不向它投一字之稿，我的文章皆他处发也。又及。

1993.3.24友谊宾馆

1　指周汝昌在《红楼梦学刊》（1993年第1辑）发表的《〈红楼梦〉与情文化》。

178

严中同志：

今日接信。你说得对，此事看透看淡。我病在太认真（旧友点醒过，此即“书生”之谓也）。你的联[1]很见思致，为调平仄，你将大观“遗园”改“遗址”，就合律了。但第一联难调（关系复杂，不是只改一二字可解决），就那样也行了。

《新证》又有书，只听人告知，未见，不一定是重印，也许是书库中老存底，决不会多，所以须赶快邮购。《文化》[2]是重排新本。

正因我不明《明清小说》的背景，恐有“倾向性”才问你。说是江苏社科院办的，来函并非个人名义。我是否写，不拟冒昧，须弄清楚些。请再调研见示。

我之长文《……墓碑揭伪》，已按排样，也许已经印了，是东北长春《社科战线》。

发现乾二题“大观”[3]，很有意思。拙见也并无多大“奥秘”，只以为：一、雪芹的大观园，并不因此而“即是”圆明园；二、乾二，拙说雪芹方14岁，还不到当差年龄，他也绝无“途径”眼见此题图字样；三、唯一可能是此种图曾入内务府官员（曹之亲友）之眼，因传述而被雪芹闻知；四、等到他后来作书，写园子，出于一种联想，就用上了；五、因此，只是“联想”，“联想”与“影射”“暗指”是很不相同的艺术观念。

如若深求，就易生弊端了。圆明园太大了——还不把十二钗每日走得“金莲”都磨起了豆大的茧？一笑。

1　指严中为南京乌龙潭公园所题楹联。第一联：“武侯坡上春驻马，鲁公谭中秋放鱼。”第二联：“此地是大观故址，其名出明义遗诗。”

2　指周汝昌著《〈红楼梦〉与中华文化》。

3　指《日下旧闻》载：“（圆明园）清晖阁北壁悬《圆明园全图》，乾隆二年由画院郎世宁、唐岱、孙祐、沈源、张万邦、丁观鹏齐绘，御题‘大观’二字。”

谨谢对亡兄的唁问。

27日为使馆界“北京国际协会”数十人（诸国籍）讲《红》，虽时间不过一小时多些，却极成功。我原想我这几点拙见（实极粗简）他（她）们不易接受（因彼所知者，也无非一般俗论），未料大受欢迎，热烈鼓掌持续了良久——不是“礼仪性”的，而且不止一次，她们说深受感动！如此看来，观点还是要靠“宣传”的，工作是不白做的。拉杂，祝好！

周汝昌 1993.4.2

179

严中同志：

刚见来信，甚谢你费事打听“背景”，这太必要了，完全同意你的意见（我本来也无大兴趣）。

联中用“我斋”也无不可，但从平仄考虑，仍以“明义”为合，因此不主张改动。

为洋人讲《红》，很成功，他们反响是很爱听，而且正在筹措再次邀讲。建临在场，等第二回讲了，让他综合给你提供材料如何？你不妨也与他直寄一信。

（《社科战线》当寄复本去。）

我在《政协报》（会期间）与《文艺报》的两文，你都见了吧？

《学刊》未见——肯登你文，不简单。传闻“红所”人事将有变化，刻下正“青黄不接”，头头要退休，故不到班，成“无政府状态”云云。然不知确否。

我讲《红》是用英语（不用翻译，翻译就大变味了），所以老外特别喜听，爱听我用英语及其“风度”云。

春佳！

周汝昌 93.4.21

180

严中同志：

上午接来函及剪报，甚谢。

今复二事：一、为外宾讲《红》，定于20日二次讲，27日三次讲，故拟总为一篇小文给你。首次四十余人，26个国家的人；20日将有十余人，是职位高的人了；27日将是为联合国人员讲。听说首讲还将有“报道”印件寄来，若有之，也可复印寄你。二、雪芹“执教三中”事，干脆我写一小文澄清之，并即可作为给贵报副刊之用，不知可有兴趣登之？

“红研”人事，据闻批下来了，林冠夫正长，林景华、张庆善副长，余者无甚变动，恐怕也还是太上皇幕后“执政”的把戏。

我忙于著述，不知“世事”，故盼你及时有信叙叙“动态”“情况”“信息”。我一切均好，望释念。祝好！

周汝昌 93.5.9

181

严中同志：

来札尽悉。“三中”文早已写付他处了（知你们报的风格，其实亦非“考证”文，仍是“随笔”）。

三次讲红“新闻”，我想还是我提供材料，由你改写署名，似更便当，不知你意下如何？

昨接《社科战线》第三期，拙文《揭伪》已刊出，错字尚不多，足资参考。如你一时觅不到，等助手孩子分出空儿，再去复印（她现忙甚）。

匆匆，问

好！

听说报上消息有《反红楼梦》，是怎么回事？

癸酉四月初十日〔93.5.30〕 周汝昌草

资料：周汝昌为驻京外宾三讲《红楼》

由本年3月底到5月底，两月之内，周××连续三次为驻京使馆界与联合国所属部门的外宾（也包括若干本国人士）作了《红楼梦》讲座，受到听众的热烈欢迎和赞赏。他用英语讲，很不容易，而外宾对他的英语也甚为称赞。这三次的日期是3月27日、5月20日、5月27日。

第一次是由北京国际协会（Beijing International Society）邀请的，地点选在北京大观园北邻新建红楼宾馆内，出席听讲的是二十几个国家使馆界人士共四十余人。演讲会由罗明夫人萨安娜博士主持。整个会场兴致勃勃，精神贯注。讲毕，听众报以经久不息的热烈掌声。将离场前，并有很多女士向周××握手表示感谢。还有男士在门侧等候，特意向前表示敬意。气氛十分隆重、欢洽、热情。

萨安娜博士表示，大家不但深感兴趣，而且受了感动，讲演是很成功的。她会后还有谢函，其中最主要的内容之一是强调表明："那天讲演大家都获得了一次很大的享受，你的富有感情的讲演使听众十分感动，并引发了浓厚的兴趣。"

第二次、第三次的讲，都是由这次的成功而引起的。第二次是英国使馆文化参赞夫人做东道主，出席者十余位夫人，包括澳大利亚大使夫人在内，是一个小型的茶话座式的聚会，因为周曾提出不喜欢"讲堂"的官样形式，而喜欢较为"家常"亲切的气氛。这次主持人仍然是始终热情的萨安娜博士，她是中国学专家，讲一口流畅的华语。

第三次是在首次听众的联合国开发计划署驻华处的萨安娜（Sessions）博士，她对那次演讲深感兴趣，于是又安排了5月27日的再讲。到会的以培训英语人才的教师为主，出席的约有二三十位，也以女士为多。会后大家纷纷与讲者合影留念，也有专人录像。

三次讲演内容，综合起来，主要集中在《红楼梦》与中国文化的关系，方式是用最适合外宾理解的有趣的例子来作讲解，或从翻译角度、中外词语观念比较等方面来显示如何看待《红楼梦》的各种问题。例如，他讲到"红楼"在中华诗词中是指代富家妇女居住处的专用词语，它以美丽的建筑特点（与“洋楼”如何不同）而与“朱门”大大不同。“红”在中华文化中有着极其丰富的涵义与重要代表性，而霍克斯氏（David Hawkes）的英译，却以为西方对“红”的观念是不受欢迎的颜色，以致将“怡红院”改成了“快绿院”，宝玉也成了“快绿公子”，因为他觉得“绿”代表了“生命力”。……讲者着重解说了“红”在全书中的象征意义，“沁芳”即“花落水流红”“千红一哭”的深刻涵义。大家极为感动。

讲演还涉及了“情榜”，榜列108女性名次与《水浒》108英雄名次的关系，108数字的由来与意义，《三国》《水浒》《红楼梦》三大名著的“发展”层次关系，介绍了早年德国文章赞美《红楼梦》是中国文化的最好的表现等论述。也讲到了高鹗续书是一件具有政治背景的文化阴谋——这由1794年俄国教团团长、汉学大家卡缅斯基的记录，已获得了铁证。

三次会都欢迎提问讨论。提问的要点集中在：①英译本哪个较好？②书名应怎样译才正确？（即不是“Red Mansions”。）③80回后的原书情节是怎样的？④伪续书的政治背景的真相的详细情况是怎样的？

这些提问，反映出外国读者听众最关切的重要之点——亦即周××讲学所收到的主要效果与反响。

第二次讲中，还涉及了“宝玉思想”与孔子思想——仁的比较问题。讲者主要指出：儒家重仁，但是“始于己，而及于人”的层次。宝玉则不然，他是“无己”“唯人”的。所以曹雪芹在整个中国思想史上是一个异常伟大的勇敢的哲士。

周氏多年来在海内外为各界人士各场合讲《红》，最多听众六千人，最少只有几位，他却一视同仁，用同样的热情开讲，有时连讲三小时，听者不以为倦。但此次为驻华外宾机构人士讲《红》，还是首次。因此，笔者认为，这有其独特的意义，这将发生相应的影响，在红学史上留下记载。

严中同志，特为你赶，忙极了，只能如此，无副，务请妥存。

汝 93.5.30

182

严中同志：

寄上一文，重大发现！特付你报。我虽不搞什么“轰动”，但也不想交副刊，只“屈”在“左下角”的地位。请你与领导商定，给个好版面与版位。

如贵报不拟如此，望请退我，我尽可交别处发。不要客气，至嘱。

不要改变我的文字。

如何处置，定后即希来一短柬为盼。

周汝昌 93.7.10

183

严中同志：

刻接11日函（并先寄之复印件同时收见的），一切尽悉。分答如左：

（一）9日为你报写一文，约是次日发寄（因赶时，又值家人忙，无助跑邮局者，故只好发平寄）。此文到否？若到，它即代表了我对丰润新发现的最重要的收获之意见。

（二）墓志、墓碑皆重要，对解《曹寅传》、证二曹为骨肉，大有帮助。至于“锫子”之说，乃杨向奎教授之新解，与我无涉——我亦未见他具体论据何在，因此不敢妄言是非，但觉若如此，则芹之旗籍、辈份、年岁……皆难与现有史料吻合。我劝丰润作宣传要慎重周密，否则效果将适得其反，引惹麻烦。

（三）曹坟穴仍在挖掘中，新消息未得。

（四）“祖籍”已确定，此已大事，倘再说“过头话”，就“悬”了，除非出土更有力的物证。

（五）望你报以最快速度发刊我所寄之文——等于“澄清”也。

（六）你赴庐山会[1]，极好！！我也接了请柬，宋谋瑒君函劝我往，明言是张[2]邀我（与他去信商量，也拟邀李、冯[3]）。宋云："邀您无恶意。"促我"大大方方地"前去（因估李、冯不会去）。他是好意（明言与张有交，去了由他"打和"云……），况内幕是张为主角，而名义偌多机关单位联办，我也不必因张得罪这多人。当然，我去是毫无畏惧之可言，倒真想当面交交锋，我宝刀未必"老"了。输给他？我有一万句回敬他！但我实不能去（经济、气候、身体，助手时患病恙……）。我也不好全辜宋兄美意，因回信说，由他代表我致辞谢大会之邀，再宣读我一短发言稿（述自己论点，不涉任何其他）。

（七）你看这妥当吗？我专等你尽速复我一函。

（八）江、王，皆琐事，不遑详及，没大不了。

（九）会上可能要"讨论"王国华、张家湾、丰润、反脂、捧高……这些复杂的讨厌的课题，我相信你有能力适当而得体地处置，看事做事，随机应变，不要真介怀、激动，谨防"群小"设套围攻。他们有人，有位，有势，有"不择手段，不讲道德"，莫被他们算计了，落其彀中。我的"竞技状态"还如旧，精力是衰了，但没有"站不住"，只是听你的话，我不能轻易出面"参加"，那中了计，为他们所乐闻也。

（十）但，你还得提防刘世德[4]，此人极坏！（他同事邓绍基也去，胡文彬[5]也去，此皆宋告我。）宋言，张不知我是冯、李等的"对头"，误以为我"代表"他们，故生了"误会"，张实"书呆子"云云。此言我亦不敢全信全疑，但觉数十年经验表明，刘之坏，恐更甚耳。他原反冯，但因"墓碑"则联合反我。推之，当然大赏张之攻我，他在一旁奸笑，或加上一手两招的"太平拳"，没有学术道德。你切须"盯住"他的"高论"……

1　指在庐山召开的"毛泽东同志论《水浒》《红楼梦》学术讨论会"。

2　指"庐山会"主持人张国光。

3　指李希凡、冯其庸。

4　中国社会科学院文学所研究员。

5　中国艺术研究院《红楼梦》研究所研究员。

若牵丰润事，你只把我的本意说清，勿涉他人。

《社科战线》三期拙《揭伪》、最近些时《文艺报》拙《试表愚衷》，你趁赣务必借查，读一下。

“反脂”的事，我决不参与发言，因为估计并无实证，不过是他这一代“学者”已读不懂乾隆时八旗信笔式的文字，以今日之“眼光”在字面上找些所谓“破绽”与“理由”……我估量大体是这么回事。我岂肯为这些狂言妄语去浪费精神？当代出而议者必还不乏其人耳。

丰润事，你阅《人民日报》5日四版头条，能代表我的意思，没大毛病。

如有其他疑问，发急件来！

匆匆，即颂

文吉！

友人周汝昌 93.7.15

函示杜所言“某年月日邓办”事，语似陈言旧事，但我疑即因《文艺报》上《试表愚衷》一文引起（因文未正提《探佚》也），望你判断是否。又及。

184

函到，可能我写得不够明白，岂能有“头版头条”之意？我虽书呆，亦不至此，我只是指在“文化”版上给以较显地位就足矣，这也是你没体会拙文之所致。

我题只用“可望分晓”，即低调门，不是瞎胡闹一流也。

“铬子”说的论据，我实不知，杨先生开始撰文在齐鲁发表，只言荣、宁是分指寅、铬两门，也没论据，只系“看法”，但此尚可也——作为一个新说，不必立表是非之见，故我未表态——报上却误听丰润人之言，说我“肯定”了云云。这还罢了，如今又提出“铬子”无头脑之说，实觉过于鲁莽，不列具体论证，只能给人以攻击之“缺口”。故我以为杨先生此说意在加强“丰润说”，窃恐转生大不利。反对者一攻，无词以对了。但我不便即言，须顾大局——很难为人的事情，真不好办。

因此，希望你暂时也不必在此问题上多讲话。有人问起，照实讲："并未看到论证理据，等等看吧。"就算了，因为事情复杂。

没有一宗是顺顺溜溜的事，奇极怪极，五十年经历如此！！

若"红楼书柜"真将办成时，望来一信，以便告知有关出版社。

近好！

周汝昌 93.7.21

185

重要事态：目下方知去年九月已有人揭发张湾"墓碑"作伪，文件被人扣压不令人知。说作伪并非李某一人，是个"班子"。我也要写写的。23日。

今午收见7月16日《金陵时报》数份。估计这种严肃报道无人肯转载，不会像那样胡云的"发现"与"突破"纷纷转稿。世道从来如此，不足异也。见见报，就比不见强了。

同时接到一复印件，无头无尾，不知刊物、题目……要紧的是引了1992年9月张湾知情人"刘兆"（化名，防报复也）的信，指出几大要点，极有反证力！这封信应是被扣压，由"内部"人透露的。我固耳目闭塞，看来你也不知？这太重要了！我已去问刊物等详情，探明了再函报与你。

你看，姚北桦[1]的"所谓认定"，不是就无人转载了吗？

等我空些，也要就此写写文章。

"三中教师"之说，我写小文给了《光明日报》，闻有人见到（夸奖），而我尚未见样报。

匆匆不备，颂

暑吉！

周汝昌 93.7.24下午

---

1 时任江苏省《红楼梦》学会会长。

〔前缺〕江君之函，附来剪报一则，乃去年12月《扬子晚报》姚北桦同志所谓《认定》，阅之颇觉难得，但姚君着实在“忍隽不禁”了。但你似于来信中，并未提及此文。可惜，此种文就无人转载了。学术之事，弄到这种场面，真可悲夫！因此我对姚同志甚增敬意，你见面时可转致鄙怀。

我在《文艺报》发的《试表愚衷》，你见了吗？红研所到底如何了？如有所闻，尚希简示。忽有田荣同志寄来他在《三秦论坛》论“墓石”之文，附语云“贺信民书评，已函梅玫，请她刊出”等数语。我与田君素不相识，你知这是怎么回事吗？我原意是索回原稿，并非催发。

又加拿大一物理博士郭君红学论文，为《学刊》冷落，我介之投往梅君处，郭博士也得不到任何音信，向我来诉，影响不佳。这种办刊作风，实在罕闻。我对梅君一无所知，并无偏见。

186

严中同志：

谢谢费事寄来的信、报、柬，都拜收了，记得中间我也一一及时回了信。

我原想你赴会以“旁观者”身份很好，但看张函已知我们二人的“关系”，那就不必避了，一切大大方方最好。如此长途暑热，我无人伴随（家人都无法抽身），赴不了会，今既张要你转柬，那我干脆就委托你代转我的“贺函”吧（回贺礼貌是不让他们有借口）！你寄去，或到会上口宣，似皆无不可。昨才发一信，今不絮絮了。专此，祝

全家好！

周汝昌 93.7.26

附函。（请评，措词可以吗？）

毛泽东同志论《水浒》《红楼梦》学术讨论会：

非常感谢大会寄来请柬邀我赴会的盛情至意！对这么多研究机构和组织

单位联合举办的、主题如此重大的盛会，我极愿参加。唯因耳目损坏之故，远行需人伴随，而家下无人能抽身随往，以致我不得不打消出席盛会的计划，深感遗憾！

谨以芜笺，遥申祝贺。

希望此次学术讨论取得成功，对毛泽东同志论《水浒》《红楼梦》的思想、艺术的见解取得丰硕的收获！

也希望大会对《水浒》《红楼》两大名著之间的思想艺术的历史联系有所讨论和阐发，嘉惠学林。

特此申贺。

目坏人周汝昌 1993.7.26 北京

187

严中学友：

刚刚读完来信（7月19日，邮戳7月22日），立即复数行。我见你准备如此充分，决心如此坚强，私心慰幸！我已将“贺函”发给你，委你了。因宋先生没回音。读你信，方悟主题有二：一周二李。极是。李的事，我不好置词。其他真学术，也非他们的真目的。所以决定只发“贺函”，不必再有什么“发言稿”了。这样省心省力，也少些“新口舌”。不知你意如何？

你意气甚饱满，我是很高兴！但也提醒你：只怕到了会，他们有“阵势”，早摆定了，只怕不容你“尽兴”——不给你场合和时间，你不可过于估计乐观。当然，也还看你争取“战斗”的力量。

宋先生是好人，但书呆气似比我过无不及，他一直向我为张说好话，说是“傻小子”“书呆子”云云，连我都半信半疑，你与他尽先见面联系，极好，但你也不必将你的心中语言都像对我一样地倾吐，总之，须十分周详缜密。在会上也要交新同道，争取同志同情，方有舆论力量。

你告我名片上字样，这可是创例与奇闻！！我看了大笑，认为天下怕无第二例了吧，很佩服你的勇气！

昨天将睡时，才看见报上报道科学家崔耀华的《红楼探幽》发行、座谈，已成新闻人物云。看来今年“红事”可真热闹极了！煞是可喜。书我尚未见，凭报上说的，觉有的论点很要紧，有的还蓄疑……须弄清再形成自己的评估。

好了，切盼一路顺风，预会愉快，诸事多加一份小心，注意饮食健康。

友生周汝昌 93.7.27

南京来信，要“走”这多天！真太慢了。

针对不同意见的争鸣，当然是会上的任务。但也希望你能适时适度地表明一点，提高“档次”，点醒这是中华文化的重大问题，定要提到高度理论认识的水准上进行学术研讨，而不要庸化为若干点的细节末枝的争论或攻击。如此，你的发言更有斤两。

188

严中学友：

13日来信报我各情，非常感谢！我18日才接信，仍是“旅邮”一星期！“刘兆”事，我6日接你赴庐山前夕信，7日即赶写一文，亲走发（当是8日发的）。你13日仍未见，但此信系寄你府上（因恐不在社里，稿为他人弄丢也），不知今已达否？望速函示。我因患发烧，故今日才能写信。

刘世德与你所谈“心事”，果不出我估料。多年来他“黑”上了我，找人（如王利器等）写文攻辱我，皆因他以为我是害“文研所”的主凶。其实，都不与我相干。我亦不愿与之剖辨，我叙与你，适当时机、方式，你替我鸣鸣这不白之沉冤、长期负枉忍辱的处境！我将此事只委托你了。

平生冤案（第一）

1953秋，《新证》出版，引起海内外轰动，国内毛主席有赞，海外美元高价求购。人民文学出版社因出《红楼梦》继用胡适“亚东”本，受俞平伯批评，中宣部对该社转批，压力甚大，社领导冯雪峰、巴人（王任仲）、聂绀弩因而烦人（今北大老教授林庚先生等）致信于我（在成都四川大学外文系），要调我到该社负责古小说之事。由中宣部几次特电强调，川大方放行的！

54年夏初回京入社，让我重校《三国》新版（毛主席对已出之版有批评），获大好评，即让我负责重校新版《红楼》。计划、宗旨（恢复芹文，鄙弃“程乙本”）、校订小组人员……俱已定下，即将着手，一日，忽聂让舒芜传话：“仍用程乙本，一字不许轻动……！”（此上级命，我至今不知何人也！？他们亦秘而不言。）

先是，俞先生友好闻聂等调我来，是为了“报复”，很紧张，遂由启功、吴小如等邀俞、王佩璋（女，助手，“文革”自杀）、我宴会——为“打和”也。

及《红楼》计划变了卦，我后悔到此社。不久，“批胡”兴起，我也成“胡派”，于是我这被调的“红人”一下子变“黑”了。我健康也坏了，《红楼》“校”不下去，最后无法，是由张友鸾、周绍良等三人凑合弄完的（有一版版权页署四人名，即此也）。因此，《红楼》的事再不让我“贴边”。

由《新证》引起的影印庚辰本、敦氏《四松堂集》《懋斋诗钞》……我一字不知（王利器等搞的）。我病中逛破摊，以二角钱买得《四松堂》，方知之，随后觅《懋斋》，反花二元，我的墨笔题记，一清二楚！

而“文研”以为凡《红》事皆我一手主办，恨上我。更奇的：李希凡因何其芳不同意他的观点，二人如冰炭水火之难容！只因“人文”《红楼》前边刊的是何的《论红楼梦》，以为“指导”文章，李大怒，也以为是我之“所为”，也衔我至深！

“文革”中我被周总理由干校调回，重出四大小说（李先念也同过问的），那次“出版说明”中给何扣上“修正主义红学……”名号，此文实出该社一戴君之手，与我亦无涉！（先由鲁迅专家孙用拟草，嫌无“思想性”，后戴君告奋勇的。）

往事历历（此粗叙大概也），而我这无辜的书生，却成了他们“交恶争斗”的替罪羊与牺牲品。呜呼！天下事有公理乎？！

周病中写 93.8.21

补充：“人文”《红楼》版次极多，已弄不清。其最初的，只有交代“校订体例”（做法）的文字出于我这“责编”之手，一字不涉“观点”“读法”的，但因领导吩咐卷首放何的《论红楼梦》，故有一句说“以此指导正确理解”云云。后李对此大发雷霆，其势汹汹……何给来过信，我还为他们善意地调停……凡此种种，刘世德之辈“打抱不平”的“义士”们，知之乎？三叹掷笔。

周汝昌再书 93.8.21

（可酌采补入稿末的“附记”。）

……

周汝昌并对我叙了三点：1. 文研所创刊《集刊》，要发俞谈“夕葵”文时，俞题原件的小照片他们没有了，由刘世德向周讨去，周明知是反对他的文章，但为了纪念俞，仍慷慨欣然费了大事觅得送给了刘。2. 文研所为俞举办学术活动60（？）年大会，周热情到会，并书面祝贺，还携有他人托他代致的诗，亲手交与俞的。会后，满怀激情地写了《满庭芳》词纪念此会，寄与俞之高足弟子吴小如（周之学友）。吴为书家，用工楷书写此词，作为共同纪念的珍贵痕影。3. 周写《靖本〈石头记〉之谜》，付刊物之前，特向中央打了报告，说明此事真相始末，并强调说：“此事意在澄清文物（批语）的真伪，以防搅乱学术研究，不是针对俞老——对俞，再不宜伤害他了——恐有坏人借此又挑拨是非，故特向中央报告，备案。”

统观以上，周之对俞，不记前嫌，可谓有仁有义。而至今其机构的某些人，却仍然要为俞“抱打不平”，对周加以种种明暗的攻击毁谤。周之言此，掩不住他深衷的感慨。

平生冤案（第二）

此题之“第一”，是俞平伯的问题，已荷写文发表。今所提实况材料“第二”，乃涉何其芳、蒋和森二位。此三位皆社科院文研所之人员，故今日该所某三五人犹以我为“对象”——“迫害”了俞、何、蒋，是以耿耿在怀，务图“报复”，方为快意。其已见之报复手段，大致以其所编《集刊》中诋我之文字为代表（王利器又为此类之代表撰者）。但刘世德等人对事实真相不甚了解，我遂成了他们心目中的祸首罪魁，以各种方式暗算与声讨。我负冤至今整整四十年，如不粗陈梗概，以后将无人能知，真妄之情，所叙虽粗略，亦胜于不书也。

我在“红学”问题上，实际是人民文学出版社（下称“人社”）、文研所、李希凡三方尖锐矛盾漩涡的牺牲品。我自四川大学被调入人社，一年轻书生，茫然不晓世界之“形势”，遂陷入“机关”，有时为人利用，亦不觉知，以后久而方悟。

事情起源于人社初出之《红楼》版本，受到俞之批评，俞向胡乔木言之，言辞分量很重，于是中宣部批评人社，压力盖顶而下，人社吃不住了，吓得开会、检讨，以至公开认错自责。

这一矛盾，结下了无穷恶果，而我不幸首当其冲。

53年秋，《新证》问世，受到毛主席重视，人社缺人，竭力请中央特调我到该社负责古小说工作。我到社初为“大红人”，校《三国》，受赞扬，而文研所有人以为调我来是为了“对垒”，心态异常（且有人出面“打和”，已见上次材料）。该文所之刊物《文学遗产》（《光明日报》专版与后来的单行刊物两种）即不断发现贬抑、吹求《新证》的评论。

上次已叙，我到社后本已规划校编一部全新的《红楼》佳版，一切皆定了，即待开工，突然命令下达：“仍用程乙本！”我意兴全消，只好服从。不久，54年之“批俞”运动展开，我被利用为“批”者之一。及进而“批胡”，我遂成“黑”角色，《红》事一切不再是我所管所知了。由于我病，该“程乙”新本由另三人勉强弄完（张友鸾、周绍良、李易），而社为此本安排的序文，是何其芳的《论红楼梦》。

何之此文，是不以李希凡的论点为然的，何、李二派论点，成了当时的一大风波公案。李对何之提异议，极为不满，二人遂成水火！当李一见人社新版之序竟是何之论文，大发雷霆，“势不两立”。此时，他即以为凡此《红楼》之一切，皆出于我布置。我本已是他“批判”的对象，至此，当然火上浇油了。

那时运动中，人社还出了蒋和森的《论稿》，社内搞“整风”“学习”，开会、讨论、批判……《论稿》成为典型对象（批为唯心、唯情、反阶级……“大毒草”），会前会中，批得最尖锐激烈的是“胡风分子反戈派”的舒芜（他在该书上批满了“胡说”之字样），但会后却利用我，要我执笔，稿又是要《遗产》发的，当然“文所”之人以为批蒋的“干将”是周某人！（类似的情况，是“拔白旗”，他们选了钱锺书《宋诗选》为大目标，也利用了我的名义公开发文，以致我与钱先生多年的学术诗文交往因此断裂！）这样，“文所”恨“人社”，而误以我为“目标”。

人社批蒋，已采用了当时流行的“修正主义”的标签。

迤逦已到“文革”将临，运动接运动，人社诸领导人物，十之八九都成了黑三类。我呢，成了“周扬文艺黑线的活标本”，斗争会，关牛棚了。谁想70年8月，周总理特令湖北军区调我回京，文化部、人社留守之人无不大吃一惊！

回京后，第一任务接的是郭沫若的《李白与杜甫》，但我只系审稿人之一，详情另具，也需将真相公诸世人，今暂不赘。然后，周总理、李先念下达指示：“新华书店无书，不行，你们要出古典小说名著！”社方反映，序言不好掌握，没人敢写。又指示，序写不出，不是就可以没序吗？！（因那时国宾来，看书店不像样子了。）

这样，即速出四大小说名著。社领导王致远（后调文化艺术出版社，已故）、鲁迅编室主任王仰晨兼管“古典”，他们认为“序”虽不写，也要有简短的“出版说明”，于是派孙用（老鲁迅专家）撰写了四份初稿，古典室旧人（皆新自干校放回的）戴鸿森见了，以为孙撰太一般，丝毫不涉政治思想内涵及社方“态度”，遂告奋勇，由他重撰的。涉《红楼梦》的那“说明”，记得是明白提到了“修正主义红学”，表示以往用何序是“错误”的。王致远对“修正主义”云云倒表示了一下：“这提法有把握吗？”戴将稿拿与当时新调来的党内“高水平”的同志看了，征求意见。大家都以为戴稿较有“思想性”。于是领导决定，印出来的即是戴撰。

书出后，李希凡见了，给我来信（可能以为是我写的），纸上发火，说："这个人民文学出版社，还得看！"（即是否"改正"旧风。）说那措词仍如此不力，是对何的继续维护（大意）！然而，"文所"之人如刘世德等等，见了这种"修正主义"标签"定案"，一时"黑"了，默不敢言，认真地晦气了一个时期，抬不起头来。心里憋着的气，也栽在我这个人的头上（以为理所当然都是我的"手笔"）。于是至今认定：周××一直逼害俞、何，使他们走投无路！

四人帮一倒，"文所"复苏，就开始向"仇人"报复了。到张国光的"庐山红会"，刘在会上公开表明周是害俞、何的人，难以宽恕！事情就是这么样地奇妙，我后来在那社里是备遭白眼，人人"侧目"，有人利用，有人暗箭（王利器其人坏极了，另述）；而在社外，却成了"代表"该社的罪魁。八面嫉恨，集于一身；流言蜚语，成为"话题"。

呜呼！一个纯真单寒的书生的遭遇与处境，就是如此。若问何罪以致此？没有别的，就是我研究了《红楼梦》！呜呼，我还说什么呢？

以上写与学友严中同志，认他了解我，了解"红学史"的一个阶段。

周汝昌 93.8.22

（附）

戴君已退休，校注过《老残》《金瓶》等书。他次于我后，从干校回京。他原不知《红楼》版本问题严重，以为程本"就是"《红楼》！经我讲述，一阅脂本，大悟，方晓必须校一佳本。我原欲自荐数十年苦工"大汇校"，他却属意让"文所"去搞。后皆谈妥，"文所"十分欢喜，及开会要请李希凡，李大怒——此事就吹了。此事外人不知。

189

严中学友：

24日札今（30日）下晚收见，知前稿未丢，甚幸。

你的慎重极是，我充分理解并赞同。但我估计，不会有问题，因为：

（一）作者是宗春启正式署名，他即《北京周末》系统编发“墓碑”争执各文之人。这次光明磊落，出署名文章，是不同寻常的，应无可疑。（二）所引原揭发信是全文，且是上款为“编辑同志”的，表明此信是他亲收，只是由于当时（92年9月）太不宜发表了，才压下的。（三）他本人早认为是伪物（友人透露。他很明敏，不向我说，避免“倾向”，组稿不便）。（四）《视点》我虽无原本，但所得是刊物复印本，铅字排的杂志，这无疑问。（我是由友人得宗赠复件，才转赠我的。）复印件已不是十足清晰，再复印必难读，若寄你怕丢，发挂号，刻下无人跑邮局（孩子不在家），你看怎么办？如必要，请打长途501·5522—173（分机）亦可，信太慢了！

你建议写写与诸人“关系”，我其实久想写写了，只因顾不上。听你的劝，我当抓空分篇提供材料。因为必须投入些时力的。故久未动笔，今决一写。（怎么还提稿酬，太认真太见外了。）

杨老址：100010东城禄米仓干面胡同东罗圈十一号社科院宿舍。

因急复，余不及叙。即颂

时绥！

周汝昌 93.8.30晚

定遵嘱注意劳逸，我还很顶一气，勿念。

190

严中学友：

今将复印稿、宗春启文章复印（我所得原件）寄上。

文写得极好，只有你肯费如许巨大精力写它，翔实、细密、稳重……真正可以敬佩！

我用红笔加的琐屑记号，供你参考，皆望定稿时有所采酌。另提几点：

（一）文中叙毛云“迷失”……那段不知何以用“正笔”——像为他们宣传了，今代加“据云”等字，似为妥些。

（二）所引“夕葵”文本，前后“有本”“有幸”不一致，须核正。

（三）“批俞”写文，是当时主编邓拓派车接我到报社（并袁鹰、袁水拍都来舍下），十分隆重礼敬。其后见报之文，实出袁水拍大加修改。此乃内幕，叙否由你决断。

（四）另补一小段，似很必要，供采酌。

敬礼！

周拜 93.9.8

又启者：

这种文章将来咱们续写几篇，最好南京《资料》[1]肯登（《红楼》恐未必如何，我对它不信任），如没人给登，你可将一份清本寄《明报月刊》，如也不行，异日咱设法自费印“小册子”分赠红界及图馆，以存史实。

周又拜

191

严中同志

信悉《南京大观》撰文之事，就请你创稿吧，我有点儿顾不上，你写了让我看看，必要时略加润色（适合一些我的“文风”）也就是了。

关于“刘兆”揭发一稿，我想此事我愿有始有终，正面“出战”，光明正大，不欲藏头露尾，仿效刘世德（搞小动作）之辈，所以仍宜以署名文章发表，不可改为“报导性”文字。因此不愿大动我的文字，望将此文压住，另以原文找地方，你找不着仍寄我可也。耑此拜复，再颂

节祺！

周汝昌 癸酉八月十二日〔93.9.27〕

---

1 指南京师范大学主办的学术期刊《文教资料简报》。

192

严中同道：

已连去三函（包括文稿），皆见否？望说明。

今又接札，即依嘱写一致顾书记[1]之信件[2]。因目日益艰苦，照抄文字最难，（须一字一左右顾盼，耗神已极！）故只好吸取你代拟的要义，随笔写去，更为便当。今附上，请审看是否可以？

承告“雪芹校字”讯，甚喜！但也有作伪之可能。须再详闻真相实貌，方敢判断。

周拜 93.11.4

又启者：《周末》意思，抹去题与名，是否要作“本报讯”之类刊发，没说清楚，故我稍觉可异。你以为如何为更好？（既使那样，我也不赞成删改那么厉害。）

193

严中同志：

你近来忙什么了？我亦杂忙事之多，不可胜言，皆文债、墨债、客访……故亦未作书札去，时相念也。

《京华周末》为雪芹祖籍的“丰润”稿通栏、大标题、头条地位，不知已见否？看来南京《周末》这点儿“魄力”也无，未免拘谨太甚了。拙稿事你万勿为难，请即将原文寄还，以便付与他处，亦不要介意为嘱。

“丰润”不断有新收获。匆匆，不尽。

周拜 93.11.6

1 指时任中共南京市委书记的顾浩。

2 指周汝昌93.12.4致顾浩的信。

194

严中同志：

来信收悉。“马脚”文，望即时寄来，因有用处了，至嘱。

知你心绪欠佳，望豁达乐观，往高远看。我活了75岁，绝大部分是失意，但未尝挫我志气。你正富于春秋，前途无量，岂可因一时之不顺，而影响你的事业？切盼你以我为“鉴”，要自我开解。文是要写下去，不可颓堕半分！

“俞周文”[1]已接受，可喜，非易事也。我年底文墨债忙极，不多写，专此祝

吉！

周汝昌 93.11.24夜

你旧同事，今出版局长[2]早已赠书寄到，我及时函谢了，勿念。

195

严中同志：

文稿[3]挂寄，望妥收。此文写得极好！文思细密周至，文笔简劲有力，繁简剪裁合度——此境确是你之擅场，我很高兴！

一定要二人联署，我已加上你的名字了。

建议三小点：

①始叙铁岭处，太简，应加一句被俘为奴之事，不然会让人认为甘作“奴才”了。曹氏并非如此。

---

1 指严撰《俞平伯与周汝昌》，刊发于《文教资料》1993年第6期上。

2 指时任南京市出版局局长的张增泰。

3 指当时的《曹雪芹与南京》文稿，后刊发于《红楼》1994年第4期和《南京大观》，署名：周汝昌、严中。

②叙曹彬事，“避免一场血战”句后，应加“一人不杀，一钱不取”八个字，才好下接金陵人为之立庙之事。这关系到后来曹氏在江南的“历史感情”，不可不点清。

③万寿寺应点一句“家庙”。

将来，你务亲核校样，无使一个错字出现——出半个也大杀风景。（因你后幅字迹较草难认了。）

极匆匆，忙极了！

冬安！

周汝昌 93.12.1

196

严中同志：

昨日才挂寄出你撰之稿17页，今日便接到“马脚”原件，请放心。

你所写之文，我很赞赏，实在是一篇力作或“大手笔”。

里面没提“随园”，我以为是对的。试看楝亭全集，假使曹家曾有此园，岂有并无只字及之之理？起码也会有一次半次与诗友在小仓山聚会联吟的痕迹。今也竟无，其故安在？还不清楚吗？（当然，南京有些人还是不肯这么结论的。）

我建议在文中提到武惠王处，宜加“一人不杀，一钱不取”二句，是特别暗暗针对南京历史上几次惨遭大屠杀而设的。为南京写文，若不点醒此义，怎显曹氏一门对南京大有功德乎？

因此，我以为聚宝山上为曹寅立过祠，也应略及一二句，不知你意如何？（那是自发的，并非“颂圣”。）

此札专为告知“马脚”事，让你放心，别无多叙。

冬吉！

周汝昌 93.12.2灯下

在寄还文稿之函内，附有信札，见否？末补之一小段，妥否？文格请你统一。

又其纸背提到试买古摊小铜玉件，曾云“表面不平”，应云“平面”往往非“水平”——不是说平面坑坑凹凹，或粗糙。古玉的磨光技术很高，光润之甚（但无刺目的浮光——俗话“贱光”）。又云“砍价可至四分之一”，是说还价给他要价的一半以内，不可以词害义。

文末，可否加上几句：“至于后来，乾隆二十四五年间，雪芹又曾来到江宁，这个事实由他的好友敦敏、敦诚二人的诗篇中可以得到确证。可惜有关的详情，目下尚难考知，本文只得暂从阙略，希望将来尚有追补的良机。”

以上是否妥当？请你酌夺为盼。

又启：妥收后，如何处置，望来一信。

（又背面）

闻你所居瑞金路有古物摊，有假有真，你可否于兴致来时，充一回“内行”，要他们“包里”（不摆的）“真东西”，希望能是古玉件，数十元可得（砍价至四分之一可商量）。古玉特征：简素、厚重，不规范（方不真方，圆不真圆……），面不真平，大穿眼一端孔大，一端孔小。若有“象形”，也非“逼真”，是图案形纹。有的土埋岁久“钙化”，似骨似粉做的（甚至爪甲不能多划，划则伤痕）。如百元内可得一佳品，你寄来告我，垫价我再补汇。

周汝昌 1993.12.2灯下

197

严中同志：

今日接信，依嘱即草出一文，谁的“名”也不点，我只“自说自话”，但也不太客气了。

你对刘文、王文的反响[1]，与别人甚一样！你质疑“铪子”，写得很好，但于颊子、颙子上未免流露“倾向”。实则“天佑”是曹顺的字，出《周易·系辞》，我在沪《晚报》上有专文。“遗腹子”很成问题，“五庆”是大骗局！你怎么没见拙论？“顾氏”问题，今天太累了，日后再谈。

祝好！

1994.1.24

顾浩书记已来过亲笔挂号函[2]，非常客气。

请分神代核核西历的年头、引报纸宣传的原话等等，别出笔误。

恐怕又会发生编辑要改我的文字的“问题”吧？希望不再蹈前辙才好。因为关系大，文责需我负。

我写，“用处”也不大，你看上次《金陵时报》那一文，谁也不理，没人转一个字，还不如你。

匆匆，又及。

198

严中同志：

拙文“1982以前”不误，盖82始出庚辰底本之排印通行本也（解放后出的是“程乙”，也是程本）。

顾书记信等有人进城复印了另寄，想来不是太急。

我与你写信闲谈谈心，不是句句话“真在乎”，你太认真解释了。我亦已撰文交《文艺报》了。

终日忙甚，疲不多写。颂

春禧！

周汝昌 癸年祀灶夕〔94.2.3〕

1 指严中1994年1月5日在《中国文化报》上刊发的《曹雪芹是曹铪之子吗？》一文。

2 指顾于94.2.5给周汝昌的回信，已收入《我与周汝昌先生》一书中，故本书不具。

严中同志再鉴：因年底忙甚，家中无人进城复印，我只好手抄一份，先供你用。已核无误。

匆匆，又及。

199

严中同志：

刚刚收见你3日来信。在此之前二日，我已复了一信，内有手抄顾札全文。又已答复："1982"不误，不是"62"。82才出的以庚辰本为底子的排印通行本，以前乃是"程乙"（从新中国开始即如此）。

你拟删的，可以删省（"目坏人"当然也可删，因那是为了表明我字迹的不正常也）。

匆复，即颂

文绥

周汝昌 腊廿七〔94.2.7〕

伦苓近日忙其婚事，不在家，故复印须稍候再办。"1982"不可改，一改就大错了。

宣城的书，你收到了吗？

上次录顾函缺了一个字，很难认，今知为"建筑红城"。又及。

腊廿七〔94.2.7〕

200

严中同志：

来信，各报、刊，早经妥收，就是想等复印顾函，一并齐寄，可是如此小事却不能应声即办，真是抱歉！原因无他，伦苓结婚后，我家、她家、单位、别处，四下里忙，时间"分配"紧了好几倍，又在赶一个万儿千字的大稿（我母校《燕京学报》复刊号要的），因此托外孙女去办，办来后，却是头页印了四张，次页二张，第三页没印！又拖了多日，而我文债、墨债、杂债、客访债……简直堆起来了，也没法写信。简而言之，日内第三页补印来，就发寄了，勿念。

《南京日报》真是个“怪物”，不可理解，以后我们不必再去碰钉子，别的园地很多。你写的《俞与周》非常好！我又读了，感慨万分。类此者可写我与何其芳、李希凡，我与吴恩裕、吴世昌。我早与你提过，只是顾不上，太忙了！等我稍空，给你提供“素材”。至于我与冯，我意你稍拖拖，等他退了位（估计不会太久），更好，况也须我补充“资料”，外人无法得知。现时就写，必难得他阅后的“同意”，必有借口，你也难发。

《扬子晚报》令友寄报时来了信，很热情，请你先代致意，我未回音，一是奇忙，二是他墨笔署名认不清，怕写错了，太不敬。

王永泉来了，是到京与出版社谈高鹗小说，未谈妥（要他出钱）。

《京晚报》6日连载我文（读者“点”我谈红学），你见了吗？

你在河南新乡发的“三宣”，当时你不寄我一份，我一点儿不知道，想是忘了（后经别人寄我）。

《周与冯》[1]之稿，若限于已发的公开资料，那么谁也无法“干预”或出拦挡，所以你可先乘兴动手撰写，以供修润，等适宜时机再发，也不必因我之话而“窝工”。

丰润曹家坝祖坟，又有线索。已查明有“七大车”碑石曾拉往某处，盖房用了，都在地面上，须拆房“考证”……俟有确讯再告知你。

曹渊“原始……”问题，我写了一文交《文艺报》，但我嘱等等，别人有稿宜先发，然后再发拙文。

等复印顾函办齐了，拟同寄一本《〈红〉与文化》，请你转曹明同志。

五月份丰润将成立“河北省曹雪芹学会”，韩进廉任会长。匆匆，再谈。

春绥！

周汝昌 甲戌二月三十灯下〔94.4.10〕

---

1 指严中拟撰之《周汝昌与冯其庸》。

201

严中同志：

今午接信，知复印件妥收为慰。陈诏君[1]肯发你文，面子不小。他很挑剔，我两次遭他退稿（忘了是约的是投的，但我以为都是约的，因从未投过），而且言词也不婉转也。（此我平生少有之事。）

南京开文化会，不是〔知〕为何主题？希望略知大概宗旨。闻秦淮河房恢复得好，故也真想去看看，但视昔年，马齿又增十数，精力之限，真觉“旅游”为畏途矣。

你谓杨老见我文定必不快，我亦料及，但正如你言，此亦事势逼我如此，也无“办法”了。试想，杨老尽知我之拙著有大框架，钩钩连连，论点皆非各自孤立，而他老之新说一出，岂不等于拆我所有已“搭”之“台”？那么杨老怎么亦不为他人考虑一下？此言不是说为了迁就别人就要作违心之论，而是说别人的“框架”是个整体建构，只说雪芹是丰润“水”字辈，那别的一切一切，能合榫吗？如不合，那人家该怎么办？难道就只该“顾”杨老的面子？事情都得讲个理字才行。

你若去信，替我设身处地地说说下情：周某处境从来是严峻的，他的一切有人“盯”着，在觅“冷缝子”攻击他，他没奈何，不容糊涂混搅，只能澄清自己的“立足境”，应加体谅。

《文艺报》与文研所合办“《红楼》研究方法”讨论会，20日上午，但我得通知已过了期。观其主题“文件”，即王、刘、杨三家之文。我料这必是刘世德之辈又抓我的“不是”，又“批判方法”了。噫！

周汝昌 1994.4.23

---

1 时为《解放日报》副刊编辑。

202

严中同志：

京城暑酷又事繁，故很少去信，近来好吗？你在报上评欧阳之文[1]，我偶见及，甚好。

顾浩同志信封复印件寄去备存。

丰润王家惠同志[2]从江西回丰来信，方知他曾与你会面，信中说相谈甚欢，我闻之心喜。其信中说在江西收获甚出望外，又叙及他与中央台同仁在京欲请二马入拍，白等了两天，后于电话中对该台同志大发官火骂人，说要拍必须照他的路子拍，他已撰大文“反击”，又威胁说，该台台长是他的学生，拍了也难播放……弄得闻者皆甚生气，誓将片子拍好，不信他能扣住。

王君素日写信是措词谨慎的，这回也“忍隽不禁”了，必如此亲“受”，方知不是别人总讲那位官长学霸的“坏话”。

你我很难相信竟有这样的“共产党员”“学者”“院长”，真奇闻也。

又启者：

你提到电视上见我讲《红》，那原是单个邀请的，已隔数日，不想被编入“红学会”的节目内，以致霍国玲女士[3]疑问，怎么和他们混在一起——岂不上了他们的当！

讲时人多极了，“站在隙地”（还有因此打架的），气氛热烈，给予掌声不息，片子淡化了，看不到这相，因时间，也只能删剩一半（原二小时亦不得不超时方散）。

郑庆山[4]新出了一部新校本，质量不错，胜过82年二马本。

《曹雪芹》电视剧片看了样，还可以，但也有缺陷，不久将播出（还要开会讨论）。

1　指严中在《团结报》上发表之《红学“新说”受到多方批评》。

2　电视剧《曹雪芹》的编剧。

3　《红楼解梦》的主要作者。

4　时任黑龙江省克山师专中文系副教授。

听说梅玫女士离婚了，真是不幸的命运。如通讯，代我婉致问候之意。

我在《光明日报》发一长文，驳二马的精大抄本。序言的观点，你已见否？

接来信之当时立复。

又及。

〔94.6.15〕

203

严中学友：

来札、剪报均见。写王朝闻[1]的“小记”不错，然对艺术只会说“生动”二字，语汇的贫乏单一，已十分严重（大异中华传统之丰富了）。

路工事，容一探听实况，担心报上一公开，求者已蜂至，就不是简单可办之情形了。二小女确在北图，但恐路工也不会“坐班”，见不着，只可缓以图之——相机行事，难毕其成功于一时也。

黄梅戏官司[2]我简直一无所知，如若报道，当然反对玩手法侵权，不讲道德，只不过我揣想、新编、改编，总离不了“宝黛悲剧”小层次，因此兴趣不大。

8日丰润开了河北省曹研会成立大会，很有盛况，想来报上已有消息。

山东的“红会”，我也一无所闻——也许请柬也不发吧？我也兴致阑珊，不拟“参加”，白给别人做“垫子”了。

丰润也新立了一尊芹像，大理石的，但事先一字不提，临上车开往该处，才说是要我去“揭幕”！你看现时这种作法，都是“安排妥善，请你就位”。此像如何，我连面部也尚看它不清，等等照片吧。贵报记者敢“批”芹像（虽系王老之口），实在了不起，这是不多见的好精神。

1　时任中国艺术研究院副院长。

2　指黄梅戏《红楼梦》编剧陈西汀诉安徽黄梅戏剧院的官司。

我在《京晚报》又有一小文，见了吗？匆匆！

祝好！

周汝昌 端午后二日〔94.6.15〕

204

严中同志：

来札已悉。为汪同志[1]建亭事联系，原是两岸交流好事，看来他很有作为。我只有一个顾虑：某些人利用“程本”反对雪芹，我想他们必又利用此好事大事喧嚣，而汪同志倘若提出要我为之写什么，这就不好办了。（却之，人将以为“不情”；应之，必落入某些人彀中……）想看看“情势”，不忙定下来。

你嘱我对王君的意思，已领会，勿念。他寄来一篇千余字的《新传》书评，虽很粗浅，中间竟有相当切至的言辞，很不容易了，我无苛求之心，且拙著从来国内是无人肯予“齿牙之惠”的，王君首创，也是知音之感，我从不讳言实情。因此略为润色（他文字水平实在很不行），一点原意也不敢改动的。但由我寄投刊物，毕竟不太便，故拟烦请你给考虑一个合宜版面，美言几句，或许能刊出，也是君子乐于成人之美的事。

江慰庐来信求序，我也无法不应。此人助靖，人品似不甚高。

丰润发现了曹氏坟中墓志墓碑（已为“砖厂取土”破坏得很惨了）。匆匆。

周汝昌 〔94〕7.9

---

1 指平湖红学会汪志伟。

205

严中同志：

我刚发一信，即接你来札（附《周末》报），因再写几句。你对毛批《红楼》十分注意，并分析了所用版本不会是“54”的。很对。此批本当然重要，不过我也向你提供另一“内情”，即影印戚本的那一次指令是由江青下达的，当时在编辑部见有几页秘件是戚本的零叶，是第五回曲文等处书眉上各批有“人名”（即那支曲是暗写谁的，如凤姐、巧姐、妙玉等等），其字极似毛体，尔时都以为即主席手迹，十分珍视，但后来有人说这实为江青之注语，她素仿毛字，仿得相当像，故易误认也。这情况供你参考，因为所传毛批本有无可能也是江批本，似可研究（当然我未见原书，只是揣想）。

我怀疑毛泽东文笔与书写习性似乎不会那么琐细繁文，他应是简切、点到为止的文风才对，若真毛批，又是怎么能到别人手里而传于人世？也似很“玄”的事。江青自称“半个红学家”，虽为人执为话柄，但她确受毛泽东影响对《红楼》下过些功夫，这却不假也，不应因人废言，一概骂倒。

《学刊》影印了牟君发现的“雪芹校字”，见其笔划一般粗细、全无转折锋锻之法，不像乾隆人的字（太像现时“硬笔书”），且在祖父藏书上不恭书己名（孙霑）而写“雪芹”，此何礼耶！“校”又只举了一条，而且也不符古校书语例。我对它的可靠性还不敢一下子就接受（此私下与你讲，暂不多话）。

8日去参加蔡义江校本《红楼》的座谈会，也设“主席台”，由冯、李二公[1]高踞座上（让我去，我坚谢了，坐在最末席），李公发言作风好（说“文物”“世系”不懂，不参加……），冯大骂杨向奎，（连“80岁”都入了讲！）骂丰润说，还骂“新闻界”（大有下令禁止宣传之“口势”）。试问这与人家版本何涉？在民革中央大庭广众下如此猖狂，到处发“官”火，一派霸气。我与杨老观点不一致，但深为杨老抱义愤之情。

周汝昌 94.7.9

---

1 指冯其庸、李希凡。

206

严中学友：

欣接27日函（前信亦见），附报已细读。其实此题曾入目，没想到内容会与红学有关，故未肯费目也。今读了也很有意思，不知其事在何年？毓文中学又在何处？如能考出，望示。

金日成问的作品与作者身世关系很见思力，而尚先生[1]却以“世界观”之模式套头了事，真是可叹！我对此老的印象，是个机械的死模子式的“左”派阶级斗争论者，很典型。他在50—60年代“评红”潮中是个主将，影响很大，这就使得金日成对“红”的认识也就那般如彼定型了。想起来，当老师不是造就人材就是误人子弟，可供深思。世上一切事怕简单化。

路工的书[2]，你的新想法也有思致，但我与路先生了无来往，冒然出面，实在突兀，惹人注目，不如由你试探，由第三者建议，看他反响如何，这样最好。他若不愿，表明冒昧不利；若表示愿与我就此晤谈，方可具体约商。我觉书已要印行，他未必愿意有人再写文——除非我目验是真，给以肯定，否则他更不肯让我“说三道四”了。请你考虑熟计如何。

路先生的收藏“空空道人”字幅给了吴恩裕，新睿亲王题《石头记》诗手迹又给了胡小伟（我向胡求一复本皆不可得）。路先生绝不与我有只字“通气”，内中当有缘故（你知道流言谤语把我说成一个什么什么人，你若不与我深交，只闻“舆论”，一定也很“怕”我这个“坏人”，不屑一睬的。此乃“积四十年之经验”所获“心得”，故对与人交游十分畏缩，有“反常心态”，亦可叹也。不与知交，焉肯及此？望鉴。你探探再看如何吧。专复，颂

安好！

周拜 94.7.30

---

1 指金日成在东北毓文中学读书时的老师尚钺。

2 指《毛泽东批注红楼梦》。

207

严中学友：

昨收来信并旧报复印，甚喜。

你著作得奖[1]，我也很高兴，江苏还是好，我们这儿一辈子也别想得个“奖”字。我贡献不多，不过作了个序，屡承齿及，令我生愧。（当然我作了很多序，有的出书后还有封谢函，有的前言、后记一字不及序事，书出后寄到一本，里面连个纸条儿，扉页连个签题也无！人情厚薄，相差天壤，就看出他的“心田”何似了。）

你打算致函于毛家湾吴晓梅女士[2]，我看不妨，有可能得些情况。毛主席谈《红》之事，是个重要题目，应该好好研索一番，留个较为可靠的记录和初步理解评述。（也捎带了解《新证》对他的“影响”，因不少人说是关系密切，86年哈尔滨红会会下有不少人提出“毛之论《红》观点皆是周派”。我当然岂敢这么想，这么讲？但也可探讨一下。）你如致函吴女士，可否代我拜求一事：70年代初郭沫若《李白与杜甫》出后，（我极反对它，一段重要内幕日后写与你！）我见他考证李白出生地“碎叶”，错谬太多，费了一年多工夫，写成《碎叶考》。因当时传说毛主席对此重视，我托人递交与中央“毛办”收件处。此《考》很重要，我无副本，希望吴女士能否设法查查，“毛办”遗物中有无此稿？我多年一直想念它，因所耗精力大，收获不小。

山东会，我未收“请柬”，我打算专函退出那个“学会”。你意以为如何？盼一谈论。

秋好！

周汝昌 甲戌中元节后〔94.8.22〕

---

1 指严中《红楼丛话》获江苏省社科三等奖、南京市社科二等奖事。

2 时为中央文献研究室编辑。

208

严中同志：

寄上“材料”三页（双面）供运用。你若有条件，请复印一份给伦苓存底。其余的，空了我再写，不写没人知道了，将冤沉海底，我只能“遗臭万年”了。

旧年一稿《金陵女子红楼夜月词》，拟同寄，烦转《扬子晚报》陆同志，可是找不见了，只好俟日后寻出再寄，可先代致意。

京津皆不断有拙文，请留意报纸。匆匆，预颂

中秋节吉！

友周汝昌 94.9.13

莱红会[1]你得消息，望示大略。

一些补充，供参考。

“曹学”贬词

1980年6月，美国召开首次国际《红楼梦》研讨会上，一次周在主席台上发言，提到了此点，说：“雪芹是中国最伟大的小说家，特异天才思想家、艺术家，我是他的虔诚崇拜者。有人说，我已不是‘红学’学者，而是‘曹学’者，我对此感到光荣！”此时台下余英时临时起来特别“反应”，说：“‘曹学’是我提出的，我用此词没有轻视之意。治红学，应该做到‘内圣外王’！”——此语指我发言中戏以佛门有内学、外学之说，姑以“红学”为内学，“曹学”为外学吧……余是接我这个话头。（注意：实际上，我那是戏言，从真际讲，曹学才是真正的内学！）（附另条。）

胡复高阳

泰国红学家张硕人公开发言指出，高阳专从周偷学问，却专门以骂周为“能事”。此点最有眼光。他与胡之信[2]，是想勾引胡“恨骂”于我，不想胡并没有全依他的设计，“有许多可批评之处”云云，是针对高阳说的——这

1 指在山东莱阳召开的全国《红楼梦》研讨会。

2 指高阳与胡适的信。

一点请加括弧或小注，不然读者不明。

“材料丰富”

在胡《考》[1]后，在美国英译《红楼》的王际真评为“搜尽了材料”。同在美国著《新探》的赵冈，才对《新证》[2]评为“所运用的基本资料，几乎是他一手发掘的”（大意）（此书已有大陆版）。（“在1953年以前，它是最丰富的，以后的发现，皆较零碎。”）

但只评为“材料尚称丰富”，是某些人的诡计，用意是贬低它的其他方面的特色（实际触及了大量的根本性问题，启端了很多条研究线路法门，开辟了前景的很多端绪……而贬低者是从不提一字的）。所以希望你能点醒一句，而不要上了他们的当。

“其他传记，无与伦比”

不知何指。台湾高阳、大陆端木，都是文学小说，并非学术著作，不可混。

《新传》性质不同于前二次，仅用“改写”二字，觉略感简单了——因为文章重点是“曹学”，《新传》包括的是新的研究与理解。

“己卯……实乃很晚的脂评本”

语义欠明。己卯、庚辰，对甲戌而言，当然“很晚”，如何是我的“论点”？应说：皆（是）晚出的，内含他手改动字句的，非尽可据之本。

其他

你总结一系列贯穿的论点诸条，文字过简，似可微微增上几句。

如“自传说”条，可增“即不是影射皇家政局、大臣和私家内幕等等看法”（大意）。

如“己卯……本”条，可增“深研版本的真伪流变，窥探雪芹创作历程的各种情况”。

如“情榜、108钗……”，应增“108是中华文化上象征‘最多’的传统数字，得思于《水浒》，意在写众多妇女人才的不幸命运，即‘千红一哭，

---

1 指胡适的《红楼梦考证》。

2 指周汝昌的《红楼梦新证》。

万艳同悲’的大象征，而非一男一女的爱情‘小悲剧’……”

以此类推，这样，你就将“精神”点出来了。否则，罗列的诸条观点，又碎又“怪”，正给人以“繁琐考证”的印象，又“无法接受”。

罗列之后，应“总”上那么一小段，略言：“以上种种，拱卫着一个总的精神主旨，即‘斥伪还本’（鲁迅语）四大字，务期探究雪芹的真文字、真艺术、真思想、真境界……真正伟大之所在。”

这样，文章的品位就高了一个层次。

你的文章简明，又不能拉长，故我所述，只供参考，并非要你大量增补，可酌情而行。

很匆匆，望谅草率。

（补）

《新证》53年9月至12月连三次赶印，书店门口排队，脱销……海外评云：“一部四十万言的笨重学术书，如此短时内三版，积数一万七千册，国际出版史罕见。”

（补）

如叙大观园原型“是恭王府”，应云：“是恭王府的前身，清初的某王府，隐有重大的历史政治内情，与曹家有某种关联。”

必如此，你才会让读者了解我这个“考证派”都是在“搞什么名堂”！

一笑！

汝昌 94.9.13当日复

209

严中学友：

刚寄去一个“材料”（挂号），即接文稿。我看了，感谢你又为我“吹嘘”。文虽不多，但带很强的“总结”性，大可纠正一些流行的什么“辞典”，所以重要。我附上三纸，供你运用。不但这次有用，以后写别的也会有些用处。此乃“临文不讳”，谅不哂。匆颂中秋佳胜！

友周汝昌 94.9.13灯下

210

严中学友：

24日来札（十、一）方收见，以前的信也未失，是我太忙乱，忘记叙明一句。

向李公投诉，估计实际效应不会有，官家的事，也不像百姓想的那样（况且真是万言难尽说清，也无此精力了）。我不想求官，只想求民！方才的来信就使我增加此感。“民”中就有你这样的侠义之士。你又图什么？确是眼见他们欺负人太厉害了，心有义愤，要求公道而已。心里抱此感愤之人原不少，但都是“私下”议论，最多见于投函中，至于“站出来”说几句话的，那真是凤之毛、麟之角了！我焉能无叹慨之情？人（我）不为名，却要为“知”——知音、知己，我虽也忝获一点“知名度”，但真“知”者也实在有限，故览此来函，良深感谢。（寄还之文，写得有些头重脚轻，真到正题上，却草草收束了，没有“展开”和正式点睛，显因事冗速成所致也。）

若要写此新题，那我无法“自谦”，只好不避嫌疑，向你提议几个要点了。我简列于另纸，以供采酌。并颂

节祺！

周汝昌 94.10.1午刻草

依来札之拟题，分三项略供线索：

（一）诗人——此有二义：一、作诗的人，二、秉赋气质、情感……不同于一般世俗市井的人。在昔时，凡读书人必须学作诗，故会作诗的极普遍——却非真诗人。故我名贾宝玉为“诗人型”之最佳代表，心窃慕之，崇拜之。我之研《红》，中心点在此。（梁归智是唯一识此义者，故他谓我慕雪芹、论雪芹者，以其气质上有相通之处。虽我当不起此语，却也有助于理解我这一方面的特点个性。）

其次才是作诗写诗。特点：一是极快，二是极多。快，是短的随口成章，立时信笔落纸；长的也不过几分钟即成，极个别的才有“修改润色”，一般是一写即定。因此，基本上无所谓“底草”，随写随寄与人，只此一份。也因此，诗、词、曲，数量惊人，而大都散佚亡失。加上另一“特点”——作得快，忘得也快！过不几时，悉不能记忆了。另一特点——不拘什么怪题，我都“有词儿”，故有极难得的可存之作。

再一特点：平生咏及《红》、芹者特多，且无一重复雷同的句意，故有誉为不但才思敏捷，而且意蕴不穷。

现时不止一位关心者，要代为收集拙诗词以谋印行，可是我始终顾不上此事，因为搜集太难了。

作为“诗人”的第三方面：除了自作，致力最多的是研究中华诗的特质与古代诗论，故英译《文赋》《二十四诗品》，及其他论文。其次，我对笺注有表现，如白居易、范成大、杨万里三家诗注，海外评价甚高。[举例：香港中文大学牟润孙老教授，读了《杨集选注》，对人说：“注诗讲诗如不像人家这样子，就等于误人子弟！”此当有淑之言也。普林斯顿大学高友工教授（台湾人，英文精极！）见了我，不提别的，先提我注杨诗……（他也是研红者。）还有哥伦比亚大学夏志清教授的博士研究生唐先生撰文说，除了钱锺书的《宋诗选》，他最佩服的就是《杨注》了，别人没法比！另有一美国人据此注写了一本杨万里研究……]

再一点，即“鉴赏”。唐诗宋词鉴赏辞典出后，来函见访的，皆赞我写的与别人不同，非常“得味”，绝异于一般“八股调”……至于在诗词交往上，前辈无不引为忘年交，特为爱重，如张伯驹、缪钺、夏承焘、钱锺书、吴宓……（四川名家我都记不清了。）钱先生[1]见我以离骚体译的英名诗篇雪莱《西风颂》，非常称赏，至云：“北来得见此才，为不虚矣！”（大意不一定字字原文了，但差不太多。）其他与诸名家之倡和，更难备述。

（二）书家——我对书学下的功夫最多，恐不次于红学或诗学。也是

1 指钱锺书。

有特别推许的评家。有专著，有论文，专究中华书道的精义。如考辨《兰亭序》之诸多方面及其价值，驳斥“《兰亭》伪造论”，名家如徐邦达、商承祚……皆极折服。

（三）学者——除了红、曹二学多为人知，其余知者甚少。下功夫的是古文学（考石鼓文等）、唐宋诗词语言、明清小说语言……民俗学、京剧、北方曲艺……皆有文论，所作各种序跋数量也很可观，皆是论学的内容。

论《文心雕龙》的也是重点之一，大抵考辨澄清历史沿讹的一些俗说误解。山西出的《诗词曲赋鉴赏辞典》的序，受到赞扬，故《三李……辞典》也来求序……

我之论学文，特点是不作“学究”“学院”派头架子，力反沉闷、枯燥、平庸、乏味，而以“散文”“随笔”的风调来寓以学术的内容。阅者皆言：如行云流水，情味盎然，论学之文而能写到这样的实为罕有……这种反响也很多。

“总”一句：我耳目未坏时，吹拉弹唱，无所不习，以至粉墨登场都干过。我不是一个“老古板”“老学究”的“考证派”。极少几个知己称之为“才子”，我也不敢当，但多少点出了我的一个“特色”。

周记 94.10.1下午

211

严中学友：

刻下又接你寄《金陵晚报》，方又念及我很久未能写信去了。来信应皆收到，可是你说的见《人报》[1]我评介蔡注本之文，后来的信，却已说不清是否收到（汇钱因伦苓管收，必已收到）。我无别故，只是忙上加忙。老伴这回也很“来势”不轻，但把家人累个够呛，医药费花过千元后，她也就好了，请释念。

1 指《人民日报》。

西安的发现，自然令人瞩目，但我疑心是从《红楼》《续红楼》（之类）书中摘集的，并非真的雪芹当日的真诗集。我自然极愿其中有真佚诗，但又不敢抱大的奢望。

湖北“醉翁”[1]又纠集“百余名”呼喊“打假”了，洵为妙极！

我忙的是两个稿子：一本《红楼艺术》，人文社要的，即将发排；一本是《红楼梦的真故事》（暂名），讲80回后若干大节目（不是小说续书），给了华艺社，但还正在撰写中间，拟一月份交。日前到昌平县中国政法大学去讲了一回，反响很不错。关心《红》、曹学的青年大有人在，觉得可喜。

你有论文稿，可给河北省曹雪芹研究会一篇，他们也编论文集（不称“会刊”“学报”），地址石家庄河北社科院。

我在《太原日报》发的《探佚与打假》长文，你见了吗？（前后有梁归智[2]、刘心武等长文。）很是代表这方面的动态，你可觅阅，或找太原要报纸（“双塔”副刊）。

我如去信少，勿念，只是忙乱而已。

祝福！

周汝昌 94.12.6

212

严中学友：

今日收到惠寄挂历，甚谢！我在忙乱中已到94岁末了，也顾不上贺新，望谅。

今寄去一稿，请转与沪《文汇读书周报》周忠麟同志（200002　虎丘路50号）。如愿留底，你可复印了给他，手稿你存。这样如他不登，你就给《扬子晚报》。

西北发现的“佚诗”，已见，毫无价值可言。我好，请勿念。向你贺

1　指湖北大学张国光教授。

2　时在山西大学任教。

新年

全家好！

周汝昌 94.12.31

（背面有字）

如你有沪印《〈红楼梦〉之谜》一书，可代核朱淡文[1]之文，是“庚未”吗？我写了此文，望转告宋谋瑒同志，我无法都回信了。

又，元旦我方得讯息，中央台不久将播专题片《丰润曹与红楼梦》，50分钟一集完（另有上下集全本，在唐山市、河北省二台年底已播出了），请你注意收看。

又闻有人已得内幕真情，冯对“五庆”谱等等“考证”全是歪曲欺世，原谱藏主曹先生已揭露其事，曹认为“五庆”本来也即是铁岭来的，而冯反颠倒了是非。目下不可轻传，片子放映后我再详细函叙。

〔95〕元月二日

213

严中同志：

信皆到，今上午亲走发一函，内系一稿，烦转与《扬子晚报》（编）者，因未能挂号，收到否请来一简。（刚发了信即收你二函。）所寄书尚未收见。你已代通知周君，甚好——将“庚未”改成“庚辰”后，再将以下几句（“五行内无‘庚未’，不知是否笔误”等语）都删去，就行了。

你胆病痊后还须注意，我与老伴亦皆患此，老伴上次重犯者即此症也。我忙甚，匆匆，余容再叙。

周汝昌　乙亥正月初二〔95.2.1〕

1　时任职于上海师范大学文学研究所。

214

严中同志：

信文复印件、报纸一份，先后皆收到无失。文皆笔力饱满，内容翔实清爽，洵是擅场。《与曹学》阅之尤触衷怀，虽感惭愧，但你原为针对某人某文而作，故只有“文场如战场”，不能只让书生客套了。叹叹！治红50年，朋友不少，也没一个肯这么“出面讲几句”的，岂不慨耶！

年后小恙，今勉题三字，请转交。望你勿过劳。

周拜 上元节〔95.2.14〕

215

已将投寄写好之信，便又收到大册的《南京大观》，十分高兴。外装壮丽，内容丰富，我小恙中（已多日不写作）正好卧游金陵也。谢谢！

所配改琦绘不理想：①太常见了。②所选黛玉，与南京无密切关系。③还不如选万寿禅寺等实景给人更新的观感。

《曹学》文中“索隐”误为“索引”，亦未校出，这太不应该了。

周汝昌疾书 乙亥上元次日〔95.2.15〕

216

严中学友：

所寄《读书》已见。我已写一文答李克非（不同意他的揣测），但虑《读书》那儿刚有我一稿去了，恐难容纳，等我寄与你，你看后用电话与该报联系一下，如他们有为难口气，则请你考虑代付他报亦可。文很短，千数百字而已也。匆匆，问

好！

（已去一信）

周汝昌 乙亥正廿〔95.2.19〕

如有较急赶时间的事请致长途电话：501·5522—2173。（原分机"173"须口讲，现加拨一个"2"字，即不必口讲了。）

另纸烦转宋君[1]，我患足疾，耽误积压事太多，故请你分神。谢谢！

217

严中同志：

来信皆已诵悉。

《金陵红楼女》是特为重写的（旧稿觅之未得），不知何以如此迟出，难道这种小文还不合用吗？不免纳闷。

中央电视台于14日夜11点过，将播出《〈红楼梦〉与丰润曹》，请勿忘收看。内中有"五庆谱"藏者曹仪简先生谈话，尤为意外之奇闻！盖"二马"的大著中借了曹先生的名义，硬说山东定陶有谱，"证明"了雪芹上世由江西迁定陶，由定陶直迁辽东，与丰润无涉。今知曹的真情与此假托之言正相反。曹云，并无定陶谱之说，只是一个极简单的单子，而其大姊都曾藏有一个册子，内中记的全是铁岭祖辈的各人祭日，所以知道自己这曹氏原是铁岭一系之后。曹先生并言，"二马"将"五庆谱"找出版社影印了卖钱，连他一个招呼也不曾打，气得要和他打官司。你听听这种新闻，可骇不可骇？！而这种学术骗子却名利双收，身居要位，称霸当世。中央台拍片，也曾请他入镜头，他大怒说："你们要拍，须照我的路子拍！不然，中央台长是我的学生，你们拍了也休想能放！"此事经过，一直保密，怕真有破坏。现已正式播放，故此不妨写与你听了。可叹！可悲！

周汝昌　乙亥二月初九夜政协大会中草草〔95.3.9〕

1　指宋谋瑒。

218

严中学友：

我在宾馆发了一信（专为中央台播“丰润曹”之事），及回家休息即接你又一来札。拙文不甚精，篇篇累你手抄，这太劳人了，你本来工作就重，以后千万别为此过累，注意身体。

丰润寄书，原是我提醒的。这书疏失（错字、断句……）也有，但大体有可取了，况且他们于这个缺少经验，这已付出极大努力了。希望你用一点时间为之做一下宣传。又，我三月接到美国传记研究院（American Biography Institute）负责人（J.M.Evans）的约请函件，将把我列入25年来500名对世界有突出贡献（业绩）的“具有影响的领头人物”（Leaders of Influence），而收入他们将于96年初出版的新版传记集（即俗称之“名人传”）。据云评选甚严，约请是特限的（Exclusive Invitation）。窃念我平生没有“官运”，也“不慕荣利”，挨骂受攻比“荣誉”多一千倍，故本无虚荣之心——况已近八旬之人了，但又思有人正在百般“算计”我，我不屑与之争（听你的话，不理那一套，做自己的学问），今既然“荣誉”送上头来，未尝不可以借此令他们嫉妒嫉妒。因此也想请你将此写一“消息”，适当方式地披露一下，不知你意如何？（也不必勉强，我不过闲叙解闷。）忙极了！祝好！

老友周 1995.3.14

我在《今晚报》上发了《〈红楼梦〉真故事》，不知你已见否？《光明报》辟随笔版也发了拙文，还引起相当反响，多加赞奖，也引来索稿者。

又及

219

严中学友：

已发去函札了。14日深夜中央台的《〈红〉与丰润曹》收看了吗？这是压缩的结果，原来两集，内中有你的镜头。

其领导要再精炼，因此南京关系与主题略远一点儿，就给“压”掉了。还有如曹氏后人讲曾以大价卖掉钞本《石头记》之事也删了，详情可阅《祖籍》新书。

最近得知大诗家施愚山与丰润曹关系极为深切，多有唱和。你看了片子，观感如何？盼一叙。

近好！

周汝昌 1995.3.16

220

严中同志：

所示短文很重要，可惜你这种淡色圆珠笔，是我最“怕”的——已映不到病目的网膜上，看时异常吃力而不清。我相信你是严密确凿的，不会有误。

你是否注意到我在《新民晚报》发过一文，论“遗腹子”，内引《易·系辞十二》：“……顺者，助也，自天佑之……”这才是“天佑”出处，而那原是曹顺的表字，故曹天佑即曹顺，而《五庆》是乱安排的——《八旗通谱》是按官职而列，并不暗示谁是谁的长次父子兄弟的辈份。

“天佑”与“顺”是一典，岂有侄儿取名竟犯伯父名讳典故意义之礼？是以我认为曹天佑根本不是“颙生”，更谈不上什么“遗腹”。

因连带忆及，说与你思考参证，并示意见。

匆匆不尽。

近好！

周汝昌 1995.3.24

建临已买了录相带，待办。

曹霑·曹天佑·《信南山》（严中据周汝昌提示作）

朱淡文先生的《红楼梦论源》（江苏古籍出版社1992年第1版）“第二编

第一章曹雪芹”中云：“曹雪芹，名霑，又名天祐，字号梦阮、芹圃、芹溪居士等。康熙五十四年夏（1715）生于江宁，生父曹颙，生母马氏，乃曹颙之遗腹子。”

朱淡文先生说上述结论“是根据现有文献资料所做的推论”而得出的。这些文献资料主要有：

一、《五庆堂辽东曹氏宗谱》载明：“十二世，天佑，颙子，官州同。”又《八旗满洲氏族通谱》卷七十四在“曹锡远”条下也有“曹天佑，现任州同”的记载，说明曹颙有子名“天佑”。

二、康熙五十四年三月初七日曹頫奏折中云：“奴才之嫂马氏（指曹颙遗孀），因现怀孕已及七月，恐长途劳顿，未得北上奔丧。将来倘幸而生男，则奴才之兄嗣有在矣。”可知当时曹颙并无男嗣，而马氏之遗腹子必为曹天佑无疑。

至于曹天佑为曹雪芹之说，朱淡文先生的主要论据是，曹雪芹名“霑”，而“霑”字之命名，据周汝昌先生考证，出自《诗·小雅·信南山》“益之以霢霂，既优既渥，既霑既足”中的“霑”字。于是，朱淡文进一步推断，“霑”与“天祐（佑）”有典籍联系。理由是同是在《诗·小雅·信南山》中还有“曾孙寿考，受天之祐”一句，其中嵌有“天祐”二字。因此，曹家为马氏遗腹子“取名‘霑’，字‘天祐’，一以感激康熙帝命曹頫袭职保全曹寅一家之‘浩荡皇恩’，二以报谢上天赐予男嗣之福佑，三以祝颂此子未来富贵寿考有如周成王——多年以后曹雪芹以曹頫为主要原型虚构小说人物贾政，字之以‘存周’，亦可能即于此联想取义。且曹家男子命名表示均出自儒家经典，如曹寅字子清，出自《尚书·舜典》：‘夙夜惟寅，直哉惟清。’曹颙字孚若，出于《易经·观卦》：‘盥而不荐，有孚颙若。’故曹霑字天祐出自《诗经》很为合理”。

朱淡文先生还说，她所引的《诗经》为明代国子监本，曹寅的《楝亭书目》卷一“经”部有此本。然就我目今能见到的《诗经》诸本都没有“曾孙寿考，受天之祐”，而只有“曾孙寿考，受天之祜”。

我还查了《康熙字典》（上海书店1985年12月版）第933页，在“祜”

字下注云："《诗·小雅》：'受天之祜。'"又查《辞海》，亦作："《诗·小雅·信南山》：'受天之祜。'"而两典在"祐（佑）"字下均无和《信南山》有关的注。

我认为，"祜"与"祐（佑）"不能通用，"受天之祜"应释为受天的赐福，而"受天之祐"则应释为受天的保佑。如此，则朱淡文先生的所谓"曹雪芹，名霑，又名天祐"中的"天祐"二字是出自《诗·小雅·信南山》之说是毫无根据的。因而，她所得出的"曹雪芹即曹天佑"的结论也是靠不住的。

221

严中学友：

3月20日、29日两函于今午同时收到。

所附报亦均得览。《扬子》刊拙文甚喜，因得主编陆先生[1]手札后，我未贡一稿，心有未安也。

打官司一案亦不蒙见示，我亦无从得知。欧阳君[2]之论点，我强烈反对，但不应因此谩骂，此意与友函中早曾及之。湖北[3]之作风殊可恶，也该煞煞歪邪之气了，不然还会狂妄。

对"信南山"一案望你好好探究，此不但是解决"遗腹子"问题，还有深层意义。王利器之说你务要小心，勿上他的当，此人的学问有时很荒唐。（如《水浒全传》的校勘是一塌糊涂，全不可据，成为出版社内部一大案，传为奇闻。四人帮"批《水浒》"时急抓《水浒》用，结果抓了《全传》后，竟发现全不能用，可觇一斑。）

我眼太坏了，一时也找不着《诗经》。"祜""祐"纠纷，须由诗句的韵脚判定。如"祐"无法协韵，即证明它是讹字。你将此篇所有韵脚字列

1 指《扬子晚报》副刊主编陆华。

2 指"程先脂后"说的主张者欧阳健。

3 指湖北大学教授张国光。

出，查明韵书。“明监本”照样有错字，焉能“单文孤证”？

“花魂”是正，因黛玉《葬花吟》已用“花魂”，且她生于二月十二花朝，本人象征花魂也（“花”“鹤”成为对仗，“诗”“鹤”则不成对）。盖庚辰本误抄为“死魂”，“死”乃“花”的形讹，其后某人见“死”不成话，遂想象“死”“诗”音混致讹，遂臆改“诗魂”耳。

《文汇读书》未寄报来，请分神向它索要。闻29日二马操纵了一场“会”，施压力令中央台另拍“辽阳说”之片，会上清一色是辽派，一个丰派人也不请——这叫“学术”！我同意你，将曹渊放进片去是授人以柄，自居不利之地。我多次向丰邑进言，甚至可能惹杨老不愉快。事情之难如此，局外人焉能想象乎？祝

好！

周汝昌 95.4.1

程先生[1]只治诗学，所以认那个“诗”字，已在料中。盖不治红学者往往不知雪芹另有很多艺术的联系与暗示。比如“花魂”乃黛玉之自谶也，《葬花吟》已用之，正相呼应也。若“诗魂”，则谁乎？几次大社集竞诗，湘云、宝琴，皆为俊杰主角，然而“诗魂”在此，是“葬”者何人耶？且“诗”亦与“鹤”不成对仗。又及。

1　指南京大学教授程千帆。严中曾于1995年3月19日就“诗魂”“花魂”孰是致书向他请教，赐复云：“文籍（特别是古代文籍）有异文时，应加以校勘，定其是非，有底本的是非，有义理的是非。目前《红楼梦》手稿已不可见，抄本流传也难尽知其系统和先后，所以用底本判断‘诗魂’与‘花魂’孰为（或近于）曹氏原稿已不大可能。现在只有用讲道理（即辨义理）的方法代替举证据，看问题是否可以解决。照我看很难，因为文艺欣赏很难一致，只能‘各尊所闻’（扬雄《法言》的话），也就是公说公有理，婆说婆有理，常常谁也说不服谁。这种问题，以往是混战一场，鸣金收兵。所以我是主张自己参详，自己体味而无须发为文章强人以从己的。我觉得‘诗魂’好，但仍尊重先生主张‘花魂’之说。”

222

严中同志：

信（附宋稿）收悉。你查明了所谓“明监本”实况，极好，可以为文一论，以正视听。

我上次说谨防受他之骗，如不身经，或许还会以为我是“个人恩怨”之言，你今抓住他一个“鬼”，知道了，相信了——其实举不胜举，我无此精力，正事还要做呢！

这种以“版本专家”吓人欺世者，也是“大学者”了，岂不可悲！

又接到《红楼》一期，见梅女士所发之文，颇不存学术道德准则，对伤人之词句也不管，很不客气。

近来有一本书很好，《亵渎的鲁迅》，专收所有辱骂迅翁的恶文，阅者方知迅翁并不“尖锐”，比起来倒对之很客气了！世上真相靠人来揭。我年近八旬了，拜托你可从事一项工作：搜集所有攻击、诬蔑、谩骂我（包括不点名“打黑枪”的）的文字，编起来，反映一下“学术现状”。没人印，你将来写《周××传》时可作“附录”，务必印在卷后。我不知为了谁，为了什么，而苦战了五十年，却惹人家要“除掉”我了！你是正义人士，我只指望你为我剖白一二（还有很多事一时无力写与你）。

想着向《文汇读书》为我索报。谢谢。

匆匆不尽。

近好！

周汝昌 1995.4.11

223

严中学友：

今午接到你寄剪报《……名人录》，这太好了。这种事我也早有所闻，但未细究，所以当时小小“热衷”了一下，随后悟及要加小心，故只回了一封空信，没寄钱——所以也必无下文了，此亦“谈资”也。听说出点钱就能成“名人”的。近日又有人要介绍入“剑桥”的“录”，则我也闹不清“剑桥”是真假李逵了！随它去吧。

日昨宋谋瑒同志也寄来了文稿，钞写工整，但细淡圆珠笔拙目已难阅，且此题总炒陈饭，实无大兴趣，我上次是请他写“雪芹小照”（因《文汇读书》上有人发文涉此），他也许误会为让他写“卒年”了。我现在对此毫无兴趣，他同意梅挺秀[1]的论点之言，我亦曾与之论过的，不能同意，但无须再重复了，白费精神。（他非说“壬午除夕”是脂批的“纪年”，属“上一条”之尾，不与下连云云，其实不能成立，原钞款式甚清。）宋先生认真不倦之精神可佩，但从不接受他人的辩谏，人各有脾性，不足怪也。

欧阳告湖北，却可在南京起诉，这些规矩我一点不懂，比如我若告湖北，也可在京吗？

此札无事，聊作闲叙。

时绥！

周汝昌书 95.4.20

224

严中学友：

两信均见，备悉一切。因特忙（每天来要文要序……的），迟复了。你到了新岗位，也可完成你平生一桩心愿，甚好。

南京的事，你善自为之，不必多考虑我。我尽我的心，至于与南京有无缘份，不是由“天”，而是由那些人把持安排，就由它去了，我无所计较。（当然，今后我应避免多口多舌，以免给人家添上麻烦或顾虑，这点也须你心中有数了，不再多及。）

至于论学术史，是谁考出曹家与南京的那么多联系（文化内涵）？别人

1 指香港红学家梅节。

谁对南京有什么真贡献？让他们请多扪心自问去好了。将来会有人公论的，我也不去分证。

梅玫这次出的《红楼》，很多人看了反感甚大，给人的印象极恶劣。她大概也忘了历史——此刊的创始与我首先特为题词数首的经过了？此刊为何特邀胡文彬为编委，胡君为何怀念张毕来……她都不明白？可能她还以为她在“贯彻双百”吧？其所刊之文还不如“大字报”了，可悲！此人头脑（精神）恐有了毛病。

你一时不必管这些，专心干事业吧，我不过闲叙解闷。

胡文彬对我自始很好，我回顾一下，也绝无对不住他的任何大小事情（也为他出力多次），我们的关系应属正常。他“肚里”装的“内幕”比谁都多，都清楚——所以你应留心向他拜询有关史实与某人的“真相”。

纪念馆一筹办，“红城”当然就“自然消失”了，恐怕顾书记的信函也就成为历史文献了，咱二人留那做个纪念品可也。

新夏百益！

友周汝昌 95.5.8

225

严中学友：

才又接挂函，一切均悉。

你未接信，可能有些多想了——实际什么“原因”也没有，只是一个忙字，简直事情太多太集中了！恐怕近期是做了几十万字的工作，各种文章的校样都来了，等着要。要文要字的信，天天来新的，已难应付。（在“红”字上受攻击，在别界还能“吃香”，一笑！）我已76岁，忙得确实觉累了，信少多谅，勿多虑。你的好意我不会错领，别人的攻击也不会使我“垮台”，你放心好了，我不会拿鸦噪当凤鸣那么重视。

陆华的字，我一定写，但须等不忙，有了兴致。你先转达。

另，《金陵红楼女》拙文引来了一个有意思的反响，溧水诗家常枫特为此作了一篇文章（引起了他的幽思），我也忙得回不了信（此事陆华必知，因敝址必系陆君提供的），今拜托你先代我致意，说明原因，以免失礼。

陈常枫　南京溧水县中学转交　211200

最近的《文学遗产》《胡适研究丛刊》（一辑），都有拙文。下月《北大学报》将有一篇长文。但不知你能觅见否？祝你事业顺利如愿！

周汝昌匆匆 95.6.16

226

严中同志：

南京热了吧，我今夏亦较素昔畏热殊甚，不能照常工作了，小息数日，这是历年未有的。

陆华之字幅，今寄去，请转交。

张之、张燮南来信皆提到你送他们的书，皆有喜意。

李景柱"承认"之说似不确（讹传）。昨建临言，曾传张家湾"开发"由杨乃济"设计"，并给二马一块地建"别墅"云。但不同之人皆言史树青私下已明言"墓石是假的"了（因其子女皆反对他前者之言，其子力主是假造），大约他自己也有点"醒觉"了。这事极有关系，应以不伤害同志的方式将这实况揭明，令世人知道（他说"真"影响很大），对此事我也将继续揭露。（又有人言胡小伟亦云王利器说石是假的。）挥汗匆匆，问好

周拜 95.7.9

227

严中学友：

已接来信。知建馆筹划顺利，这是大好事。题字事，只要你能主张而不致题了反被人反对，当然可题——是为了雪芹与我们的友谊，而不是为了他们。

8月你来京征字画，正此地最热，恐不利，似不如往后推一些，等新秋风爽最好了。如石家庄、丰润的“祖籍”会（地点怀柔，京西北），定在新秋，你来，更是一举两得了。3月14夜定在电视片播出，抚顺的曹仲飞家眷看了，激动异常，特于3月28日专程到唐山看望94岁的曹佐华，说仲飞遗著已毁于“文革”，但尚存日记，还有诗句。此事饶有意味。

他们是母子二人到唐的，解放后已由铁岭迁居抚顺，特报你知。

你与宗、李[1]去信皆无复，李处不足怪，宗不复却无礼，疑此人过于“滑”或“世故”了，不敢讲真理。你给李写信有何用！？他岂敢再留“纸墨”？你为何不以纪念馆公函名义致通县的县委？你认为此乃大事，极是，大到“有关国体”呀，人家海外岂不抓住说成是大陆的“文化丑闻”！？我们的该管部门却漠然无动于衷，真可令人三叹息！此事我也还要追问。

听建临云，前者盛传通县还要“开发”，由杨乃济[2]“设计”，且给了二马[3]一块地给盖“别墅”作为“支持”的报答云。此事若真，我必向中央告状，到那时还望你也能支持我。真是太不像话了。倘若英国有人造莎翁的假文献，德国有造歌德的假文献，则英、德等文化知识界当如何？国家当如何？你说只“关系生卒”，还是说得太狭小了。

灯下漫草，专颂

暑绥

友周汝昌 95.7.21

说明书寄到后如无甚意见，就不再另复了。

---

1 指《北京日报》记者宗春启和“曹雪芹墓石”的“发现者”李景柱。

2 北京大观园和正定“荣国府”的设计者。

3 指冯其庸。

228

严中同志：

昨又接信，欣悉一是。我确是忙，头绪太多而乱，故难去信（又有汪志伟君信也未及复）。字幅的事，连日阴雨看不见，等晴了写写寄去。拟的论文提纲很好，最末一点对“阙焉未修”[1]作出新解尤有心思，这是可贵的创见（无论是否真符历史，实际也是值得提出的，因为大有道理，可能性不小）。

有人对“骨肉”作歪解（这本属下策之下了），你是否可以在这点上做点功夫，正面阐释此词语的本义，正义真义是不容曲解诡辩的。拙见认为这很重要，总之你文可以短小精悍，抓对方立论的弱点要害多说几句，别的废话自然不入笔下了。匆匆，遥颂

中秋节吉！

周汝昌 95.9.8

附语：

字幅[2]寄去，这是二敦诗句中唯一点出南京的证据，故书之。收到请来信——因无人跑邮局挂号，只得平寄。

中秋日〔95.9.9〕

229

严中学友：

接信甚喜。我忙得厉害，你不来信我很难“主动”，也无大事，叙几句

1 语出曹鼎望撰《曹氏重修南北合谱序》：“至辽阳一籍，阙而未修，尚属憾事。”严中认为这个“阙焉未修”的“辽阳一籍”即曹雪芹的上五世祖曹世祖至曹寅一族，这一观点后被收入严的《红楼续话》中。

2 指周汝昌给南京曹雪芹纪念馆题写的字幅，内容为敦敏诗句：“秦淮旧梦人犹在，燕市悲歌酒易醺。”

通通气。

《扬子晚报》文甚佳，替我向陆华君致意。《北京日报》两“周末”皆有文，婉而有讽，可见人心不能被一家霸去。其他报我无有，尚未见。

目下形势不利于二马一党。你未来，会上发的论文和两本书，拿不到，是一损失。（书是河北出的《曹雪芹研究》与拙著《红楼艺术》。）

你的建议“红学大观园”[1]，有识见，盖应提到学术高度了，不能只弄些“旅游俗套”，我很赞成。事在人为，望努力以赴。如北京之芹祠，也是经我提醒才悟，转了陈列“方向”，现致力搜集家世文献，这就是各有重点与特色了。“千篇一律”必归失败。

“剑桥名人录”也来了两封信，因你“浇冷水”，我的“名心”再也提不起来了，反正我又不想做“官”，当什么“长”，到处招摇“风头与噱头”。但现在有约稿写“名人回忆”丛书的，我在第一批，荣甚！倒想写写自己生平了，也不为“小我”，这也可给你提供“资料”。

胡适当年嘱友“再买几册（《新证》），以便分送友朋”，分送的谁，你能考证吗？望示。关于这次会，报道消息的“豆腐干”，仍请续寻。

他们现拍的“《红》、芹足迹”之片子，是客观的，还是又玩什么花招？拜托注意“观察”判断见示。祝冬天好！

周汝昌 95.11.11

如能分神，请代搜集张爱玲资料、文章，我要研究她（写《红》有关），谢谢！

230

严中同志：

函悉。依嘱夜灯赶草一文寄上，请酌用。

你的事我是一定支持的，但恐人微言轻，无济于事。文内年头记不清

---

1 指严中在乌龙潭公园主持筹建的纪念馆，由周题名，内含曹雪芹纪念馆和《红楼梦》博物馆。

的，请代填。

王永泉同志有信，其小说将在台出书了。顺便问问陆华同志，我若写写谈芹家世的小文，他要吗？（可分短文，分刊三四次。）

周汝昌 95.11.22

231

严中同志：

昨接来函并《扬子晚报》。今答二事：一为上次你问及出“新校本”事，胡文彬书中言是袁水拍建议，与我在《北大学报》文注中所叙不同。按此事我写信与当时的“中央”（我无从知道政治内幕等等一切）提请二事：

①张琦翔回忆儿玉达童所讲80回后完全不同之异事，请向日本方面调访；②叙明多年一直仍是“程乙”垄断，应出一较近原著之本。后经吴德同志在京市府接见我（作为上面重视拙见的答复），在座者即有袁水拍，别无第三人（中间，万里同志忽入会客室，与吴德闲话数语，他见是会客，就走了）。在此以后，方由袁偕同李希凡为主持人，召开会议，正式宣布上面指示，校印新本，但以冯[1]为“主校”，我与吴世昌、吴恩裕皆是“顾问”。会议还有人民文学出版社的杜维沫、王思宇可以作证。

再后，“四人帮”倒，调查“校勘小组”，还把我女儿（丽苓）的记录稿索去。我“给‘四人帮’写信”成了当时该社的一大“事件”，闹得很“凶”，贴了大字报，“政委”点名……（当然，后弄清写的什么“内容”，就什么文章也做不出了，就此揭过。）冯的步步高升，由此开始——我这半辈子就是为他“做饭”！

至于胡君[2]云云，当是不明原委，当是听冯之召集他（与周雷）时的“宣布”，有意只提袁，这在“情理”中呀！此等内情，他人不知，你当然有疑问。

1 指冯其庸。
2 指胡文彬。

北大文[1]刊出后，港刊有一文题曰“暮鼓晨钟，发人深省”，文很痛切。京中据云早有“串连”（冯、刘等），料在炮制宏文中。杜景华将在黑龙江大学之《求是学刊》发一《惊人的红学大扫荡》（该刊来打招呼，很礼貌，故得知之）。余尚不知哪儿会出大手笔也。

姚君开会时，以初见，是打动了真内心，你们应有记录（人人都听见的），后改变“看法”，是“有了计较盘算”了，哪个更真？你自明白。

我发此文，正愿引起一场大“讨论”。估计“人多势众”者会“占胜”，但事情总不会那么简单。我敢发文，也敢承当“围剿”——大概不致“入狱”吧？只要还有学报肯发拙文，我会“战斗”的，请放心。专复，并颂

新禧！

老友周汝昌 95.12.24夜

今日报道：吴德同志火化了。

232

严中学友：

昨晚又得一札，承示各情，深感。此前我已发去一函，略表我在面临“围剿”前夕的心情与“态度”，想已收悉。

从你所示各种评议意见，获益良多，这是很可贵的“镜子”。我并无辩护之意，以下闲叙几点，也只为供你增加了解与理解，勿作别会。

第一，讨论此一巨大课题，最最关键要害的，是“还红学以学”的这个“学”字，讨论驳纠，都应以“学”为唯一准则，以“学”来判断剖析是非正误。否则就会以“罗列”红界种种“活动”“现象”作为“成绩”来冒混“学”的质素……

1　指周汝昌在《北京大学学报》1995年第10期发表的《还“红学”以“学”——近百年“红学史”之回顾》。

这一点望你掌握牢固，就不会偏离大方向、大本旨、大是非。

第二，由上点即可推衍出较为具体的事例以供论析。即如你说的“国学大师”不一定即是“红学大师”——这对极了！有人如以为我对胡、王、蔡[1]等等都“估价太低”了，就是昧于上述的逻辑性了，就忘了我说的正是这些大师们并未投入真正的学力于《红》研之中，而不是“贬低”大师们的学术品位，焉能混说？

第三，片面性与不提“解放后成绩巨大”。这也还是必须以“学”来衡量这些成绩是否“巨大”。再者，若谈这些，我是否要包括自己？不包，全面吗？包括，则如何“评估”自己？又如何“与别人比较”？我岂不更成了祸首罪魁？所以，我只能暂不多论。这不等于“否定一切”，而是要存一点“余地”，说得“好听”些，也是为了谦虚谨慎——没有否定“成绩”，重点是抨击歪风霸道。再谈。

周汝昌 96.1.10下午

233

严中同道：

来札已悉。你欲研“金莲”，来问拙见，愚意亦不过两点，供你参考。一、过去此题文字也见过一些，似乎易犯“绝对化”之病。（如力主天足，或力主缠足。）二、事实上若从雪芹书中找“论证”，两者都能找到。（故构成争议。）三、欲解此“谜”，仍然离不开“考证派”，即对清史须具备基本知识。具体言之，又分几点：①初版《新证》卷末早已征引论述，年远归旗之汉族，风俗已是“满七汉三”。②内务府人则更过之，因女眷已须入宫当差。③曹家除以上两条外，更兼重要姻亲皆满洲贵家，故其“家风”更近满俗。④但“主”可随满俗不复缠足了，而“奴”则不尽然，如书中诸婢鬟，有汉人穷困卖女的，有早年“俘获”的“家生女”，更有当时制度无论

1　指胡适、王国维、蔡元培。

满汉官，一经犯（大）罪，妇女例没入辛者库，分配与众官为奴婢。

知以上情况，再核对芹书，便见所写女子，满汉兼有（此为当时通例）。此点十分分明。凤姐上楼“提袍”，是满女行态，皇族后人早已论及。凤姐又“踩门槛”，亦可证。赵姨娘“飞跑”亦然。但穿“裙”的则是缠足。南京女不一定“莲”，因久以“大脚仙”驰名，清人记之，但苏州女、戏子……则不可能是“天足”了。而《红楼》中正有这两“类”。再有一点，即不可拘“字面”，如尤三姐“一对金莲”，尚可指为汉女；若诔雯而言“莲瓣无声”，那却很难据此即定晴卿是汉女缠莲，因为这是“词章”，完全可以借称。袭、菱，以“裙”特写，乃汉女无疑，傻大姐则“一双大脚”（如何确释，也不简易）。总之，要“考”要“析”，要符史实，而勿“参死句”。

专此奉复，匆匆不尽所书。

腊祺！

周汝昌 乙亥腊朔〔96.1.20〕

234

严中学友：

今午接一札，雪芹“上天”[1]之事已证实，慰甚。

“春”将有“红会”讯，未闻，须俟打听（目下哈市正开“两岸红会”，我未赴），不知也有可能传讹?

《天津日报》最近“满庭芳”刊出吴小如先生《评严中〈俞…与周…〉》一文。《团结报》1月27日刊出《……非学之红》一文，署“鲁子牛”，基本赞同拙“北大”文。海外《星岛日报》95.9.21亦刊一文《大学与红学》，即主编龙先生化名所撰，足见其重视——原《学报》之卷头语也重要，唯你若所见拙文是复印件，当然未能同阅卷头语了。以上你可烦报社旧

1 指用“曹雪芹”命名水星环形山事。

同仁替你查找一下，如实不可得，而你又想看时，我再复印给你（刻下仓促间舍下难得有人进城专办复印等事，故望谅解）。假如他们要开会围攻，是好事，很可能后果是“砸自己的脚”。

现河北已将印一巨著，将“辽阳说”一伙驳得“体无完肤”，真是一部奇书，所以总形势并不对他们有利。《文艺报》12.8拙文与那宗训文也重要，你都看了吗?

“俞派”还不满意——实则你可覆按拙文，全篇只有论俞那段给予的估价最宽厚“优惠”了，如我稍稍刻薄一点儿，那“难听”话就多了！我对俞是始终以尽量忠厚为本的。

《红楼》我见不到，上次因你报了拙函、顾函，她才寄一本来，不然没寄过。你能设法将4号寄一册来吗？我也“过过瘾”！

周拜 腊十三〔96.2.1〕

四川《文摘报》1月22日上有一篇《某红学家一张大字报害得人家破人亡》长文，见了吗？又及。

一些补充，供参采。

235

严中学友：

元二来札今午入览。见你对“红界”的真诚关切与虑及我个人之孤危处境，深为感动。

承示某些人对拙文中“首倡”还在计较，实在有趣！作为南京人，见我为文替南京动感情，不念我是南京之友还是之“仇”，却斤斤在“首倡”上“算计”——就算“首倡”是假冒吧，也居“次要问题”，何况这等事也“值得”假冒？！真是太小器了！这种人的“思想方法”是有病的，可惜医院治不了他的病……日后无论他是去见阎王、上帝，还〔是〕马克思，都会遭到责问的。

你关切我那“大文”引发的“形势”，所预觇者甚是。此文若别人写，定会“圆滑”得八面玲珑，而不致八面受敌——此两种“八面”，我亦非不明，但我若轻描淡写，不痛不痒，纵使不得罪他们，他们也饶不过我，而且文也白费，引不起任何震动，了无用处——那就不如不写。我刺痛了他们，也就震醒了大家，方能有些效果作用。所以在我来说，我笔下并不苛刻，对他们还是很留情的——这点相信你能看出。

至于“围剿”，正如你估料的，会有那么多“面”的“楚歌”。但我的“逻辑”是，我不写此文，他们不是已经在“围剿”了吗？我又没惹他们、害他们，仅仅考我自己的雪芹祖籍说，不是照样秽语纷来了吗？

拿秽语充“红学”，正是激我写此“大文”的导因之一。我的真目标当然只是骂冯及他所把持的一切，至于对以往大师学者，我是说他们并未真在《红》上投入学识、学力、功夫，而不是说未真研《红》就是他们没有实学。这一点，与“评冯”“评红研所”性质根本不同，绝不可混。如有人在这层次上“耍花招”，惑乱耳目，说我“目空一切”，望你勇于撰文一为剖白。

当然，你有你的处境条件，必须以中华文化、学术真理为唯一目标，而不是为了“派性”，故相信你能处置得宜，不偏不倚，申张正义，打破媚俗的低级世风。

我也是要“先观”，不想轻易回言——也许到一定时候“总答”几句，就够了。此函请保存备用。

新年吉庆！

周汝昌 元五〔96.2.23〕

另纸请转“长江路292号纵光同志”。

我已接二处南京信，皆言读拙文《南京应建曹雪芹纪念馆》[1]后“十分感动”——用语恰同，亦有意思。

〔封背〕

刚待发，又接一札。“上天”事我系全据徐恭时先生函件中提示的，他

1 载《扬子晚报》1995年12月20日。

的记忆力与“资料性”是过我百倍的，故我亦未疑。望直与徐老联系（如复核有误，也替我更正一下）。

匆匆补及灯下。

236

严中学友：

信都收到（以及《红楼》第4期），勿念。

因足疾卧床，故未能复。

刻又得来札及文汇复印本，故急草数语。

“红界”可热闹了，本月1号《北京青年报》头版大文批霍国玲女士《解梦》。

文摘今寄上。所问《红楼》写男子是何服装，很简单：清代满服。证据：①湘云为宝玉打辫子——长度有四颗珠子，即非小孩辫发了。②明代男子戴冠是长发加冠，用簪横贯，将冠“卡”住，而贾府管家被主人招唤时是“扣帽子”——此只能留辫子脑袋“扣”红楼帽的姿式，这明显极了！

因倚榻写不成字，只此打住，容稍好后再作札去。

新春好！

周汝昌 丙子正月、96.3.3夕

蒙寄《文汇》剪报甚感，望继续注意“动态”，我暂时不会答他们。

237

严中学契：

我为足疾困已月余，今卧读3日来札为慰。因倚床书，故极简。

（一）南图本如能印，大好事！因有正本已为狄平子作了“手脚”，不尽可靠了。望力促其成。

（二）前云姚君寄我庚辰印本，迄未见到来，也望促他赐邮。

余俟稍痊再叙。

近佳

周汝昌 丙子清明次夕〔96.4.5〕

又启者：

承告我江苏《明清小说》欧阳文之事，甚感，因我无从知也。据闻其文曾投《北大学报》，因觉其学术质量不太够而未用。此文如方便，望制一复本，我看看他说些什么——当然如嘱，我不会“反应”的。

南图本若能印，作序的事即依你所言甚好。

又及

238

严中同志学友：

今午收到庚辰本，非常感谢，我即附上谢柬，请分神转交为荷。

日昨接贵州《红楼》第2期，必亦你所嘱寄，甚喜。此册内要文不少，弥可珍贵。你揭王之文也好。

我春间写一文应哈尔滨《学习与探索》，也涉及此题，并对《新证》旧年误信《五庆谱》而转疑《氏族通谱》作了自我批评，聊以消除谬论之影响。

朱女士之书予人的印象不佳，可惜人材也。

近《作品与争鸣》刊一文（署“王屋山”）批红霸甚有质力，你曾见否？

南图本征订有讯否？

多日前寄上拙著《真故事》一本，想来必能收到（挂号），此书你看过还感兴趣吗？

梅玫女士肯收“卯文”之文，是可佩可敬的，请转致意。揭“靖批”文亦佳，作者是否苏红会人？也请转达敬意。

专此，并颂

伏吉！

周汝昌 丙子五月廿八、96.7.15〔13〕

239

严中学友：

今日即又收到答我去信之来函，确很高兴。所叙尽悉。南图本造价太高，影响征订，如实困难，你可建议改弦更张——不再坚持粉纸线装，即用优质印书纸，单页（不是古式双面的“葉”）两面影印，必会大大降低工本及装订劳程，也不必制函套，这样虽有点儿“委屈”，到底比印不成好——况此举可补“戚本”之过失，也有助于揭露影印石印的“做手脚”大毛病！

李同生先生文佳品高，很佩服，也替我致意（你说他来过信，我近来记忆力大大下降了，只通一次讯的更难记得），不知你还记得我回过信吗？如未，也代我解释道歉。

作《月夜曲》的陈先生也寄信、刊来了，未料结此墨缘，如方便，也代致意——成了我的“通讯中转站”！

王君国华有长处，就太不知虚心求教于人。我对他无法，已尽了我的心。

我有些文字，你看不到为憾，因太多，也没良法。《学习与探索》说第4季刊出，届时一定给你。

林方直出了一本好书（内蒙大学出的），拙序摘刊于“海外版”《人报》，你也看不到吧。

昨泰国张硕人先生忽寄剪报，他撰文叙大陆红学官司——主题欧阳健文，他说他才是最早疑脂本的，又提“俞、周”关系，颇有妙语（86夏他访过俞），对俞平老有看法，很深刻，也是位奇人。

石家庄已出一部“祖籍”专著[1]，质量很高，此书一出，“辽阳说”会要有坍台之忧——不是骂街扯淡，全是严谨考证。

南京纪念馆居然盖起来了，真不简单，可喜可贺。困难还有，但你会勇敢前迈，终期于成。

《真故事》已收入《全国新书目》复刊号，且摘刊了四节之多，光荣不小也！

周汝昌 丙子六月初五夕〔96.7.20〕

240

严中学友：

刻下接信，立即作复。承专函来问我意见，感甚。我的想法是倾向你能去，这有多方面理由。他们请你，非同一般，是一个“审慎考虑，精心安排”的“招数”，因为人人尽知你与我二人之关系，邀你是个“招数”，可以表示“公平”。又知你公开反对杨、刘之“新丰润说”，请你于他们“有利”。你不去，他们又有话讲，说这说那。所以我以为你该去。去是光明正大、大摇大摆的“正宾”。但我主张你不放弃权利，又不是要你去反对谁支持谁，你可以一言不发。你应充分估量自己的身份、作用、历史使命。你在场，他们说话如敢涉及你，你便有权“回敬”；没有涉及，你静静“观察”一切，掌握第一手情实与材料——否则你不久着手撰“红史”便受“制”（必须从人家的话里找“真”了）。总之一句话，此行关系非一、非浅，你应把握“机遇”，不宜太多顾虑别的。此会当然更不“请”我。莱阳不请，宋谋瑒还“不能置信”，其实早已摘掉“情面”面具了——张庆善此事不言一字，却三次电话要我给“红展”写字，你看他们如何要戏我、侮辱我，还把我打扮成一名“红展清客”呢！（当然，三叩首请驾我也去不了，太老了，足疾又有发作……畏暑怕劳了……）

1　指河北省社科院王畅研究员的《曹雪芹祖籍考论》。

望回函，再示决定。

周汝昌谨白 96.7.24

《北京日报》上周末“文史”版发一文，叙发现了“雪芹”二字印，且云是脂砚晚年（嘉庆三年）将“甲戌本”与芹印交付刘位坦的——今藏刘铨福旁支后代之手，未见实物，尚不敢妄言如何。又及。

241

严中学友：

来信尽悉，知不拟赴会。

所询“纪念馆”又“开幕”，诚如你所疑，不是早就“建”成了吗？据闻此次是拉一个新名堂叫“黄叶村……纪念馆”，故又再揭幕云。全是假的，一无可观，不必多云也。

7月31日北京一个首发式，是河北教育出版社等单位办的为了新书《曹雪芹祖籍考论》问世。此书王畅著（河北社科院），45万言巨帙，洵为大观。此书一出，二马之说彻底破产，而且揭露他们一伙的种种不光彩的丑态，令人又惊又叹、十分折服，实为曹学一大里程碑。

8月1日京中已有报纸消息，此书在“辽阳会”前夕面世，饶有意味。一时之下，能读40万言的也许不多，但其深远影响则不可估量矣。我写一文评介之，不知能转荐与江苏或贵阳之刊物否？

拙著《真故事》已见《全国新书目》复刊号，并摘刊了四小节——很不简单了。《文艺报》《团结报》皆有文评介拙著《红楼艺术》。

前天已接到《学习与探索》第四期（双月刊）刊出拙文了，但刻下乱极了，复印之事，请少待方能逐一办理。南京热吗？注意保健。即颂
伏吉！

周汝昌 丙子六月廿三日〔96.8.7〕

又，王畅此本真为大手笔，十分重要，可使霸主现形、红学改路。我已嘱托撰者寄你一册，你不便出面也可以从旁于江南报界关系上为之做做宣

传，实在值得。此乃为了学术，与“人情”无关也。又及。

242

严中学友：

记得刚发一函与你，是叙7月31日京中有一首发式座谈会的事，新书名叫“曹雪芹祖籍考论”，45万言，想已收到。

今忽接挂号函寄来大作，也正是论祖籍的[1]，甚喜。想是你发信时尚未收见去信。

可惜复印效果不理想，我几番努力，终于读不了——那字不清，已映不到我视网膜上了！这辜负了你费事挂来的至意，但无妨，等我看正式印出的吧，白纸漆黑字，就能看了（也须放大镜）。你不必顾虑观点是否全与我合，若全同了，人家会疑心，倒是不尽同，方见我们是为真理各自研究，绝不“效法”他们立党树派，搞小动作，弄非学术性手法。

我为了“避嫌”，正好也就不必提供什么拙见了。我已嘱《考论》新书著者王畅同志寄你一册（价26元），此书论析清细严谨，使“辽阳说”无立足之地矣。

南京还热吗？雨多吗？盼注意保健。北京也雨大，有灾区，只我住东郊之地较好。

曹家曾居辽阳，谁也没反对过，问题只在能否以辽阳算作“祖籍”。我们的“祖籍”的特定概念是指曹氏入辽究竟从哪地方“入”的？是考那个所从“入”的老地方，而不是曹家某人在那儿做过满洲人的官。草草奉复，并颂

文健！

周汝昌 丙子六月廿八、96.8.12

---

1 指严中撰《曹雪芹祖籍刍议》，刊《南京社会科学》1996年第8期，后收入《红楼续话》。

又启者：

连接三四函皆收勿念。我早与王畅先生函嘱他寄书与你，如已收到则太好，如未收到，你可直接去信提我之介绍等情，不必顾虑。因他书出后必然十分忙乱，无不愿寄之理也。其址：

050051河北石家庄市石邑路省社会科学院文学所

因此书太重要，你必须一读，故我方如此建议，谅解我意。拙“书评”如不能找到合宜处也无妨。我即将为《明清小说研究》专撰一文，另奉。

周 1996.8.15

赵成伟 102300 北京门头沟大峪后街113

请与他直接联系。

243

严中学友：

京中又大热数日，却挥汗写出了一万字论文，题为“曹雪芹家世考佚”。自谓此文很重要，因为很多要点是研者所未弄清或根本不知考寻的，对此主题，较以前又清晰了一大步！当然，这是“自诩”了。

既南京《明清小说研究》曾嘱你代约稿，我不能辜负其心意，故撰此文，实为78岁人之力作。请你将此情转达，并问明：（一）足有九千至万字，该刊能否容纳？（二）若不能，即不再论；若能纳，请询寄手稿可以吗？——因助手正忙，此万言长文一时无法清抄，只得烦该刊代觅缮写，方可付排。

以上两点如有困难，我就只好另寄他刊，亦不要为难。

如都不成问题，再问问最“快”能安排在何时何期间问世——我意当然是希望早一点刊出，以利学术讨论。

匆匆，致

礼！

周汝昌 丙子七夕次日〔96.8.21〕

244

严中同志：

昨晚接信并剪报二份均读悉。

韩进廉教授在东北发过“祖籍”文，我尚不知。我已弄不清你此次信是否已接到我上封（最近一次）去信的复函？——那信专烦你向《明清小说研究》询问三点：（一）万字长文，能容纳吗？（二）无法清缮径寄手稿行吗？（三）大约能安排在何期？文题是“曹雪芹家世考佚”，纯学术，无“杂言”，亦不涉某某人。我见来信只一语，似未见我上次一信者，故再拜问。我会将稿寄你烦转（因我不认识该刊，是它烦你……）。但我必待三点明确后方敢寄出——实因另有刊物也要，怕南京条件不合，白费了周折时日。望曲体此情，先代一问为感。此稿自己“敝帚”，实因大热挥汗之“产品”，非易易也。

王畅先生书，闻诸报如《人民》《光明》《文艺》《京青年》《中国妇女》……许多处都予以报道了，影响不小。现在“辽阳会”之实际“会头”可能也闻风了，也许会场“气候”会有微妙变化，未可定也（闻胡文彬君也被王著打动）。

匆匆，候复。

时绥！

友周汝昌 丙子七月十一〔96.8.24〕

245

严中同志：

9月1日寄发了快件（拙稿），至此时（12日）未有回音，因而念之（与你平素写信习惯不同）。不知有何缘故？如该刊有了改口，望分神寄回，以便另处，至为感企。

6日寄发的挂号期刊，却于9日即已收到，可谓快速。读后觉这是你的一篇极好的论文，代表你治学行文的水平与风格，严谨、清晰、简练、笃实，一句废话无有，神完气足（无懈笔），故十分佩服、高兴。从你处境而发言，不偏不倚，而又实质上表明了自己的观点论据，这就更有力量，这也使人没得可以“攻”你。

我对此文有好评价，如必欲“吹求”，则只有二点：一是在“丰说实包括辽说”这句之下，应有一句“而辽说却断然否定丰说”一类话（即括弧亦好），那样就显示谁是有理、无理了，不明真相者也就明白了。二即最末一小段结语，若论一般汉民，你大有理；然在内务〔府〕包衣以至所有旗人，却不能这么等尔而论。因为倘若那样，则一切在旗而“从龙入关”的岂不都成了“籍贯北京人”？（从无此种观念与记载法，阅清史自明。）在江宁的曹家，是“特派”“奴才”在那儿“当差”，圣上一句话就“召回”“本主”了，哪儿能算南京人呢？故此需要斟酌。

匆匆不尽，并颂

秋健！

周汝昌 1996.9.12

246

严中学友：

今日下晚收到来函，视之，7日所书也，再看邮戳，7日付邮，12日到京，已“走”了5天！而12到京之信件，今17方投送，整整十天的“历程”！这样的邮“政”，过去从未有过，可以骇人听闻！！

一切已明，让你费事不小。

此函无事了，只为告知来信已到。（恐你又因去信而写信来，这邮政真是太耽误人的事了。）

闲事一叙：剑桥的《世界名人录》第24版，已收入拙传，不要钱，还寄示校样，这是真的，总算“圆了名人梦”，实在可笑一番。另那处美国的（要钱的）我没理它，它又再三来函——也不理，最后又来了，说是选入*96*

*Who's Who*了，特制证品，收美元……我当然还是不掏钱买那“名人证”。

“辽会”如彼坚邀你，亦出意外，不知何用心，必有其不言之谋算，你说可得其会内容，确否？

节佳！

周汝昌 96.9.17夜书

还有妙闻：花30元买来两页《名人传》的复印纸——山东一公司捞钱的新招儿。

247

严中学友：

蒙函示苏红会情况，深谢深谢。

换届后，你被“安排”到现职也好，我看更灵活，可行可止，也不能全不发生作用。一个小小地方性局势尚如此，“大”的不问可知了，咱们中国的事就是这样子，天真的人是想不通的。“改造”了这么多年效果如何，也就不必求答了。

回趟老家换换环境，极有益处，所见所闻盼示一二。

你集的拙字那个不太好，等你真要用时，再专给你写一个（那旧字是眼刚刚坏了时写的，不佳）。

至于“贬人扬己”，我与某些人比，又何待贬何待扬？这题本身就是盲者愚者或名利小人。哪天我高了兴，真写一篇“扬己”的文，讲讲我在《红》研上的真贡献。几个关键之点，如：一、孙夫人是保母，从无人知，考出这点是一切曹史、《红》史的最大关纽，而无一人加以表出。二、考明芹为“包衣”家世，而非什么“汉军”，其奴隶身世方明，这也是又一极大关纽。三、考明了曹家因政治而惨遭不幸。四、首次揭明了脂批的重要内涵，全面研究。五、首倡真本与伪本之大别，引起影印脂本与汇校的重大工程。等等。请问，没有拙著，这些根本性问题谁解决的？53以来的“红学”进展，自何而生？——这些都是“扬己”而“贬人”吗！？

当然自己“扬己”会引起人的七嘴八舌，但我至今治《红》已整整五十年，却听的尽是骂街，而无一个义侠之士敢（肯）出来替我“扬”上一“扬”，难道我的“涵养”就不该有些“想法”？有人“扬”了我，则那“人”不“贬”而自贬了，贾某之文[1]又何待驳乎？

这些话，我暂不能对人说，只有向你谈心，因了解我而不会笑我也。

五十年的苦功夫，善心良愿，换来的是“现状”，你若局外人，能相信吗？“还红学以学”，并非真“贬”诸多老前辈，而是拿老辈比给今日之某人听的——明白人该读懂，而非贾某之流可以“对话”的事情。

回来了！好好休息一下吧。颂

时绥！

周汝昌 丙子中秋后二日〔96.9.29〕

248

严中同志：

已从老家返宁了吧？

我已有信去过，兹不赘。

因萧先生[2]函中未示地址，恐复信不能顺利到达，故仍烦你分神一转，谢谢。

匆匆，致

礼！

周汝昌 96.10.14

---

1 指贾穗在《红楼梦学刊》发表的《一篇贬人扬己的歪曲历史之作——驳议周汝昌先生的〈还‘红学’以学——近百年红学史的回顾〉》。

2 指时任《明清小说研究》主编的萧相恺。

249

严中学友：

实在忙甚，故尔信迟。“红学大观园”寄上。

我可能重写一部《雪芹传》，请助我查考几个问题：

（一）曹彬祠，或称在雨花台，或谓在鸡鸣山，又说在“钦天山之阳”，此是一处，抑为不同地点？钦天山，向来不知此名。

（二）织府坐落的“四至”，有人让我看吴、黄合著之小书[1]，你认为他们的说法可靠吗？

（三）原织府与后来的“大行宫”，“四至”一致吗？有无拓展？请代拟四句话，东西南北各至何地何街何巷（附图更佳）。（慢慢来，勿着急。）

（四）曹玺、曹寅父子皆有祠，是否在雨花台？与彬祠之地点有无巧合（或有意建于一地）的可能？

（五）南京古都原貌的大破坏、大改变，是太平军诸“王”还是清军攻克“天京”后之事？我要的是历史真实，但亦不直写，故你不必顾虑——怕有碍于“革命”。

（六）你对重写《芹传》有何意见，包括批评、建议、希望……为学术真理，不要客气。

（七）利涉桥，是否你领我走过的连通乌衣巷与夫子庙路的那桥？它距织府多远，是何方位关系？

（八）鸡鸣山还有何异称，你印象中曹寅诗文中有与它可以联系起来的任何明暗痕迹吗？

（九）弘济寺，在哪处，今尚存否？谢谢。

友人周汝昌 96.11.4

你旧同事，今出版局长，早已赠书寄到，我及时函谢了，勿念。

---

1 指吴新雷、黄进德合著《曹雪芹江南家世考》。

250

严中学友：

11月11日来札刻收悉，非常之高兴。石昕生先生旧年频有交往，我很佩服他，望于通讯时先代致候，等我略空时再写信给他。

我重写芹传，是一套丛书的一项目，由名家主编（不是“红学”，是“古代文学大家传”），由重要出版社印行，相当隆重，故我决定应约且要好好对待（暂为保密）。

已印之“新传”，原只为“老外”设计，今重撰与彼大异，绝不雷同，品位要高，也要包容学术质素，故此向你求助——南京的事，我不谙悉，写不出（没有“生活体验”），这次要大大加强对南京的叙写，所以特别望你相援，为之提供“营养”。教益之处，必当记入前言后记，永志弗谖。也是翰墨因缘的乐事，谅不推却为幸。

这次“钦天山”你立即解答了，喜甚。乾隆十六年《上元县志》务必代觅一部——你不要付价送赠，你花费处不少，岂能总是花钱兼费事，那样日后我怎好再烦你别的事？故千万听我，书到之后我将价汇上。

其他叙写旧时金陵风貌的文献记载，也望尽可能开示（或借阅），感谢不宣。

可求助的友人，你之外，只有沪上徐恭时先生了。（中国之大，只此二友可求，岂不堪叹！）

对于某人昧心否认历史事实的真相，依嘱即将细致写写寄你。其实这中央、文化部，有案可稽，证人健在（好多位呢），妄想谎言欺众，安可得乎？（竟到了如此丧尽良心的地步，真可悲也！）

寄示的印痕极可珍，惜太不清了，恳设法代致一佳者（可以制版用的）。柳山应是扬州使院，因曹楝亭晚期又号“柳山聱叟”，已不是金陵时期之境了。柳山谅也是彼处亭园中景物之代表也。

匆匆，并颂

冬福！

周汝昌拜 96.11.14

又启者：

写好一信，忙极了，未及发，今并稿一起挂号寄上。你看我写得更乱了，目力已不行了，对付看吧。请复印一份寄我。

我单位已由部里新派三位院长到位了，李、冯[1]正式下台了，这不再是“传闻”了。附此奉闻。

《红楼》收到，容空时读，勿念。

周汝昌又白 96.11.19

稿内“冯主任”请皆代改“组长”，谢谢。

251

严中学友：

今接26日长札，欣悉种种。

《上元县志》仍请继续努力寻求，其余慢慢来也，勿过于费事（我有了具体问题再专门函告解决）。

对拙稿所提应注意处，极是，但要“落实”，牵涉要友人作证，而若真到“官司”时，人家怕事，一说“记不清了”，我即“败诉”大吉矣！故唯今之计，拟如另纸酌改，恳望再看可否？如以为要，乞分神替我到该刊去改改（当然如根本不拟用，要退稿，即无须急急）。现须向你说明的是，刘瑞莲女士当日回复，提说姚文元，（那时是称“同志”二字的，记忆还都清楚！）料此也只是托词而已，姚也不会真管这“名单”！第二，此只指“小组成员”，专指校订工序。及请蔡、朱、张[2]，那是为工序，时间晚多了，是“另一码事”，全然碍不到他们的事情，他三人是“客情”。

你提“官司”，我倒真以为打起官司来我必输无疑！因为某人早就昧起

1 指李希凡、冯其庸。

2 指蔡义江、朱彤、张锦池。

良心，什么都可以“不承认”。在外国的赠书三人各一份，回国后向他要，他都说“没有”！你能相信吗？！何况别的大事，他可以矢口否认。在这些方面，我早看他怎么会是一个共产党员！？太玷污荣号了。（他在会上说我对于新校本“无关”，不就是良证吗！）

将来写到南京时，再函求援。吴新雷教授书内哪些可汲取，已记不清，也盼到时开示（因我检书已太难了）。

此次重写芹传，非匡先生之丛书[1]，那规格太高，这是人民出版社烦一位教授主编的30位历代文学大师的丛书，起屈原，终雪芹。我料当今学界还没人认识雪芹的思想家身份——只是“小说家”，所以列不到匡先生处。

我依你殷殷相嘱，决不理任何“狂生”，也不会生气。（真生气，活不到今日呀！我与小女在此单位处处受他欺压，级别、工资，都多年不能“升”一步！别的事被他暗算暗遏的不知多少。）我一定等你们二三知己替说几句公道话。

你对那一回的《龙之帝国》的摘录卡片之发现（雪芹幼时听故事被责……），后来看法有无修正？也盼得便略示。

匆匆，暂止于此，并祝

冬福！

周汝昌 96.11.28

拙搞拟小改二处：

①（刘瑞莲女士回复说，冯云：）“小组名单，姚文元已批准决定了，没法再改……”［大意，已记不清原文。］此处“姚文元”三字可改为“上边”，这样，就不含“政治”问题了，他人也找不到“可抓”处了。

②提“洪广思”一案之处，可改为：“据王思宇先生主动连带提及，19××年出版了《……》一书，署名‘洪广思’的，也曾由他任编，知其详情始末。”

只如此，不再多说，似即“抓”不到什么借口了。

1 指匡亚明主编的《中国思想家评传丛书》。

此外，乞将“冯主任”都改为“组长”。

深谢，劳神！

周汝昌叩 96.11.28

252

严中学友：

我已写了信，随又收到你同日下午之函札，尽悉一切。

我虽已在写好的信件中对两点“敏感性”地方做出“润色”，但仍愿接受你们此次提出的新建议——可写“连续”之文，即不致让此“一页”显得太突出“惹眼”。此议甚好，我可以从命。

我写了信之后，再赘此纸：

（一）你惦记我，怕我生气，最是感激你的心意。请放心，我一定依嘱自保，方可继续“战斗”。

（二）我同意你所提两点，要审慎，故从善如流，另纸拟改，乞鉴妥否。

（三）其实事并非我又不敢保确了，不是的，无一句虚诳，只是为了避免“不测”——此亦即你之周虑也。

（四）第二点涉“洪广思”处，也可以完全删去，更妥。

汝昌又拜 96.11.30

望你与该刊详商，你们以为如何方妥再发。稍迟亦不妨。

253

严中学友：

已写了信待发，随又接到你在那日下午又来之函，一切尽悉。虽我已将两处“敏感点”作了变通修改，但仍愿接受你们的新议——将此“一页”作为“连载”中之部分，则大大减少了它的突出“惹眼性”。

此议甚好，我可从命。你们不必为此来访（当然有别事要办可另论，只是现在旅行太不易，不可单单为此而奔波一趟，乞鉴）。

应命是可以，但你说的两题“双管齐下”（指与《芹传》同进），实际也很费劲——每题头绪皆甚繁乱，加以年纪，精力不能与往常比了，若真“连载”，怕供稿接不上。最好预计允许可以每空一期载一篇，如此不致过于紧迫。

此议不知可否？望与主编薛先生洽商见示。

若能定议，已寄之篇即不必另发了，存之以备适时再发。

草草再陈，遥祝

冬健！

周汝昌 丙子十月廿一、96.12.1

已写的“一页”乃实，文化部（乃至中央）都有案可稽，“官司”也不怕。

〔信的第一页上〕

严中同志：依我之见，那篇文章还是不发为好，将来再说，以免引起麻烦。我父亲又不会打官司之类事，且年纪大了，精力也有限了，还是安下心来多写几部书的好。伦玲。

254

严中学契：

汝昌自1947年为始，失足于“红学”，不能自拔，转头五十载至今。此五十载，风雨如晦，鸡鸣不已；秋肃春温，花明柳暗。所历之境甚丰，而为学之功不立。锋镝犹加，痴情未已。思欲有所纪念者。爰向足下恳征一文，以为里碣。长短无拘，毁誉均宠。将辑为一小集，付之刊印，可备“红史”之副册也。

谨此拜求，务期无却。感激之铭，当在他处镌记。

并颂

文祉春嘉！

周汝昌拜上 1997元日

（希望能在三月间赐下。）

255

严中同志：

两信俱到。蒙撰文，极感。毛主席谈《红》事，旧有联集一册资料，今不可觅。《新证》出后，京中友人即函告主席看了有好评。及54春回京，聂绀弩初会（王利器在座）即言及主席评《新证》之内部消息——这当然不会有“记录”。望你去函恳王畅君帮助一查现有史资（说明我代烦）。

我现病肛脱症，不能坐（勿外传），此倚枕勉书，望谅。

丙子三九〔97.1.16〕

又启者：

96.12.26《北大学报》举行第三届优秀论文颁奖座谈会，拙作《还红学以学》荣获奖状奖品，附此奉闻。

周汝昌力疾顿首

请转告王畅先生处为谢。

256

严中学友：

我也实在是忙（客访杂事无日无之），故难常去信，今得来鸿喜甚，宫殿式新建竟于艰难中盖成，真是好样的！为你高兴。

你出书的事，慢慢来，别急。现在印一本书要交几万元，我辈书生谁有这本领！？

《桃叶渡》文甚好，这个小考证有趣，可以定案了，记得你还领我去看过。报载乌衣巷也成了新景观，不知如何？

我的征文，你也别急，但一定要写（明年我整八十岁，今年印不成也无妨）。

承告《新证》在毛处有了踪迹，确为要讯，因多年无法访知，我当在京购买，唯伦苓近日为其男人新居内修搬家忙甚，尚不知何日能上书店。

又承告有《雪芹思想》一书，务请续觅（因正需此类为参考）。

“红”所定8月5日开“国际会”，我不去，他们烦人“游说”劝驾，大约因为又需要我给他们跨刀当龙套了，想得太美妙，我太贱骨头也不至此也。

南京师大《文教》已刊出拙文，寄到了（昨日午间），与我联系的是王善坤同志，望你电话向他索一册，他对拙文主题感兴趣，且谓似言而未尽之意，希望续写。我已应之，日内拟再奉一篇（直接给他还是寄你，望示）。

铁岭有重要收获，不久将出版一专著（小册不甚厚而丰富精彩，我见了初稿，润色后即付印）。此书一出，比王畅《考论》尤觉简切有力，从此某“二先生”[1]之“命根子”正式宣告全部坍台，无立足境矣！将来我定寄你一本（是出版社正式出书，非自费私印资料性质）。此为一大进展。（连确切居住地点也找到了，实为奇迹！）

惠寄之金陵图可贵，当选其一做插图。你努力创建的新馆若有外貌照片，望寄一幅来。

南京王永泉君言所著《雪芹南归》小说将拍为电视，你知之否？（他已迁居新房秦状元巷，似在秦淮之畔也。）我病后恢复得不错，精力尚可，但毕竟太老了，亦不能与往年相比。拉杂而叙，为免念也。

端午节吉！

老友周汝昌 97.6.5

1　指冯其庸。

257

严中学友：

已去一函不知达否。所示《毛与五小说》[1]一书嘱伦苓市上问之，无有，今日却由华文社一同志捎来了一本，喜甚。即看了《红》的部分，虽大部分讲话是见过的，但于读书圈划批注确是难得之资料，也有一些情节是以前不知的，故此书终为可贵，态度也客观，谓毛之意见为“一家之言”，可以讨论，这就太好了。著者不言对《新证》的批注，恐怕是有意的“回避”（对我不便多说，怕“影响”……也），因此我不便直接去问著者徐先生，所以还是烦你代劳吧——避开我则他讲起来顾虑少也。既然叙得分明，毛是以划线、圈、问号……为其最突出方式，则何以卷头“书影”一例也不拍印，此亦莫名其妙了。还有评高鹗与雪芹不同的谈话，似亦未引，疑著者有意取舍，不知你以为如何？

贵阳《红楼》新二期见了吗？似该来了吧，闻有王畅先生一文将刊出。

雪芹关外祖籍铁岭已经论定，此乃李先生之大功，其论析极精——非深于东北史地者万不能办，与他相比，我们太浅陋了。

8月5日“国际”会请你了吗？我未定主意（他们托人劝驾），如何为“上策”，盼你示我高见。

夏祺！

老友周汝昌　五月初十〔97.6.14〕

〔封底〕

此函已封缄未及发，即接两函，尽悉转津。于彩芹之件已办勿念。又蒙你为购了书，真是感谢！我正欲得一副本也。又拜。

1　指徐中远著《毛泽东读评五部古典小说》，华文出版社1997年1月版。

258

严中学友：

上午得书，诵之尽悉。所惠之书也已收到，让你花这多钱心实不安（建临取出一读），但我存两本亦实为本意也，至谢至谢。你对三副楹柱配联之议，极有思致。

近闻宋谋瑒兄之“小照”长文将能刊出，你旧年所拟将此“小照”放大加以说明，悬之馆内，仍不失为一良计也。

近由冒鹤亭（广生）哲裔探得江苏社出版随园全集后附《批本随园诗话》，即冒鹤亭昔年付印者，我疑是删节本，今不知“全集”所据为何本，望得便一查，若仍袭冒印本即不必注意，若另据全本，则务乞设法嘱该社寄我一部，我再将书价汇去不误也。

你所闻之8月“红”会信息，你似乘兴亦可一叙。

6月23日《新民晚报》登一拙文，谈铁岭事（前一周《北京周末》亦有一文，不知你已见否，若未见我再寄你复本，因小女不适，不能立即进城办复印之故）。

铁岭之书，闻由辽宁出版，书到我亦必寄奉。

我估计毛批《新证》，不会只有符号，此大有趣事也，望努力一求真相（虽“痛批”错误亦“光荣”也）。

京酷热，颂好！

解味拜启 1997.6.24

259

严中学友：

已寄去一札。今将三份小文[1]复印，再奉上一阅。将三文合看，互有详略，而各有重点。这当然是极简略的介绍，李先生的专著内容十分丰富翔实，真令人佩服也。

《红楼》已收到了，又有“史直生”一篇，虽不长，亦有趣，究不知是哪位奇士？专此

问好！

周汝昌 1997.6.29灯下

260

严中学友：

另封寄上题词，收到可来一简示。

“情系……”已为报刊用得太俗了，不宜于卷端，我别拟的，对付用吧。我眼坏得已不能写字了，所以写得也不好。

一个有趣的事：山东出版一部书，选的名家书评，从蔡元培、胡适选起，而我评你的《丛话》竟被选中，实在是我们的光荣！

近好。

周汝昌 1997.7.1灯下

《中国书评精选评析》，山东教育出版社，济南市经八路321号（未印邮编），定价31.6元。拙评在734页。另有编者的评语。

---

1 指周汝昌于6月7日在《团结报》上发表的《题铁铃名家书画集》、6月20日在《北京日报》上发表的《雪芹祖上范家屯》和6月23日在《新民晚报》上发表的《天下有奇迹》。

按此评[1]发表于何处，了不记忆，有可能是原序的摘录本（大同小异）——然而弄不清了。是否合你之用，实难定也。又及。

刘晓明处已复，勿念。

261

严中学友：

喜接挂函，札、三稿、二照片、一复印、一说明书，一一拜收，勿念。

托张所捎纪念品，尚未见。王畅先生等南游等情，一无所知。

你一人无法主张以馆的名义参加，十分理解，当与之解释。但三稿不短，拙目益艰，须勿着忙。且亦望告我你有无副本，是否三稿等待寄回，勿忘。

纪念馆居然落成，洵非易事，佩服你克服困难、务争心愿的精神毅力。

什么“团结求实”，见鬼去吧！骂够了，又讲“团结”——你如不投降，他便振振有词“破坏团结”了！鬼把戏，也只为做给与会者（海外人）看而已。

今夏北京热，南京似不热吧？王永泉寄来所写《吴敬梓》，方便时代我致谢。又溧阳（？）王先生（？）（揭靖本者）前来信嘱寻检毛国瑶最初给我的信札，他有用处。本当应嘱，但旧信如“山”，还在城内，不在新居，况目坏事繁，年已八十，为寻此信，那需数月往返于两处敝居。女儿忙得几个头绪，百端事务，也无法为此而专寻。经过浩劫，旧札亦大部散佚，我亦无从记忆……总之，他不了解拙况，烦你务必替说一下，我极不愿让人失望，但恐怕是办不到也。只记得第一信是“教正”我，云据所见抄本“脂批”，拙说是不对的（俞说为是）。我诚恳求教，愿示原材料，他回信云在俞处，让我去看。我言不便径访，他方寄来一份“录”件150条“靖本批”。

多年后托出版社陈建根同志（访宁之便）向毛索一页照片（他“录”

---

1 《读〈红楼丛话〉》，刊于《文汇读书周报》1991年12月4日。

在戚本上的云云），他支吾，陈空手而回——理由是“照相馆不给照这种文件”。陈君还向他提出“出示戚本”看一眼，也没词，根本一字一句未曾“出示”。以上烦转告王先生。

拙稿芹传已毕，正核清抄稿，目艰，苦甚！非外人所能想象或“相信”。平生写一本书只二三个月，今次却几乎十个月还未脱手（拟年前交审）。

余不及备，望谅，望谅！祝

康强吉利！

友周汝昌 丁丑九月廿八〔97.10.27〕

262

严中学友：

刚才收到你赠来的纪念品（张庆善10月26日的短柬），此品很精美，可喜，设计不俗，谢谢你的心意。

前接挂函三稿（及照片），我立刻复了信，问急不急、有无副本、要否将稿寄回。（因目不佳，且极冗。）并嘱先简答我一纸。但候至今日无音，甚念。担心去信未达，成了“两等”，就误事了。特现驰函一问，望即复。

冬好！

周汝昌 1997.11.24

263

严中老友：

才发一函即接来信了，一切释念。

叙叙所谈三事：

（一）馆长一职恐辞不掉，在职实亦为雪芹辛苦，还是值得的。没法写作确是损失，愚意可缓图配备一位副馆长，让他负责事务一切，你担名义，但不辞退，这样可以两全。当然事涉编制、薪用等等，也不是一句空话能办，逐步创造条件。你对建馆的贡献，也难“功成身退”。

（二）迎春判词之问，我以前也未多想，你提的也有理，但还有个押韵问题，无法押“泉”，只好换“粱”。再者应结合“曲文”来分析，“中山狼，无情兽……叹芳魂艳魄，一载荡悠悠”，同为一意，还是喻亡近是，因为迎春之嫁与她本人意愿（希图富贵）并无关系。倘非喻亡，只能释为“梦醒”，那又何义？因惜春已出家结局，不会也喻出家。不知您意如何，尚待讨究。

（三）“祝寿会”我难克当，那不是容易事，你为此费心力太大，我也不忍不安，写篇小文，并约同道愿写的也写几句，在报上发发就足够了。倒是纪念文集重要，你的三篇将皆收入（是作一整文分三小题，还是分三者各立，可从容决定），现只等一两位还未交来。经费共同找找“财神”（迟点也无拘）。

冬好！

汝拜 〔97〕11.26

264

严中学友：

有一要事，我一书旧稿“复活”，将出版，拟名“红楼珍（真）本”，副题“蒙府、戚序、南图三本《石头记》之特色”。

今拟洽商，可否将你旧年的南图本校勘记[1]惠予拙册中增色？当然要署名，并请写1—2000字的“后记”，交代经过与见解……（愿说的话。）

如同意，务请重订定稿，缮清后从速寄下。

---

1 指《“有正本”与“南图本”〈石头记〉校记》，后收入周祜昌、周汝昌著《红楼真本——蒙府·戚序·南图三本〈石头记〉之特色》，北京图书馆出版社1998年版。

专此，并颂

年之祺！

周汝昌 1997.12.30午

265

严中同志：

4日信今午到，写得有趣之至。

贵阳《红楼》已见。此刊十年之久，还没有办个“转正”，怪它的老领导们太失策（我原不知是内刊），如今看来难了。

你要写文给《人物》，尽管放手写，说什么都是为我“宣传”——不过“感觉”上该社刊物有一种“派性”（专捧某些人），所以只要你得有“准备”（碰回），勿失望就行。

“复活”的拙著《红楼珍本》，编者同意收你校勘记（并文），但嘱云：“须快！”（等我收到，即不再复，因特忙冗……）

辽宁春风社新出一本《曹雪芹祖籍铁岭考》，好极了！令人喝彩！此书一出，“辽阳说”就寿终“外”寝了！（我曾嘱寄你一册，收否？若已收读，可乘兴撰文，为之叫好，是为盛事佳谈也。）草草，即颂

新禧！

周汝昌 丁丑腊九夜书〔98.1.7〕

又，宋谋瑒先在晋省《黄河》发长文，商丘一王先生也撰文揭昔者郝心佛是被迫写假话，“小照”不伪……

人民日报社的《大地》期刊，说首期将发一对我的采访记，附照片，有点“档次”……你可到报社寻寻看（又有《北京档案》也言首期发一篇，但此刊恐你难觅耳）。

将出一随笔集，届时奉寄与你。匆匆，又拜。

〔封底〕

97.12.29《人民政协报》有拙文，望一览阅，甚要也。我评蔡校本在《人

民日报》发，某霸到报社大吵大闹，吓得《人报》将下半删改……故贵阳又刊此文，乃蔡君不敢明言之故也。又及。

266

严中同志：

听说你已收到李先生的新书，不知读后观感如何？我看此书功力见识皆超出时下那些“学者”“专家”，著者是退休老干部，原任博物馆馆长。如你有兴致可写写评介，在江南新闻界为之宣传一下，亦佳事也。匆此，并贺春禧。

周汝昌　丁丑腊月十九〔98.1.17〕

267

严中同志：

顷因王永泉同志为了一小事征我同意，不禁想起，宋谋玚兄函云，魏绍昌将“二吴一周”给他的信札五百数十封，交台出了书！此事若实，他连一个招呼也没打——更不要说得我同意了，烦你向法律专家打听打听，他这样做法，合法吗？谢谢！

匆匆又及。

丁丑腊二十一〔98.1.19〕

烦转雪芹纪念馆馆长。

268

严中学友：

忽接汇来400元为我寿觞，真是感愧交加！我知你心意之诚，来封信就足表一切，你送来这厚礼，我心难安，但又是不能不受的，只得拜领，也不敢以套言为谢，就这么心照不宣吧。

沪魏关于“二吴一周”之事，又函请宋先生再予详示，不料他滚了嘴，说我错记了，把别人的话“记到我头上了”！世上无奇不有，非亲历是不会相信的。只好另设法探“秘”。你如想出可询之人，也请替我烦托。

王畅先生所编《祖籍论辑》中，已将大作收入了，甚好。校样已出，估计出版不会太迟。

丰润政协已出了一本《丰润曹氏家族》，也还可以一看（小疵不免，难以严求也）。

铁岭李先生用力勤甚，不断有新获，已查明曹良臣实有四子：泰、聪、湿、恭。“五庆”谱之“泰、义、俊”全是胡云。

他用史料确证，“襄平”“三韩”皆确指铁岭。“石证如山”的辽阳碑上根本没有什么“教官”，而是“敖官”，人名，属“皇上侍臣”项下，而这都被隐瞒或歪曲——我也受了骗。（在《明清小说研究》那文中也“考论教官”，笑话！）

你看“红学界”权威们多么大的学问呀！他们凭这吃饭，吃饱了骂人。

匆匆致意，不及多写，并祝

春嘉！

周汝昌 戊寅二月十二日上午〔98.3.10〕

269

严中学契：

昨接来鸿，欣诵一切。

《丛话》续集事，我大胆作一建议：你与胡文彬先生关系不错，他现颇为活跃，帮出版社计划、主编等工作，有推荐作用，你可否写信致意，附一目录及“内容简介”“作者简历”给他，拜烦洽一合宜“出路”？望考虑（不行也无妨），如怕预泄于某些人，则慎之为是了——不过看胡先生近日不避与我的“关系”（送我巨大祝寿中堂，并云已向单位商定要为我举办祝贺活动）……因此，我才敢兴此念，供你参酌。因要靠自费，我们一般百姓谁有这等“闲钱”！

魏处[1]是否写信去问，不必急急，稍候从旁打探再定为妥。匆匆，专复不尽。

春日康泰！

周汝昌 戊二月二六〔98.3.24〕

270

严中吾友：

尊稿《南图校勘》[2]已收入拙著，即将发稿，而寻南图本书影不见，亟待（记得去信嘱办，一二页即可），不知手续烦否？若太费事来不及，另论，如还可办，望一追补，可增美备之感也。“靖批”已被李、石[3]诸先生大大揭破！专此，匆匆。

近好

周汝昌 戊三月十三〔98.4.9〕

特邀你《校勘记》的那拙稿已匆匆付印——因编者刘君异常积极，催青备至。他见你旧稿对京本的称呼（以及提到俞平伯一处）与拙稿全文小歧，他以为应“统一”为较宜，我即略加变通（觉统一确较宜），但来不及征你同意了，擅专之处，切盼多谅。又及。

---

1 指魏绍昌处。

2 指严中撰《“有正本”与“南图本”〈石头记〉校记》。

3 指李同生和石昕生。

271

严中学友：

刻接来书，逐条细答我问，慰甚。

见《续话》已落实，尤为高兴！只是8月的会赶不及在会上分赠新书，是一憾事——其实只要出版社肯办，赶一专书现时能极快就出，只怕它不愿出力。当然只须赶装一批样书即可（我想不会需超百册吧），你不妨向社方提出，肯时更好，不肯时也无妨。

一定来出席并带论文，太好！建议你还可赶作二"小题论文"：一、钦天山（鸡笼山）的十庙，中有武惠王曹彬庙，《儒林外史》还写有人出白银三千两重修之，此题多么有趣合景！（庙必宋立，洪武二十年因原址湫隘，敕旨移钦天山。）二、丰润曹首望于康熙九年出任苏州知府，此为曹氏与江苏的极为重要的关系。你到图查《苏州府志》，必有资料，就是一篇好文，何乐不为？（不怕短。国际红会有一份论文，只一页！不讲搭大架子也。）

石先生处依嘱致一札，但目困甚（隔时稍久找不到彼址了，烦你以省红会的途径转吧，麻烦勿怪。刘晓明[1]处，我即直寄他，因新函址在手边也）。

市政府对芹馆一毛不拔，可真让人叹气！难道市经费里一点"文化"用项也不拔吗？偌大金陵城呀！反观京南建了芹祠，已为异事。

望注意劳逸，年也不小了。

老友周汝昌 芒种次夕〔98.6.7〕

〔信第一页之上方〕

"憾树"一文有人阻拦而终于不顾，令我深为感动，不多宣。

1 时任南京市鼓楼区城建局干部。

272

严中学友：

端午节好。近日忙否？有数事闲谈几句：

一、闻胡文彬君言，大著付印事已落实，他说是一喜事，确是可喜可贺！

二、听说已发出八月份我们召开研讨会之通知（我尚未见），望你一定能来——可是不知你印书赶及出版在会上分赠否？

三、石昕生先生前有信来，叙李先生确揭“靖批”伪事，乃一大突破。我写信愈难了，如通讯，代我致意，心甚不安。

四、收到南京刘晓明同志新书及信函（今昨两日事），我看必须一复是礼，但又欲向你打听此人如何，不敢冒昧出言，望示我如何为宜（他亦主108回……“五千年文化”……但结论是“悟空”，我难同意）。据你推断，他知道我的观点吗？是否诚实学人君子？我回信很为难：①不愿与人泼冷水也，不愿空辞虚伪待人。②南京红会情况也必不简单……③我说了什么话，极易引生“麻烦”，众口纷纷，未必对刘君有利……因此顾虑。既干了这一行，此类事甚多，都不答对也不好，我不是个“明哲保身”“事不关己，高高悬起”之人，正相反。

自缔交以来，你已深知于我，待人对事一片真心，却往往招来“事故”，不能盲目而行了。望酌示意见，以供“参考”。

五、王畅先生打印了一份材料，是众多人对他著作的反响，很有意味，你见到了吗？

身体如何？入夏了，勿过劳，多珍卫，是嘱。

近好！

周汝昌 戊寅端六〔98.6.29〕

273

严中学友：

另封寄上题词，收到可来一简示。“情系……”已为报刊用得太俗了，不宜于卷端，我另拟的，对付用吧。

我眼坏得已不能写字了，所以写得也不好。

一个有趣的事：山东出版一部书，选的名家“书评”，从蔡元培、胡适选起，而我评你的《丛话》竟被选中。实在是我们的光荣！近好。

周汝昌 98.7.1灯下

按此评发表于何处，了不能忆，有可能是原序的摘录本（大同小异）——然亦弄不清了。是否合你之用，实难定也。又及刘晓明处已复，勿念。

《中国书评精选评析》，山东教育出版社，济南市经八路321号（未印邮编），定价31.60元。拙评在734页，另有编者的评语。

另附有《新闻出版社》6月30日之报道：《了解中国书评的理想范本——读〈中国书评精选评析〉》。作者：张志强。

274

严中学友：

你来了，我特别高兴，加上你的书[1]果然赶及在会上分赠了，是一件大喜事，所以加倍高兴（须慢慢看），只是那情形我无法与你个别多谈，想必谅解。

对会议的感受大可写些“补白”给报刊发表，如有了，请寄来一观。

会前收到宁师大《文教》新辑，中有《如我谈》之摘录，皆曹家珍贵史资，喜出望外，因多年寻求太平天国破坏以前的南京记载而不可得也，望你

---

1 指严中著《红楼续话》。

代我向师大《文教》致谢，并言我希望能全部付印（可出单行本），其价值不独为考曹研《红》之范围也。望你促成之，南京人皆应赞助此举。

我回寓后，因大雪曾感冒二三日，现已痊愈，勿念。专此致谢，祝
冬安！

周汝昌 戊十月初九灯下草〔98.11.27〕

275

严中学友：

两封信今午同时到达书案，见你所叙，十分欣喜。不辞寒天辛苦，又游了大港、曲阜，实在精力充盈，十年不见，你丰采如旧，一点不见老，亦天赋特胜也。

大港有我亡兄祜昌的子女在彼工作，惜不早知你赴大港会路经敝里，也可惜不能预知让我侄儿招待你。

所叙某二三人“恶报”消息也颇耐人寻味。当然我们也有义愤而一时“痛快”之言，其实你我都不是那种“恨人不死”的黑心毒手之人，我们心里倒是哀唁祈祷他“得生”的。朱某原是找我写“鉴定”才高升的，不过负义之人也不止一个罢了。

售书之事如你不怕麻烦，可寄一册给张秉旺先生（敝友嗜书），他认识一位专售“红学”书的老者名叫刘晓庵，你说明是我介绍，烦张先生问问刘老能不能代售（京中凡觅红学难买之书者皆找刘），如可能，须由出版社代你运书给他。大观园也有一个售书人，只是并非出钱买下书再卖，只是代卖，卖出若干后再归款（收点代劳费）。小儿大建知此人，但他也出不了大力，可以让他牵牵线（丰润的书也请大观园那位代售。此人是借地方，而非代表园方也）。因都是个人的性质，不知收效如何也。匆匆拜复，并祝
冬安！

友人周汝昌 戊十月十八夜〔98.12.6〕

即使梅、贾[1]“关系”好也不碍登，因为拙诗并未写出“针对”何人呀。又及。

276

严中学友如晤：

今日便收见来信了，邮程可喜。知你不愿为售书在京周折，但我之想法是：只在南京卖，恐只是江南人能读到了，而北京人见不到，谁能向南京去寻购乎？既然百事都费了，却单单不费“功亏一篑”的事，岂为智乎？故劝你签题两册分赠张秉旺、刘晓庵二先生，再多寄上几册托刘试售，如需求不是绝无，那岂不是很得计的事？如需求不大，也只寄去这么几本，也不为大损失。总之，似为有益而无害之举也。如你实无此意，也就罢了。因为听说刘处是个迷红者的必到之处，而张君亦“好事者”爱助人，操持“闲事”之热心人也（他也写“红文”）。

《人物》找伦苓，我初不知，她应了之后告诉我，我还以为是由你引起，故此“设计”收两篇从不同角度叙之，相映益彰也。却不料他以此而辞你（这么多年他们没理过我，夏天由一陈君在他社内部推荐了我书稿中之摘段《燕京古道……》，他们都是人民社的内部“分号”也）。

贾某[2]卖力反周，深得红霸[3]青睐，故1997年“红会”立即邀为上宾了，故他没白效力。“士为知己者死”，如是如是！人心不良，岂有善报？这也不是“迷信”，是科学规律。当然此言又非“亲者痛，仇者快”之俗义，我与他水米无交，素不相识，又何“仇”之可言乎？他如自能忏悔，还是可以出离死路而得新生。但愿如此。

1　指梅玫、贾穗。
2　指贾穗。
3　指冯其庸。

《续话》之序[1]写得极好，是一篇佳文。书中排校仍时有疏漏错字（惜我之目难以尽为你列出）。你引“八艳”正见思致。《咏菊》诗你说将“菊”改“前”……恐有误，因“菊”在此失律失义，不可能发生如此诗句也，疑原刊本是“歬”（即“前”字）而翻印本误认耳（“歬”草书似“菊”）。你既引欧词，为何不引他“原是今朝斗草赢”之句乎？又小山词：“离草阶前初见……”拉杂，祝好！

老友周汝昌灯下草〔98.12.17〕

〔封底〕

随笔集另包寄上，又及。

277

严中学契：

今日得来札，甚喜。

你的《续话》我送了张秉旺先生一本，他函云读了很得味，并云在会上认识了，这更好了。

伦苓电话中所说“上海还有一本”，其实就是《岁华晴影》，是一时弄乱了，因寄书时只得两种，缺沪版而付邮前忽又寻得了一册，故共三册也——电话时是她头脑又“回到”只有两种时了。

《人物》认为她的稿太“官样”，而要的是家人写“亲情”式的，还在催，可她说不会写了……

我盼望能收到徐州女杰的新书，也希望她与你都能反映不平之事态。他们欺人太甚！欺我一个书生不值什么，但不仅是欺我，而是欺世欺众，肆无忌惮。身为党员“领导干部”，竟敢如此目无党纪国法！这才是事情的实质。

1　原载《人物》1998年第3期，题为“都云考者痴，谁解其中味——红楼补白大王严中”，作者为徐秀宜。

另据10月津红会与11月北普陀会上人传，二马能出钱70万在张家湾经营“别墅”。连“红研所”的人都说：“他这么多钱，怎么来的？！”听来令我辈穷人惊“羡”不已！

另据可靠人士函告，二马曾向某企业公司索“赞助”（《学刊》）若干万元，已垂成矣，他又提出给他一辆××牌轿车（因将下台，即无公家专车可到处游逛钻营也），结果人家听了不像话，连“赞助”也告吹了！

我辈所得而闻的只系一鳞半爪而已，其“鱼龙变化”不但“手”高，胆也忒弘，可谓文化界“院长级”中罕见之“奇才”，怎不令人钦服哉！

我接到几份友好寄来的照片，会上的景况值得纪念也。有你的影像，不知你已得到友人给你寄了吗？

这是99年的头封信吧？拉拉杂杂，以代促膝之谈。遥祝

新年健旺！

友周汝昌 99.1.7夜草

严中先生：不知您处是否存有父亲曾写过的有关诗词，如有，请复印或抄一份给我，因我想编集子。另外，和您的通信中，是否有谈学问的书信，也望您空闲时复印给我，以备编全集用。伦玲。

278

严中学友：

不想今日便收到了袁成兰女杰[1]的赠书，喜甚，立时赋诗以赠，乞转，并表深谢！来信所示涉及冯、王之处，一个字看不见，再来信望示页码。

已寄去了一函，谅已收见。正三九，京中冷了，金陵寒否？注意保健。

近嘉！

周汝昌 99.1.12

诗草烦复印寄一份。

1　作家、杂文家、画家，人称“彭城女侠”。

赞 语

袁成兰女士之文笔，运意抒情，指挥如意。其文其人，光风霁月、磊落光明，信高士也。

汝书

谢袁成兰女士

正义人间古谓难，新书此日动江关。
词严一卷形辟丑，路折三峰感百端。
夜幕昏灯官语恶，公堂明镜众情欢。
从军代父称奇女，未拟成兰比木兰。

戊寅十一月　周汝昌盲人漫草

诗之末二句意谓花木兰仅为助父，乃个人之情分而非维护正义，故袁又胜于花也，切勿作颠倒的解读。又嘱。

279

严中学友：

我也又刚发去信函，有诗请转女侠士。

今午复接来札，询及79年津门某学报贾文一事，我一无所知。

天津高校的某些主脑人物从来看不起我，向无联系，学报更无缘得见，除非是我记忆全失此一事件了，但我是任何印象也没有的（也不记得向谁摆过“学问”架子），总不会早有“得罪”于贾某的原由存在（此事你可否作为局外人向陆了解）。

王永泉君又有信来，说江苏文艺社要他写曹雪芹传，说在书店买了一套拙著“精品集”，只无“新传”。

姚北桦先生支持女侠冤案，风义可钦，但他似乎仍不敢开罪于红霸吧？

魏氏绍昌在《红楼》发俞札，意在为靖、毛喊冤。不知他辑录俞札，文字完全可信否？会不会也夹入些“手法”——因他并未交待如何辑录、原件何在、忠实度如何保证等等问题。毛既擅“造”靖批，会不会也善“造”俞札？你对此有看法吗？

拙言秘之，防生是非。但也不能太天真！

老友周汝昌 戊腊朔日〔99.1.17〕

再赘者：魏绍昌发的俞致毛函件，当然是从毛之手中得到而辑录；然其所得明是俞原件原笔？还是毛的“录本”？没见交待。如是前者，也需核对（至少核复印、影片等可靠物），看有无涂改。如系后者，那么毛是作伪“专家”，他出示的“文本”可以完全信赖吗？你对此应动动脑筋，以求真理。如我们错了，认错就是，也不“丢脸”，因所据是陈氏弟兄文证。

280

严中学契：

腊十六了，再二三日打春了，贺个早年吧。

昨日又收一种新印的拙著样书——万人必皆曰“喜事”也，但在我，命苦人一生，喜事必变“气事”！又一生落落寡合，（家人怨语：“你一辈子不会交几个朋友了！”）除你外，无可相与深谈心事的，故今向你唠叨，一为“抒气”，二为求听意见。事由：《杨万里选集》一书，先由沪古籍出版社出书，并再版，海内外评价均高（港中文大学老教授评为选注本类第一。美一学者据之撰一英文专著出版……）。后该社将一大批书“清理停版”（因冷门书也）。前年“抢稿”之风，河北教育出版社来人将此书“抢”去，立订合同……我因沪名社精校再版，只须照排，一字不改。经过一年，送来校样，因目坏太甚，无法为此核对，仍嘱照原书，保证不出错字，即不亲校了。其后，责编来函，说：“原书有错，如何保证……”及视所举例，本不错，是他没看懂。再后，又寄来一纸“注音错误表”，视之，又皆非“错”，是他不通古音韵与诗词格律。我答复了，并表示，如不经同意乱改，此书不能付印。

我原以为，该社责编会能知悟，不再纠缠了。讵料，印出之书，悍然照责编之意图将原注音（必要的异读）都“改正”了！我的告嘱，公然不睬。

一个“教育”社，竟然如此作风，不学无术，而必欲“强奸学术”，公然欺侮著作人。

是可忍，孰不可忍！？事似不“大”，意义不同于“微琐末节”。当代出版出现此种怪现状，岂不可忧？岂不可悲！

我在京找报社，找律师，他们不晓古文学，因念（异想天开）南京大学法律系二位名师，义助袁女杰者，肯不肯分神替我考虑考虑，该如何办理为上策？（原拟起诉，无此精力——写一次事由原委，已太吃力，何论其他。）倘蒙义士慨然指点，不胜感激！

至少须在报端让世人得悉此种难忍之事。请你与袁女士商议商议，乞望鼎助老书生弱者。如需看样书与我之信件复印本等，当寄奉。

匆匆，词不遑择，勿笑为幸。

专此拜求，并贺

新春吉庆！

老友 周汝昌戊腊十六叩〔1999.2.1〕

281

严中学契：

已将复印件寄上供了解。

因去年底受委托主编一种《50年红学精品集》，时间甚迫（献礼），恳烦二事：

请自选一二文，以学术性较强者为佳，长短无拘，重订定稿清楚，可直接发排为要。二、乞将石昕生、李同生两家之揭“靖批”文中各选最有力者代为复印寄下（如其文多，摘精节录组合亦可）。望相助，并以尽快要求，务谅。

过年定必快乐，南京年味必浓，惜无福一见，京中最为乏味了，什么也没有，可叹也。

继徐恭时先生作古，之后邓云乡先生又谢世，沪上无人矣！深可悼念。

余容再叙。

新年吉庆!

周汝昌 己卯人日〔1999.2.22〕

又启者:

因目坏,浏览困难,近十五年来之重要“红”文(真学术、有新意创见),你印象较深者也请列一简目(注明何年何刊所载)。至谢。又拜。

已卯新正初七〔1999.2.22〕

编书之事与“争”无涉,但也望保密。

282

悼芹轩主学契文几:

论文二件妥收,勿念。

“杨万里”一案,该社来过一人致歉,说那责编是退休今烦请出来的,未料他不将我的答复解说让领导得知,强行擅专云云。我还等他们公开表态。此事你暂不必分神了,以后如何,我会函叙。

袁女士到宁度岁了吗?给画画儿了吗?望便中函示。《续话》写得实在好,深为感动,当世无第二人能之,足为不刊之作。惜偶有漏校之字,暇时望细抉。又发行销售之事有进展否?亦在念中。

听说邓小平夫人卓琳给了《学刊》50万资助,你知道吗!?又今年“红会”说将在浙之金华召开,除了“换届”,不知尚有何题。

《中国文化报》前不久在脊缝版发了一个消息,红霸举行座谈会,40余“专家”到场,谅是针对北普陀,你知之否?

匆匆未尽,即颂

万事化烦为吉!

周汝昌拜 己卯正月二十七〔1999.3.14〕

安阳张之先生函谓“北普”会后预感《学刊》将有变化,我看未必,又及。

283

严中学契：

多日未能联系，时在念中——因我足肿痛复发（今名“痛风症”，古无名目），难以伏案之故。

袁女侠赠我墨竹甚佳，因病未能函谢，如方便代我致意为要。

在报端已见徐秀宜女士评介你的《红》书的文章，很好！

足疾刚刚轻了些，草此数行，□[1]□□□，谅之。

日祺！

周汝昌 99.5.15

284

严中学友：

前只寄《杨万里》一书及函札，今再补寄一件复印信，系与河北教育出版社驳正他们的谬见者，公然不理，将拙函改歪了付印，你再看看，当较为明了是非原委。我又去信交涉，至今公然不理，实在愤慨！

新春吉庆！

周汝昌拜上 己卯初五日〔99.6.18〕

285

严中学友：

近来好否，深念！拙著刚出，尽先驰寄。匆匆。

味 1999.9.9

家内电话改为65857851。

---

1 “□”表示因难以识读而缺一字，下同。

286

严中学友：

信来得正好——年前忙极，年后感冒，压的事太多了，没法写信，日下略清一些，想起该向你的新书致以道谢了。此书满有意思，风格不俗。

拙著《文采风流》仍是写南京一节最弱，此纯由对南京不熟悉之故，是以下笔不会出精彩也。

吴著《考》我记忆力已不行了，都早忘了，故未提及方观承之事（吴著哪些可采，望空时简明提示提示，以备日后增补）。

宁古籍社（书局）又有意影印南图本，这太高兴了，此举大有意义——绝不只是“征订”……“订得”好不好的一时现象的事情，须稍放大一点眼光，稍过些时功绩即显矣！可将此意转致。

撰前言十分乐为。我们合撰，我写少许，你多加详文在后，有虚有实，你看如何？但需待社方决心下了，有真行动，再动笔不迟（目已近盲，事又极繁，怕他又有变，白费一番事）。

李同生先生所询，可能令他失望——责不在我，原选者甚周备，后该社要一砍再砍，删得不成局面，我亦无法坚持（因关系成本、销售……），故所存者，以“正面”文为主，辨伪的恐怕是难保了。望先婉词说明，以后我再致歉（包括石昕生先生处）。

听说二马真要下台了，新“会长”云是林冠夫。承示“教官”之事，我即转致李奉佐先生（与此信同发）。

京中为蒜市口哪个院是真，还在争议。

胡文彬君派往台湾办“三国”展览，尚未归。4日《文汇报》发黄裳文，为雪芹小像辩诬，写得不坏，你看了吗？

客腊《京晚报》发文，有雪芹书迹烧成瓷器一事，我于己卯除夕也发了小文，其瓷字已割片保存（为逃“文革”），写的是岳武穆《满江红》中的“三十功名……”十四字，落款“曹雪芹书”四字。我亲见了，东西很搪眼，不似“书箱”“墙皮”等伪托之劣，值得研究。

拉拉杂杂，夜书更艰，望谅其简为幸。

专此，遥颂

春祺！

老友周汝昌拜启　庚二月初八夜〔00.3.13〕

南京发现晋墓中已有楷书，久思一见，有印本吗？望留意寻问寻问，可复一份否？又及。

287

严中学友：

刚接信，十分高兴，立复一信。日久未见来音，不免念之，不知去信已收否？

“南图本”影印，极大好事也，你我可联合作一序文，表其价值，但须供社方认真敲定（事恐多变也）。

听说“红学会”二马下台，新会长是林冠夫。胡文彬先生在台办《三国》展，刚返京，他出版新书，颇有佳文。

前函也回答了李同生先生之问，烦代转致为谢！匆匆难罄，专颂

研祺！

周汝昌　2000.4.1

288

严中老友：

信到，知又有新著，可喜可贺！

雪芹字迹一事很重要，除夕《京报》拙文被删的，不完全，你也看不明白，若用信札叙知，更无可能——索性重写一文，今寄上，你可据此先摘发“信息”，然后将拙文在金陵刊发为最宜。万一南京无缘（过去有例），请代向江南别处去联系，让此事传与大家知之。想说一句，你今后还应对织造

府下大功夫，写一本专著，要紧！

近好！

周汝昌 庚辰三月十三日〔00.4.17〕

瓷片照片因是他人的，不在我处。另外《晚报》所刊出的照片也不清晰，待以后再补。又及。

289

严中学友：

今日又收来函。上次写了一信已封好，正巧，你信已到，方知旅游外出了，我信压下未发。今知你已在报上发了短讯，并需照片，今寄上。但须以高技术复制，若直寄外地报社，必难索回。因只此一份，藏主远在广州，人家也不肯再出示于人了，故不可再得也。

未发之函中报知你情况如下：

己卯除夕，我发文。（《京晚报》）

4月28日，建临发文。（《京报》）刊出影照并成亲王瓷字联，极重要。

5月26日，刘心武发文。（《今晚报》）

5月26日，严宽发文。（《京日报》）此驳《京报》一篇质疑文，极好。

这些文章你到报社资料室能查到。（因我皆只存一份，无法寄你。）

刘心武之文，与我所解竟一致。（不知他见我文否也。）“云”和“月”暗喻湘云、麝月（最后重聚者）。

二马捧贾某文[1]，已发于《中国文化报》，日期不太久，似在上月末、今月初，我记不清，你可一查。

铁岭李奉佐先生新著也付印，谅不久可见书。胡文彬君新书二种，对学霸亦颇有讥议之词，虽不点名，但明白“对号入座”。

此书，目不见笔，恐难识，谅之。专颂

1　指冯其庸2000年4月5日发表在《中国文化报》上的《等待着他的回来》。

夏安！

周汝昌 庚辰夏至前三日〔00.6.18〕

拙稿你已示，酌宜运用，无有关系。又及。

290

严中学友：

上次接信，知要芹字照片，当即复函，并将照片寄上。此照珍贵，又系人赠，无底片，无法加印，也难翻拍（不会清晰合用），故将原件寄去，嘱务必妥保，用毕寄回。并细列了北京《日》《晚》二报、津《今晚报》的有关文章的日期，供你查阅。查日记，载明是6月20日，小女丽苓专程付邮的，至今已一月有余，未见回音，不知何故。岂此函竟致邮失？会有如此“巧”事耶！希望能来信说明，以免惦念。或你另有他事延搁？家中电话新号65857851，必要时可运用。

京中多日酷暑，我事奇冗，目已濒盲，函件皆须人读听了！南京很凉爽，异事也。

京中仍为蒜市口“故居”折腾。专此，即颂

迎秋大吉！

周汝昌 2000.8.2

291

严中学友

来信照片均收到。〔后一段文字难以识读。〕

老同窗（南开中学真正的同屋）黄裳的《金陵五记》中写到陈群的遗书尽归南图，即你考“南图本”时所言的“文库”了。陈氏花钱抢救善本藏他“文库”的，非一般书可知矣。〔后一段文字难以识读。〕你写七千字太辛苦了。

有人写电视剧《曹雪芹》，开片即称织府花园为“汉府花园”，这对吗？记忆中两者非一事，汉府园即尹公不系舟处也。是否已弄混了，请你解答一下（用另纸，以便寄给他）。

南京重聚岂不甚愿，唯年82，已非昔比，不禁老矣。尚忆同游孝陵之乐。草草问候。

周汝昌盲书 庚七、十六〔00.8.15〕

拙稿如不合报社用，毫无关系，请速退，我将编入文集（因未留底），又及。

292

严中学友：

你近况如何，不免时时念及，然目力更艰，几乎看不见了，无法多写信（事又极冗），显得“冷落”了些，无可奈何。

现因无事不登三宝殿，一琐屑相烦助我：请查《新证》“史事”章，康熙早期曾因东巡顺路“幸”李士祯家（实因其妻文氏亦保母也），请查查王利器《李氏父子年谱》相关的年月条目下，是怎么考论的，乞费神抄示（如太长，即摘要），并盼拨冗复示。（因此书检之不可得，即检得也看不了了！）深谢，深谢！

“红界”有新闻吗？听说“红会”改选，预定二马为“名誉”会长，仍尊奉为太上皇，控制“朝政”，此张庆善“辅政大臣”之策略也。你有“小道”“大道”消息，也望告知。

王家惠写出20集《曹雪芹》电视剧，中央台之约，十分重视，初步讨论，多予基本肯定，小修后将于明岁投拍，已成定局。你有好想法或希望，不妨给他写信交流——在写南京情景时需你鼎助才好。［址：064000 丰润交通局潘国英（转）］

冬福！

周拜 2000.11.11

293

严中学友：

两函均悉。

李士祯府事另叙。为大行宫呼请，我极愿为。稿中“被”字改去（此种句式从洋文来，我不喜用）。

拟于收束前加一小段话，以便更“像”拙文（见纸背）。上函累你抄了那么多，深歉！我问的是康熙“辛未秋，幸李，潞河第”，乃京东通州之事，与苏州无关。也许我未说清吧，请多谅。

京“红会”仍不改选，因霸王怕大权旁落，迟迟不开口云。

捧霸干将李广柏著《曹雪芹评传》，周文康撰文吹捧，看了吗？（我只闻讯。）

〔纸背〕拟加：“我对大行宫一带深情难忘，访过大行宫小学，徘徊恋恋难舍。友人赠我出土旧砖旧石，视为宝物。京津诗词名家还为此专约了一社，各题佳咏。这也可见，这一地点的文化蕴涵是何等受人重视了。”

请酌定加入抄清再用。匆匆不尽。

冬福！

友解味书 2000.12.2 夕

294

严中老友：

已将代拟稿寄还，谅达。今接吴先生[1]赠书，特烦将谢函转致。其实你应早早拟写一本类似的书，因为你在那儿有些条件。不知你对此书观感如何？

河南清丰唐先生新书我嘱他寄你一本，已收否？（平湖诸君赠我南京红芹馆照片，甚佳。）

周拜

1 指南京大学教授吴新雷。

今日报载南京发现“曹砝盒”[1]，以为雪芹祖父寅事云云，详情如何，盼来示以广知。六朝陵墓也有发现，去看了吗？

吴、黄新著以二大教授多年积累才得如此，小考论与大文化两者相配，二位一宁一扬，尽地利也。其实苏州与安徽两处还有巨大内容可研，我再促你退休后全力治此空白，创造条件以求新成就，不知能打动你的心曲否？又及。

〔2000.12.10〕

295

严中老友：

新著拜收，谢谢。

此书[2]可喜，不啻南京小文化史也，当会受到读者欢迎。

绍德堂与曹无涉，买房时已很晚，由谁家售出尚不明，且买了房绝无永远挂老房主匾之理。曹頫在江宁艰辛万状，说他不住织造府而另求大宅，自取新堂名——这是哪来的情理，太荒唐了。不可附会，这非实事求是之态度也。

有一事拜托：近知江苏古籍社早已影印了《岁华纪丽》一书，请代购一部（我久求此书不得）。嘱该社直寄来，知价后自当补汇款去。谢谢。

另请略示“金陵”地名最早得名的缘由何在，南京人是否读“陵”“林”“麟”……不分？

祝好

周拜

请先复我，王利器书中的“康熙幸李士祯府”，此府在何处？有考证否？改日有空，再烦你查《学刊》发表的洪昇为曹寅《太平乐事》剧作的

1　指报刊称该盒为曹寅所制，后经考证为曹首望所制。

2　严中著《南京百谜》，中国文联出版社出版。

序，乞复印惠我，谢谢。又拜。

王永泉新书二册，送你了吗？

周汝昌 腊二十六夜〔01.2.10〕

296

严中学友：

今日接南京《工人报》[1]，方知你代拟之文已发，甚好。

又知丰润政协董宝莹君已与你联系，因你查阅《苏州志》，证明他们“康熙十六年曹首望回丰退休”说是错了——以致我们纠误之文白白压了许久。还是你将尊稿加以补充后在江南发了吧，由我们二人联署。

近嘉

周汝昌 2001.2.16

297

严中学友：

昨收到《江苏工人报》寄来10日报一份，即写信与你，交伦苓付邮（大约刚发出），未想今午即收来信及复印放大报文，可喜。

又闻二佳讯，“南图本”可出，与你的书将付梓，十分高兴。

大行宫若有雪芹新迹，我将于建成时去看看，以留纪念。

“南图本”序言事，即请代拟，因售海外，须重学术性与具体内涵。我目已难及，但可以酌加首尾，使之“像我”的文笔风格……

相关二点：一、邓遂夫君云，目验此本，系以薄纸铺在戚本上照描的，故完全一样……此言确否？二、我建议“北图”（今“国家馆”了）重新影印己卯本，已获采纳。此甚重要。望“南图”正可与之辉映也。己卯本沪

1 指《江苏工人报》。

印不忠实，据闻系二马做了“手脚”，颇遭评议。又知“北图”向他咨询对重印己卯本之意见时，他说“不够规格”（原话未详，仅闻转述，不清）云云。此系出于私心，怕重印露出破绽，故有意拦阻。这又一证，其人不是真以学术真理为探求目标，主要是名位利禄，损人利己。我与他，本无“个人恩怨”可言，多年与之诚恳相交……渐次方知其心术品质，种种行为，大抵不离一个“私字”。“红界”之可悲，使人扼腕。

《龙之帝国》已发现——我尚待了解细情。云非18××版，而是19××初期之另版……总之，有人诬黄龙先生，今可洗雪矣！拙著《文采风流》中有文，你注意否？

你写了和珅[1]，大好！电视片“形象”全谬——和珅是个文雅伶俐“美男子”，见者皆喜也。曾有《和珅传》出版——为他说好话（正如有妄人为雍正“平反”）。

和珅为什么住入了（今）“恭王府”？皇子永璘为何向嘉庆说：“我不与你争皇位，你嗣了位，将和珅府赏我，于愿足矣！”此又何义？难道考史论《红》者对此可以漠然，以为“毫无深层意义”吗？这些也请你叙叙。

王家惠君行前告知了我，问了你的电话。心祝他们这回能做得好一点儿。前函收到请示。

再谈，祝候

春禧！

周汝昌 辛巳正月二十五〔01.2.17〕

298

严中学友：

多年苦觅《岁华纪丽》一书，忽有人告知江苏古籍社早已影印，烦即电询此社尚有存书可售否，盼得一部，候知书价即汇去。

---

1 指严中撰《和珅与〈红楼梦〉》，发表于《人物》2001年第10期。

《红楼》质量观往年颇见提高，我赋五言诗寄赠梅玫女士，如通讯，问问收见否。

林青先生名片已寻不见，其寄书封皮是“南京杂志社”，你可通过报社同仁烦查查此社地址，谅可得也。给你增添了麻烦，甚歉。

《龙之帝国》久无下文，因不便追问（怕人疑是“抢材料”……），俟有确信再叙。总之书已出现且海外亦云见过，原著法文本，有英、俄二译。因念黄龙教授如何了，要为他辩诬（说他“作伪”……）。

贵州《红楼》多年了，为何还不准“转正”？（且海外亦流传。）你知内情（“关卡”）何在否？望示。

近好！

老友周启 辛巳“植树节”〔01.3.12〕

此是写好了而忘记寄发的，今附上。

今日收到《影印南图本序》稿[1]，勿念，须俟看看再复信。要否寄回？又及。

299

严中学友：

我将来稿前加一段，为的是使之“像我”，以下可接你代拟之文。虽二人文字风格极难取一致，□□，也就无碍了。除此一“计”外，别无善法——因我之目近盲，若欲就你来稿而“修改”，全无可能了！此点乞鉴。

若真到用时，可让出版社打印全文，并放大墨色放黑，寄来作校订，就万全了。匆匆问好。

周汝昌 辛巳四月十三日〔01.5.5〕

---

1 指严中代拟之《影印南京图书馆藏戚蓼生序石头记序言》，后该书未能如愿由南京古籍书店寻求出版，《序》遂由严中收入他的《〈红楼梦〉与南京》中。

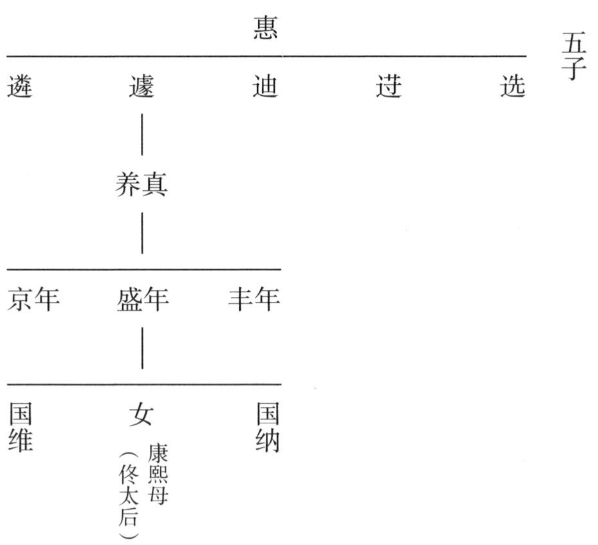

（序稿前拟加）

将南京图书馆珍藏的《石头记》重要旧钞本付诸影印，以广流传，而利研究，是我一大愿心，多年来我与友人严中先生曾不止一次为此心愿而努力。如今此愿得偿，对××出版社的鼎力使之落实，衷心感到欣慰和敬佩。为表愚衷，写此拙序，提出几点尚不成熟的看法，望能引起讨论和教正。

在谈到钞本的正文本身之前，想先就其中批语的问题略陈数语，因为有正石印戚序本、蒙古王府本与此“南图本”共有的回前回后总评与所题诗、词、曲等形式与内容，特色极大，研究价值甚高，而一向的重视不够——这些奇特的评题，实际“反映”了这一系统三钞本的独特价值意义。

我在为影印蒙府本制序时初步提的一个假设是，此种评批出于佟氏之手，而佟氏一门是关系曹雪芹家世生平的生死荣辱的关键之关键。雪芹上世，因康熙生母佟太后（孝康）而升腾，却又因佟·隆科多大案而惨遭株连破败，是以题诗的“都中旺族首吾门”“作者泪痕同我泪（指“护官符”之一荣俱荣、一损皆损）”“燕（yān）山依旧窦公无”诸般句义，加上蒙府本的一条批曰：“……汉之功臣，不得保其首领，吾知之矣。”是全指隆科多力助雍正夺位后，却落得一个“狡兔死，走狗烹”的下场！更为符契之合。唯“燕山”“窦公”句是运用窦禹钧典故，人人皆知“窦燕山，有义方，教五子，名俱扬”之名句（见《三字经》）。我作序时，尚未能查明佟氏世系，所列简表甚陋；如今依《佟氏宗谱》乃知佟氏上世果有五子一辈：选、迣、迪、遽、遴，五人是佟惠之子，正合“燕山”之句义（见附表）。这就证实了我的假设：这一系的姊妹本，应出于佟氏后人之手。［并参看拙文《乾隆时新睿亲王淳颖题〈石头记〉七律诗之重要》。淳颖之母即佟佳氏女。又，刘铨福跋甲戌本提到“惜不得佟四奇一为弹唱”（指《红楼梦》的“实事”所本）。皆是令人瞩目的蛛丝马迹。］

再者，我也有文初步推考，雪芹书中的“金陵王”之“京营节度使”“都太尉”，即隐射隆科多的“九门提督”（京师）、“步军统领”，“王家”乃寓指佟家，与曹家有世亲关系。

这一切，就决定了此三本的极大的特色与重要性。

此点略述，仅供参考。

以下，粗述此正文本身的特点与价值。由于我目力早损，并不能逐一校读钞本之间的异同，全得友人严中先生之力——他是第一个逐字细校了“有正本”与“此本”的学人——我这拙序，以下的论述部分，也是在他的协助之下方得草成的，故应在此特为表出。

（以下酌接来稿即可。）〔其上五世字迹不清，故未录。〕

300

严中学友：

近两日先后收到信札与书册，深感。

我多时无力去信，心久不安，只因两三部缠人的书稿一下子拥来，头绪百端，加上到东北去开会等等事项，简直看不了。

你寄来的打印件序言，打印效果不佳，多字不清，难适病目，我努力了几次都读不下去，太吃力了……

我看不必寄回，你就拿一份副本先使用，估计不会有硬伤，个别字句可俟真印书时最后校定……

铁岭会180人到席，说斥资了30万，是东北三省联办，公选铁岭为开会地。你对这种会兴趣不大，不再费力报了。（名义是家世与《红楼》文化，论文发言也并非只是“祖籍”……）

江西南昌曹也到了（各地曹皆有人，此点较新）。我能听到的“反响”当然都是“顺耳”的，但明知哪个会也是七言八语，不会“一致认为”，这本不必说，奇的是王畅先生，对铁岭之地，对李奉佐，对我支持铁岭说……皆很有意见，来信“诤言”，词气冷峻。（铁岭两次会皆让我敦请他，他拒而不赴，连“不看僧面看佛面”之俗语也不考虑，闻者惊异。）他近期对“红霸”一字不“评”了……我这书呆子，总立于“可笑”“可议”之地，一无是处，自己深以为愧怍。因去信之便，略申数语，俾老友鉴谅之。

秋安！

盲人周汝昌 辛巳七月二十八日〔01.9.13〕

元春似可用“文”，惜春似可用“介”（耿介），巧姐难拟，因80回未及写明，只好变通用“幸”。

顾女士处，请你转抄数语：

严中老友：

承顾女士惠赠贾先生文集，十分感谢，拜烦转达我的谢忱。

周汝昌　辛巳七月二十九日（2001.9.14）

同意以“石头记”取代“红楼梦”。

301

严中老友：

接信并剪报确是十分高兴，这“可望”二字得来匪易，好在有你不断呼吁促进。我意此事事不宜迟。在铁岭我发言倡议，03或04年要举办纪念雪芹逝世240周年大典，各地（江南、东北……）皆将有所举措，南京也可法于人后乎？如有进展，及时相告。

年前后被邀讲了三次（红学诗词）（在老图、现代文学馆），很受欢迎。（报纸对此有专版，叙云其盛况已非“座无虚席”，而是“已无锥地”了……）因此，网上引起南京东南大学电话邀请去讲（逢100年校庆），多年来你未语及此校，故一无了解，不知宜赴否（已应之）？若赴约，以何月份气候最适？望来函叙叙（说不拘校庆正日，何时均可）。

林青又有新书并信函，烦代致谢（告知我写信困难了）。

年禧！

周汝昌 壬午初七〔02.2.18〕

302

南昌武陵渡即雪芹南宋时祖居地，今升为镇，已新建大牌楼，金碧辉煌（我撰长联），又编印书册，又计划兴建雪芹纪念馆……一个镇能如此，一个大市又当如何？是有志无志耳。夜又及。

大行宫织府若重建可成，楝亭、西池尚有资料可循，唯萱瑞堂九龙大匾既不可缺，又无字迹可以仿做，必须变通解决（或可集清代碑帖中之字凑联而成之）。还要种上萱草。

上次我发信的当天，《京晚报》即刊出南京织府消息，隔日又见《津报》也登出大字报道，可见很受重视了，造舆论正是乘时而进的好机缘。

春嘉！

周汝昌 壬午正月一十日午刻〔02.2.21〕

303

严中贤友：

今接来札并《金陵》剪报[1]，至感欣慰。这份报好极了，文辞、大小、标

---

1 指严中2002年2月27日在《金陵晚报》上发表的《江宁织造署与曹雪芹》。

题、设计、布局，一切均有很大吸引力，估计在南京会发生巨大影响（包括官民各界）。

东南大学之邀请，我拟于五月下旬赴宁一会（五一节间，也许赴津探视）。这次重游，比之83年当更高兴（那次“红会”实际是一味宣扬某霸王的“新观点”），又适逢计议重建织府之大事，尤为天时地利人和，相信此次我们两人可为夙愿尽一份心力，也不枉你多年来的锲而不舍之虔诚。以上是正文，纸背别叙闲话。

味启 正月十九夕〔02.3.2〕

几句本不必说的赘语：

南京三大学联合校庆，启事已见北京报，十分郑重，惹目（篇幅也大）。既是如此名义，我到宁后，另二校必定闻知，我与“南大”了无来往，它也不会理我（却会请二马），唯师大久有交谊，在此情况下，我应如何“处理”这种“关系”？盼代我预判一下，照你的分析估量各种可能有的情形，示我以“机宜”为要。这一点请来信。

罗市长[1]是否曾为胡耀邦同志助手？如他愿见面一谈，交换意见，当然是有利于“红楼文化”设想的。

03年转眼就到，重建织府恐很紧迫，拙见不必强赶，尽可04正式落成纪念典礼，应采灵活政策——当然，能快则不宜放缓，易生变也。这需主持者掌握大计，不可忽耳。草草不尽所怀。

汝昌白 壬午年正月十九夕〔02.3.2〕

又启者：

你接我信后立即到“东南”去联系，此种热情实在可感。得便再以电话问问他们拟要讲的主题是什么，如与红学无关，可讲诗词，如欲涉《红》，则不想涉考证分歧（可令校方放心，别顾虑）。我在京受欢迎的题目是“《红楼》与中华文化的关系”，是高层次的，不屑与某些“专家”争鸡虫得失。此为要义——但听众须提问，如难尽避，则须适当“处理”。此亦不

1　指罗志军，时任南京市市长。

可不为预计，愿听你的意见。

鸡笼山的著名“十庙”为楝亭常到之地，今存几庙？尚能游览否？

“萱瑞堂”集字难寻康熙手迹，似可找找乾隆的字，可以代表象征（甚至偏旁拼凑亦可），切忌现代人写。我意文献性的纪念馆已建于小仓山，忌叠床架屋式浪费，织府应辟为“生活式”纪念游览名胜，与“文献陈列”务宜分开。你如同意拙见，我与市长面谈时可以陈述建议。

诸点皆望回信。

正月二十日〔02.3.3〕

304

严中老友：

忽报令你失望之信息：南京之行去不成了。只因城内南竹竿住房急限拆迁（直对北京火车站之路要大拓宽），此事意外，致成大忙乱。此已难以外出，不想伦苓之男家（□□）也恰巧要在五一节后搬迁。这么一来，我原本高兴的访宁的计划整个打乱。此乃无可如何之事，特烦紧急通知东大陈先生（以免费事准备）。

余不及多叙，极匆匆，诸多体谅为嘱。

周汝昌 2002.4.25

五一节后，不但我无精力远行活动了，而且再后到中旬，京中的讲座早已定下（为外宾讲已网上发讯，不可移动），过此，东大即结束活动，我亦无力苦赶（年迈之力很不如昔年了），是以并无其他变通办法，只好急速函报如上。估计东大过了校庆，暑假亦即不会再有邀讲之可能，故这一番打算落空，所谓天不从人愿也，不必在意。并祝

迎夏康安！

老友再启 壬午三月十三〔02.4.25〕

305

严中老友：

多谢金马之惠，十分精美，现立案头，伴我写作。来函亦悉。

一年来诸事冗甚，目不能多写，加上拆迁、丧妻、患腰脚肿……故书札特稀，想不为罪。所议之事，我想最好是分两“部分”，一是我给市长一个简短致意信札，由我亲拟（文笔、口气是我个人“特色”的，别人代拟即难像真的）；第二部分，是你代拟的“建议”方案。如此方为双全，不知你意如何？这事似无须苦赶，来得及。自去秋到目下，东南大学仍不断电邀我，如能赴宁，当面商。真衰老了，活动力大大减退了。专此，并颂

春祺！

盲人周汝昌　壬午腊二十二〔03.1.24〕

306

严中老友：

忙冗特甚，故无法多联系，望体谅不怪。今将信件[1]寄上，请酌用。希望能面陈经过详情，并备妥你的书面（打印最好）。

匆匆不备。

周拜　癸未二月十三午刻〔03.3.15〕

307

严中老友：

今日信到为慰，所附资料复印件极可宝，喜甚。（你的锲而不舍的精神，令人感动，望坚持不懈，争取胜利。）

1　指周汝昌于2003年3月16日致罗志军市长的信。

你的论文，须等家人捉空读上我听（现什么也看不了了）。

上次写去数函短札，由于是依你来函所议。你所拟联名函件来签了名再寄回，由你去送，那太周折。而且一封信，内容都是讲建造意见，肯定简短不了。文长，就成了“文件”，当市领导的绝不会（再开明）真正看，必交秘书酌复罢了。我的短札，作用就代表了联署，你将准备好的建议书一同亲送，说明代周递交，要求手交……这样不就符合来信的设计了嘛！谁想你却把我的那短札单递，而且是邮寄！这甚出我意外，不知是否错会了我意。信去之后，不见你的音讯，无法估量是什么原因，曾多次与伦苓说起，十分纳闷，而这就跟上京中“非典”肆虐了！（诸事忙乱，无法尽述了。）我为免除“向外传染”之嫌（让收信者不安），故一切通信都按住不发了，以迄于今。既收来信，方敢作复。

市长回信，俟复印再寄（因伦苓病了，无人办理）。怕惦念，先简复数行（那回信是礼貌函，无具体内容，只言表示感谢，以后听取意见……）。

北京今热甚，不知南京如何？匆匆问近佳！

盲者周汝昌 癸未五月二十二〔03.6.21〕

308

严中老友：

来札均诵悉。今将罗市长来信复印件寄上，收到后望以简札示知，便释怀。

我粗安，唯事太繁乱，无法多联系，想能体谅。有事情写信来。

新秋吉！

周汝昌 癸立秋后二日〔03.8.10〕

309

严中老友：

接信知复印件妥收为慰，因我处信太多太乱，稍过再寻就难了。

西郊“故居”之事，我多年不到，亦无所闻。

今年方由邓遂夫君告知于我，确有其事，但□事再得也，很麻烦，大致似是，江公[1]说了应加修葺，拨了款，请胡文彬、张庆善两位专家主持修了。结果有些人很不以为然，说都变了，原样不可再见了，是破坏古迹云云。这还罢了，然后听说似是霍国玲女士等（不可外传）向京市告了状……近者又听说该处换了领导人，似乎就因此故。

说到此，又不免赘言几句：我与德平兄感情关系最好，我虽不以其处（军营内小官之“□房”，即办公处也）是什么“故居”（与“山村不见人，夕阳寒欲落”□□□□□），此乃姓舒的中学教员胡言乱语，破绽百出，但德平信之，我绝不“破坏”，开诚布公，约定只云“纪念馆”，并为之揭匾……以后绝不“干预”只字。可是邓遂夫透露，恐再来弄时，又要把我卷进去……此绝非空穴来风，又是有人挑弄是非，加我以“罪”，连德平也可能疑我。我平生遭此等无妄之灾——得罪小人，我久已不计，置之度外了；得罪君子（如德平兄），则心实难安。你如有机会，可将事实种种（如本次粗叙）为我洗冤表白，则尤所感激矣。

无心多写，祝好！

汝昌 癸未七月十九日〔03.8.16〕

昔年张伯驹先生传来一讯，即张××云，曾听日本教授×××云，曾见三六桥本《红楼》，80回后皆不同……我因作《风入松》词二首，记得似乎写与徐恭时先生，由南京师院《文教》刊出，但出了重要错字……此二词正本，久不可再得，不知你能否代我查寻一下归存资料？因有其价值。

徐先生[2]身后情况如何？如知望示。

---

1 指江泽民总书记。

2 指徐恭时先生。

310

严中友鉴：

来函所云各情尽晓。作序自然是当为的，但不知书是何性质，是正式出版，抑系地方政协的文史资料，内部交流所用，请说明。最迟的时限请示知（因手边事多），以免迟误。

再来函望将电话重写一下，如有电脑，可以电传也。将所有号码详示，联系方便，快速得多（舍下已有二台电脑了，也不够用）。匆匆，颂
吉祥

周汝昌 2003.11.30

前寄我南京总图（标明织造署局的）及大行宫图（两种），请以最佳技术复制清晰（墨色要黑），重新赐下。因《新证》拟出新版精本，将这四份编印入（其他可用图片也欢迎），为南京大行宫宣传。盼抓紧。又及。

311

严中老友：

刻接信，知急等复，立草数行简答：

一、新书二册，数日前寄你，其一册由你转罗公。

二、政协出书事，所叙略明大概。第一部分已难为力，目之艰、事之繁、学之忙，俱不允许了。如你想不出好办法，只得你写，由我二人联署——如此则我不宜再作序（亦不必要了）。

三、腊底欲来访，这要你们费大事，天寒路远，有何必要？我意可省则省，除非极关重要的具体关键需面商——估计亦不会有多少。故劝你奔波一趟，必须值得，再定为宜。

你“孤军作战”，很苦，我唯有精神支持吧！

草草，顺颂

年禧！

老友周汝昌 癸未十一月二十八午〔03.12.21〕

312

严中老友：

刚刚收到信，方知书已收到（因你再三嘱寄，唯恐书投不到，累你多念。寄别人之书，都立即回音了，故更惦念。其实你还是可以打个电话，你的口音伦苓可以听大概。仍建议不要一定等写信……）。所附之文稿，我当照办，但听读之后觉“文不对题”，需改进方可用。

一、你是以此短文辨证“大行宫前身是什么”，而文未达此目的——只辨明了署府分了家，府之原址是“操江衙门”，而此衙门与大行宫（花园部位）何涉，却一字未提，此实在文不对题也。

二、今日建大行宫是为了雪芹诞生地之纪念也，而你却强调是署非府，那么，人家要问，你到底认为雪芹生于“府”还是生于“署”？到底重建之大行宫与雪芹何涉？——即，大行宫如包括了原署与府，方有重建之意义，否则，只辨署、府，强调操江衙门，意义何在？这样的根本性问题，文中一无解答，也无结语，一般非专业大众，看《今晚报》，收不到你预期的效应。因此我只好匆忙冗乱中写信，候速复。

电视剧我一无干预，“项庄舞剑”，本不待言。南京“舌役”，是你建功，王静未必能知，如有机缘，我当告知（我与她从无联系）。人家也未“请教”于我，及将要播放，方有电话来……外人何知？必以为是我向她“兜售”观点——小人之腹，度君子之心，从来如此，呜呼！但这有何用？事实终会昭然。

中央台的宣传，强调“参考众多专家……”，一字不曾“宣传”周某，何以成了我的“罪状”！？说说，大家一笑罢了。

新年吉庆！

周汝昌 癸未腊二十午〔04.1.11〕

来稿须俟你在原文后再加一段，澄清我提的问题，方能发表，勿以拙意为苛求。

京中传闻，南京有人声言，谁要写与周某一致的文章，就把他赶出南京去……好大口气！此公不知现在“官”居何职？我已成为南京人的公敌了，光荣之至矣！你要小心被“赶”呀。

周

313

严中老友：

近来好。忙吗？今有一事相告、一事相求。新出一本《曹雪芹画传》，我撰文请人绘图，约百五十多幅，而在南京的画就占了六幅多。这对你来说，感情上也许比我以往写的《芹传》会喜欢一些？未可知也。俟改正错字的新本印好再为寄上。

拜求的事，因修订《新证》，请鼎助寻找资料：一、即你曾寄我的曹寅的许多别号印章，被人弄丢了，望再复制一张——记得是沪上一个册页中印章集拓的，最好能设法求得册页的全文貌。再一件是旧年发现的曹寅的《太平乐事》剧本，顾平旦在《学刊》发文介绍过（86年×期P287上），也是沪藏（图书馆？博物馆？），我连顾文也找不到了，望检寻复印赐下，至为感企！如可能，请你商请玄武区政协，以机构名义向沪馆洽办，似比个人私函生效。甚盼惠助。复印费用由我补奉无误。如《太平乐事》的洪昇之序你有录存资料，请尽先寄我（我自己的资料都无法寻觅了）。

以上琐渎，若有困难，望函告，我再另想办法，谢谢！

清和纳福！

周汝昌盲书 甲申四月十二日〔04.5.30〕

如能洽办，希望能得该件的全文，如玄武区肯助，也正可为将来馆内陈列预存资料，一举两得。又及。

还有哪些后出的文献资料可增补，也望提示。大行宫工程有进展吗？顺利吗？亦在念中。务必记住看南京萱草到底是四月还是五月开花。

314

严中老友：

函到甚喜，多谢各端。楝亭印页自当珍护，用完即奉还，请勿念。附芜函烦转复大应先生[1]，匆匆恐不恭不敬，请代说明书写之难。

代拟之稿不必周折寄示，一切必无差误。我当在拙著修订中，增加文字，不与彼妄人“对话”，亦绝不在“学刊”上发文，此乃原则性也。我未料你已买了《画传》，盖不会不奉寄上一册也。余事再叙，谅南京热了，珍重为要。

遥颂

清和迪吉！

周汝昌 甲申四月二十日〔04.6.7〕

315

严中老友：

因书写太艰，故信稀，想也能多谅。

你惦念应必诚先生处信息，他接信立复，长途电话，应暑假不去校，俟开学再办，请你再婉言，我不好再催。

昨见沪《文汇报·读书周刊》有一文，大批“摘桃派之丑态”，文章尖锐深刻，我多年来除见你敢公开冒犯“龙颜”外，此为仅见。你看到了吗？

我还可以，请释远念。今日中秋佳节，遥祝团圆康泰快乐！

盲者周汝昌 甲申中秋〔04.9.28〕

---

1 指复旦大学教授应必诚。

316

严中贤友：

刚发去信，急报复大应先生已将书影寄到，怕累你又费事，只怕已来不及了。真是不巧，非常抱歉。

寄示剪报是《新京报》，才刊发（□□□□□□），不想南京转载如此快速。（现京中报纸多登了！）《会真》[1]因价高无法赠及，梁兄归智亦自购的，此非可读之书，似无急需之要，网络上有一售点，只索600元，可省200多，如购买，可采此法。

陈君[2]大文，也让孩子念了，他是余英时的衣钵弟子，并不是真“捧”我，他笔法巧，以“实贬虚赞”的手法，骨子里是很臭，并“祭”出三大法宝，□□□□□□□用以“光宠”于我，非真评赞也。

“新红学的颠峰”本身即含贬义——走到极端也！

你评“伪风”一文甚是。伍杰先生还不知他们到处摘桃子，不择手段，亦无所谓“羞耻”可言了，真可悲矣！你说你是“一夫当关”，恰极！若无此一夫，即无“真理”了！他们对你无可奈何耳。

我不亲历不会相信文化世界中有这么一伙人，只知为“私”字，不知“学”为何物何事。

梁兄应人之请写我[3]，以论学为主，他不会卷入“门户”泥潭中，但写我也大是一个难题！

你说将来写回忆录性质的随笔散文，更易落笔，是个好主意。

夜书，简甚。

重阳节好！

友周汝昌拜 甲八、二十〔04.10.3〕

---

1 指《石头记会真》，周祜昌、周汝昌、周伦苓校订，海燕出版社2004年出版。

2 指复旦大学教授、《红学通史》作者陈维昭。

3 指梁归智撰著《红学泰斗周汝昌传》事。

317

严中老友：

复上。应先生已将所求之书影照片寄到，异常感激，已寄谢函。

因从津门回来，心脏不太好，迟报此信，甚歉。

一部《红楼全图》[1]，是丰润人画的。作家社书出了，张一民先生著有文鉴证丰润曹与京曹是一家。“霸主”无词，却说《红楼》是文字为主，画不足贵。其每句话都暴露一个“私”字。平生只见这么一位党员“领导干部”“学者”。

节祺！

盲周拜上〔04.10.8〕

318

严中老友：

目更坏了难写信，也不见来函，时以为念。

南京的事怎么样了？又有何变？你还在力争吗？近日忽闻友人亲聆国图出版社领导云及我曾函促印“南图本”，他们已去洽商，不料南图不允（说要自印……），因念此事，你应加以了解，是否又有“摘桃子”[2]的？

我们的“序”怎么样了？需要弄清。因为“国图”新印的“甲戌本”已成了“姓×的”书——前有序尚属常情，但后面塞上了一大堆与该书毫无瓜葛的东西，等于为“红研所”人物树碑立传，其不择手段的丑态，不但不顾廉耻，也到了“无聊”的地步。“学术”至此，可笑亦可怜矣！三叹而已。

1　指作家出版社出版的清人孙温绘《全本红楼梦》，每图上方均有周汝昌题诗。

2　《南京图书馆藏戚蓼生序本石头记》（冠有冯其庸作《〈石头记〉古钞本汇编序》和他题签的“石头记的古钞本汇编”）于2010年由国家图书馆出版社出版。

夏吉！

名不具 乙酉四月二十五〔2005.6.1〕

319

严中老友：

接回信，衷心感慰！但闻你健康似有未明的障碍，十分挂念。你也不是年轻人了，务必保养珍重，还有事必须你工作，切勿疏忽大意。我之老迈，不必多述，故诸事极繁的情况下，已难如当年与你书札勤传——想你定能体谅。上次阅来信，似某些人（主持大行宫事务的）态度有“变”，深为失望！好事多磨，一点不错，还赖你不懈不挠争其理。

寄我这么多剪报，方知你那儿什么都了解，不用我报告，就放心了（以后积攒些也盼照寄）。

梁归智兄为我作“传”，以学术为主，但他资料掌握，恐怕不易太齐备，来信问我，我也没法了。因此想到，将来有空，你应编一本书，全面编整涉我的文献资料，可分上、下两编，即“正编”（支持、同意、伸冤、答辩……）和“反面”的（攻击、辱骂、诽谤、诬陷……）。此书若编，加上你的“按语”评议，必受欢迎。（我可以介绍出版家。）这个拙念，不知你感兴趣否？

匆匆，即时写此回信，别不多叙。遥颂

健安！

友周汝昌 乙酉端午次日〔05.6.12〕

320

严中老友如面：

两函欣诵。“火炉”已从南京搬迁到北京了，闷热，故未执笔。寄示二照片虽不够清楚，亦极珍贵。《鸦鸣歌》[1]我从未闻知。拙著出了这么多，实在可笑，但出版社都来催逼，伦苓亦无可奈何，随它去吧。所商编“集”体例原则，我意可考虑分上下两“编”，一些有名的“红士”之高论可以“人”为条目，尤其如“红学革命”批“自传说”（而涉我者），只好以“余英时”为“立轴”；另一类“小人物”之“杂议”，则以所论之主题为“轴”，而以众家“归”于一处（或相近）。如此两得其便而不陷于拘滞。不知此意可否？望你熟计一下，咱们再交换意见。此事看似“简单”，实际工程繁重、问题复杂，不是轻松活计，务请酌力而行，务勿因此有伤健康，至嘱至嘱！我当令伦苓写“书目”，在南京买不到的话，函示。

匆匆不尽。专祝

夏嘉！

盲者周汝昌 05.7.19

又，编此“传”，当然要站得高，提得大，绝非我个人的得失荣辱、区区琐琐——是中华文化学术的种种事相，只是以我作一个例子，借以说明耳。又及。

321

严中先生：

您好！

我因太忙，未能经常与您联系，还请多多原谅。

南京大学中文系有一教授苗怀明者撰一长文[2]，对我父亲进行攻击，文载《新京报》7月15日。若您有兴趣，不妨看网上消息《周汝昌与胡适的一段红学公案》，其尽炒作之能事，进行恶毒攻击，也有后台。这些缘自这两年父

1　指曹寅自书《鸦鸣歌》的立轴，严中见于一友人家。

2　指《周汝昌胡适一段红学公案》一文，刊于2005年7月15日北京《新京报》“书评周刊”。

亲出书频率高，惹人耳目。

我记得前些年，父亲曾交给您他写的涉及他人（俞、二马等诸公）的文章，我这里均未留草，如方便，请费事复印一份给我，谢谢。颂祺！

祝安

伦苓 2005.7.22

著作目录

1.《红楼梦新证》，2.《范成大诗选》，3.《白居易诗选》，4.《杨万里选集》，5.《曹雪芹》，6.《石头记人物画》，7.《曹雪芹小传》（《曹雪芹传》），8.《恭王府考》，9.《书法艺术答问》，10.《献芹集》，11.《石头记鉴真》，12.《诗词赏会》，13.《〈红楼梦〉与中华文化》，14.《〈红楼梦〉的历程》，15.《恭王府与〈红楼梦〉》（《〈红楼梦〉访真》），16.《曹雪芹新传》，17.《红楼艺术》，18.《〈红楼梦〉的真故事》（《红楼真梦》），19.《岁华晴影》，20.《胭脂米传奇》，21.《砚霓小集》，22.《红楼真本》，23.《东方赤子·大家丛书·周汝昌卷》，24.《文采风流第一人——曹雪芹传》（《文采风流曹雪芹》），25.《当代学者自选文库·周汝昌卷》，26.《脂雪轩笔语》，27.《千秋一寸心——唐宋诗词鉴赏讲座》，28.《北斗京华——北京生活五十年丛书》，29.《天地人我——百年人生丛书》（《红楼无限情》），30.《永字八法——书法艺术讲义》，31.《红楼小讲》，32.《红楼家世》，33.《红楼夺目红》，34.《周汝昌点评红楼梦》，35.《曹雪芹画传》，36.《石头记会真》，37.《诗红墨翠》，38.《红楼梦》校订本，39.《红楼十二层》，40.《周汝昌梦解红楼》，41.《周汝昌红楼内外续红楼》，42.《定是红楼梦里人》，43.《和贾宝玉对话》，44.《我和胡适先生》（即将出版）

322

严中老友：

来信欣诵。新书《我与胡适先生》出版，即当寄奉，请稍候（书印二万，仍极难买）。来函附示某人当年之事，经你批揭已刊于《红楼》，方悟他的三万言大文是有“来龙去脉”的。所需之拙著，伦苓自会在意，只要尚有存本，必当保留一份。

我们所议编书，重点是你的“按语”“评文”，要耗心力，但异日人们会逐步晓悟此乃中国学术、中华文化上的一大课题，绝非张三李四个人区区鸡虫得失细事，可以觇人心世道、社会百态、种种道德败坏之颓，为后来学人留一面照妖宝镜。

北京苦热，南京如何？注意保护健旺。

新秋纳爽！

周汝昌 乙酉七夕后三日〔05.8.14〕

新书仍有错处，望细读。

《新京报》地址：北京宣武区永安路106号，邮编100050。

“书评周刊”版热线：010-96096333。

323

严中老友：

两函均悉，简复如左：

一、“雍二”之折，正月书“妻孥”是頫的长子（书中贾珠），与四月廿六又生次子（雪芹）无“矛盾”可言。盖頫以“孩童”时匆匆随舅赴任，当时并无“家眷”。服□后即须很快成家立业，故是早婚了。婚后生“孥”，方可言“妻孥”。此是“婴”之语乎？“雍二”之正月所奏，当已是数岁的幼童“孥”也。拙著综看自明，你未细绎耳。

二、我今闻明义诗在北图，是1952年初□□□□赴津、入图■[1]已忘哪位同学见后示我，当时已无法与北图联系（吴世昌竟■之罪■54回，方见原钞件）。

三、张宜泉诗是回京后方知（其实是■王利器等人）■与北图即无来往。匆匆

汝昌 05.10.22夜

稿勿寄，已不能看了。

324

严中老友：

方收一信，尽悉，甚慰。

《红楼》刊你之文，已听读，笔力简便而又不□□□，是你独擅。

你的撰作，新构思很新颖，也较“活”，比“争论集”一类题□胜强多多，就这样吧。

芹居设计初定，关系大局，闻之可喜。拙序[2]一定要写，可以是“象征性”的，无须太长。如乙酉腊前年底草成寄上，不太迟吗——望一示。我以最晚期限，因杂务头绪太繁，无奈何也。匆匆，即问

冬好！新禧！

友周

（令郎电传号，可示知。）

陈维昭《红学通史》已见否？用心良苦，用笔至巧，处处明赞实贬，我的真贡献（很多要义精言）全不予采录，“定位”于“反科学”和“顶峰”，特表王利器说我“出冷汗”——他很“快意”！

一、新书收到，印制可喜。

1 “■”表示漫漶不清且不知具体字数，下同。

2 指周汝昌为《江宁织造与曹家》所作序。

二、《红楼》所刊你之斥苗文应复印一份寄与《新京报》主编。

又及

05.12.21 寄自北京

325

严中老友：

拙序拟补一段，已电传与令郎了。

今问一事：16日沪《新民晚报》刊文云[1]，1995年江宁西80里陆郎镇花塘村发现老农自言祖父口述，他们是曹雪芹之后代。文颇详细，但十多年来未闻你对此提过一个字，不知何故？是不知？抑或不相信而不值一提？望示我真相。我则以为这样事固难说如何，但总要深入探探，不宜过于大意轻疑。

过年了，遥颂

新春吉庆！

周拜 2006.1.23

326

严中好友：

贱辰之际，多蒙锦注赐贺，心感无量。适有微薄纪念品[2]，送上一份，略表谢衷，幸不哂而笑纳之。专此，顺颂

---

1 指《新民晚报》于2006年1月16日发表的“花塘村老农自称为曹雪芹后人”之说，因为我认为这是“村姥姥是信口开河”，因此没有向周汝昌先生通报此事。

2 戊子三月初九（2008年4月14日）乃周汝昌先生九十华诞，他给我寄赠了天津市集邮协会出品的《国学大师周汝昌九十华诞》邮折。我则代表南京云锦研究所向周汝昌先生赠送了《恭贺周汝昌先生九十华诞云锦骏马》（周先生属“马”）。

春嘉！

周汝昌 戊子三月上旬 〔08.4.14〕

327

严中老友：

函到欣悉。目坏极，诸事纷纭，困难太大了，故心绪常棼乱不宁，加以伦玲等各自有事，近多病（腹瘤），均无奈何。书稿事，我信任你稳妥，不必等我费工序了（无非统一文字风格，那很难做到）。出版问题，自当寻觅机缘（若有幸能出，看校样仍可小小加工）。至于我撰"别传"事，我意应尽量撰作，而勿以"编者"罗列资料之面目呈现，那样太死板，望你尽可能以"作者"身份发挥评论，方有可读性而受欢迎。一句话：要运用资料，要"活起来"。

安好！

注意勿过劳。

汝拜 戊子端午〔08.6.8〕

又，徐玉兰并无音讯。昔年你问过王文娟，人家瞧不起也不答，对此亦无兴趣，就算了。我现时若再有一二得力助手，可做之事还很多很多。可惜无人过问，还在排挤。世人谁信乎？又及。

328

严中老友：

书一包妥收勿念。裴先生处烦你代我致谢，精力所限，无法扩大交游圈了。今寄上拙著三种请惠存。

大报恩寺塔地宫有下文吗？

曹雪芹博物馆也听不到开放消息了，如方便，来信简叙几句，如太忙也就罢了。

顺祝国庆快乐！

周汝昌（建临笔录） 戊子八月二十六日〔08.9.25〕

329

严中老友：

来函拜读。关于“雨花石”一条，所引曹寅诗，你以为能与雨花石联系，我尚不知，如欲存，也不必引我的那几句话。

关于书名，你似乎尚未悟知我那所拟七个字是暗语，系与《江宁织造与曹家》相互搭配，这就使你的所编著的两本书成为姊妹篇，又有境界，副题也将“苏”“扬”突出了，而你却以为史侯家“并未展开”云云，其实你研究的金陵、苏州、扬州三地那个也并未“展开了”。

老友，对汉语的专用声调格律，你不太敏感，而我读“《红楼梦》与苏扬”，深感这个不够一个完美的汉字文句，书名不佳会影响书的质量，请你考虑。

老友周汝昌口述 儿子建临抄写 2008.10.14

330

严中老友：

方才与建临交谈，得知一切。

你为事业百折不悔，终于得到有力支持，这种精神我愧不及，衷心敬佩。你此刻的高兴不言而喻，当然，这也是我的高兴，不言而自明。

我目已全盲，又加杂事太多，无法与你像以往那样鱼雁传书往还，想你也不会责怪我。如今既得你的佳讯，盼你将此书稿再认真考虑编排增订，不可因求快速而草率从事。此刻不多叙说，专为回报你的来信，并表示敬佩感谢之心。

草草，专颂

新秋纳福

老友周汝昌 建临代笔 己丑七月初三〔09.8.22〕

331

严中叔叔好：

来信读与老父亲听了，他口述，要我记录如下：

严中老友：

你从扬州返后之回信刚刚听读，邮路太慢了，今后若有重要情况，最好能发个快件，以免误事。

一、我为此新书准备依嘱写一篇序言，但愿能写得好一点，故请不要太忙。

二、看你目录中在“苏州织造”一章曹、李并列，而看不出来在苏州问题上李比曹要重要得多，因此建议对李煦的一切要下一番功夫。若在叙述中嫌文字太繁、头绪太乱，建议将有关史料、档案、世袭表等等一切集在一处，作为卷末附录章最为得体。此点请考虑，回我一信。

三、甚盼图片、实物插图加强，务求详备。

顺颂

秋安

友周汝昌 己丑七月十五 中元节 周建临代笔录呈〔09.9.3〕

332

严中老友：

现有几点拙意，仅陈于下，与你商量。

一、书名试拟“《红楼梦》里史侯家”为正题，你所拟的“《红楼梦》与苏、扬”作为副题，或略加变通，拟作“苏、扬二州文化背景与《红楼梦》的素材”。正题是重点突出，副题方是具体内容。

二、寄上新写代序一篇，请排在卷首，这样文体是我本色，较为活泼生动，更能让读者有读下去的兴趣。

三、此书以曹寅、李煦在苏、扬做出的文化事业为真正主题，其他都是附带性质，故材料取舍必以此为主次标准。《红楼梦》成书于乾隆初期，是本书取材的重点，即历史分期务必分明。乾隆以后的人、文、事等等，除非极关重要的，勿多揽。例如，王希廉道光刊本影响巨大，可以列为一条掌故资料。至于俞、贾二氏纯粹是现代人的事情，于《红楼梦》历史背景并不能混为一谈，建议。

四、通灵宝玉与雨花石的关系在《江宁织造与曹家》提过了，不必重出。（况且曹家见闻各种珍宝无所不有，而雨花石在清代南京乃寻常之物，你若说雪芹写玉有某一些艺术联想尚可，若坐实了说通灵宝玉就是一块雨花石，恐怕与实际未必相符……）以上仅供参考，不是硬性定论。数十年好友至交商量讨论是一乐事，切勿拘泥勉强，那就不合拙意了。专此，顺颂

两节快乐！

周汝昌拜启 2009.9.30

333

严中老友：

我引东坡诗是根据南宋乾道刊本，“霏霏”二字不误，切不可改（记得我书稿中都曾注明，请再查核一下）。

李香君溅血桃花扇是折扇，我在张伯驹先生处见过，并曾写文在香港发表。明清妇女团扇、折扇皆用，折扇则藏在袖口内，《红楼梦》“宝钗扑蝶”即是折扇可证。

书名问题务请多加考虑，学术性成分要在书名中有所透露，不可与一般名胜旅游书相混，切嘱。

顺颂

冬安！

老友周汝昌 2009.11.9

父口述，姐丽苓录。

又：“寻得桃源好避秦”中“源”字正确，建临补。

334

目已全坏，子女代笔。

祝贺南京云锦艺术获得世界文化遗产荣誉

金陵云锦焕烟霞，
织造江南有世家。
读罢红楼方解味，
于今寰海耀中华。

己丑腊月二十三〔10.2.6〕夜作，是年腊月二十一〔10.2.4〕已然立春。

335

严中老友：

遵嘱将云锦贺诗寄上（诗早作得，因腊尾太忙，故未能早日寄出），其第二句“织造江南有世家”之“江南”不可改为“江宁”，因清初江苏、安徽两省合为“江南”省，并非泛称，若改“江宁”，那是后期的事情了。

广陵的新书[1]为何至今尚未印成？太迟慢了。

新年快乐！

老友周汝昌　庚寅正月初十〔10.2.23〕

寄来的盘只能看几张彩色图，正文无法打开。伦玲又及。

1　指周与严合著的《〈红楼梦〉里史侯家——苏、扬二州文化背景与〈红楼梦〉的素材》，广陵书社2009年12月出版。

后　记

2005 年 7 月 22 日，周汝昌先生的女公子伦玲给我的来信中提出：“我记得前些年，父亲曾交给您他写的涉及他人（俞、二马等诸公）的文章，我这里均未留草，如方便，请费事复印一份给我。谢谢！”

为了“一劳永逸”，于是我开始整理周汝昌先生给我的来信来稿，一一录为副本，历时达一年之久，并于 2008 年 12 月请人打印成册奉上。

2015 年 6 月 7 日，在北京恭王府举办的“纪念周汝昌先生逝世三周年座谈会”上，与会者建议在适当时候出版《周汝昌全集》，其中包括《周汝昌书信集》。2017 年 1 月，周汝昌著、梁归智笺释的《周汝昌致梁归智书信笺释》由三晋出版社出版，小友宋健得悉后，告知此事并表示愿意为出版《周汝昌致严中书信集》贡力。于是，我抽空对书稿进行了整理，以备出版。2017 年 12 月，徐州中国矿业大学教授高淮生的《周汝昌红学论稿》由知识产权出版社出版，宋健小友告知我后，我即觅到一本详细阅读，觉此书对周汝昌先生的评论还算客观公正。于是我和高先生取得联系，他趁来南京开会，前来寒舍一叙，并主动提出由他联系出版社影印出版《周汝昌致严中书信集》，后因新冠疫情而停顿。迨至今年 6 月，宋健小友与浙江古籍出版社洽商，该社愿意将《周汝昌致严中书信集》列为《近现代书信丛刊》之一种出版。对此，周伦玲女士和我向浙江古籍出版社和责任编辑沈宗宇先生、小友宋健先生表示深深的感谢。

梁归智先生在《周汝昌致梁归智书信笺释》的《序》中云：“录入周老信札，

乃百分之百的‘实录’，没有做任何删削‘掩迹’，个别处涉及对人事的议论，希望涉及到的相关人士，能大人大量，以尊重董狐秉笔直书青史的态度一笑置之。笔者在此说一声抱歉了。”这也是我所持的真诚的态度。因此，我也希望有关涉事者予以理解和谅解。

现在研究“周汝昌红学”已成为一种“风气”。我 2005 年在《红楼》第 4 辑上发表《以自己之心，度他人之腹——驳斥苗怀明〈周汝昌、胡适一段红学公案〉》一文，于“余论”中提出：“有鉴于胡适是新红学的开先河者，周汝昌是当代红学的集大成者，把他们两人作为一门专学来研究，已显得十分必要。因此，我倡议建立‘胡适、周汝昌研究会’，作为‘红学’的一个分支。”为此，我率先抛砖引玉，于 2007 年编成《我与周汝昌先生》，随后于 2018 年 4 月做了修订。我将力争其早日出版面世，以飨读者。

2021年8月5日于金陵悼芹轩

书后小识

严中先生编注的《周汝昌致严中书信集》即将问世，这是一件好事，是许多人期待的事。作为周汝昌的女儿，我更是打心眼里高兴。

我本不该在此画蛇添足，因为这本书的编纂始末，严中先生在前言、后记中已经叙述得十分明了了。此集展示的父亲全部书信的内容，其涉及学术观点、人情世态、重大事件等方方面面的诸多问题，读者可以一览无余，无需我再絮絮。但我想说的是，我要感谢严中先生数十年来完好地保留了父亲的三百余封去信，他不顾年高体弱，一力整理辑录了二十余万的文字并加以注释，为读者读懂这批信函内容，提供了巨大的帮助。

严中先生是父亲的好友、学友，更是知己。他给予父亲学术和工作上很多帮助，更仗义执言，给予道义上的支持，这是我们全家应该铭记在心并向他致意的。

父亲写给严中先生的这批信函，纯属私人信件，本集一字未改，一字未删。书信字里行间流露出父亲的真情实感，他的求真、率直、真性情，都得到真实的体现，彰显了他的人品与人格。

感谢严中先生，感谢浙江古籍出版社，感谢为此书出版提供帮助的同仁。

相信父亲天上有灵，也会宽慰。

周伦玲

十月初九日